Maresia

François-Loïs Gautier

Maresia

Roman

éditions du
ROCHER

Éditions du Rocher
28, rue Comte Félix-Gastaldi – BP 521 – 98015 Monaco

www.editionsdurocher.fr

ISBN : 978-2-268-10935-0
EAN Epub : 9782268109534

Libânia, cette nuit-là
00 h 26

Je n'ai pas toujours été un enculé : j'ai d'abord été un lâche.

L'écho lourd de ces mots fait vibrer mon esprit entre les chants des mouettes. L'implacable sentence, insinuée en moi, s'empare de mon sommeil. Pas encore endormi, pas vraiment éveillé, j'erre entre les deux mondes en mâchonnant ces paroles.

Il y a des phrases qui vous identifient mieux qu'une séquence ADN, mieux qu'un nom, qu'un passeport : celle-ci pourrait être mon épitaphe. Elle n'est pas de moi : comme beaucoup de choses intelligentes qui m'habitent, elle vient de quelqu'un que je déteste.

La qualité d'un véritable ennemi, c'est qu'il vous connaît mieux que le meilleur des amis, qu'il vous est plus intime que le plus proche parent. C'est un luxe, la détestation réciproque. Quand je n'étais qu'un faible, je n'avais aucun contradicteur, aucun rival : il n'y avait que des gens qui ne me voyaient pas, et moi qui les haïssais.

Tu n'as pas toujours été un enculé : tu as d'abord été un lâche.

Sa voix est nette au milieu de mes songes, comme si, du fond des enfers, il voulait m'empêcher d'oublier ce que je lui ai fait.

Je rumine sans maîtriser le flot, me retourne dans mon unique drap.

Mon image merveilleuse de plage déserte s'éloigne. Je m'y abandonnais tout juste... Peu à peu, je m'évapore hors du brouillard de la *maresia*, le nuage trouble, frais et salé flottant au-dessus des vagues de l'Atlantique sud. Le dernier halo d'un coucher de soleil éternel meurt près du rivage.

Conjuguée aux aboiements, la pensée obsédante, comme une lame de fond, me sort de ma torpeur. C'était la première incursion de la réalité dans mon imaginaire : il n'y a pas de mouettes à Libânia. D'ailleurs, il n'y en a nulle part dans ce coin du nord du Brésil. La conscience reprend ses droits, s'ajuste, ce n'est bientôt plus qu'un demi-rêve, où les chiens du quartier remplacent les oiseaux imaginés quelques instants plus tôt. Ma tête résonne de mille fracas de plus en plus nets, mon songe se transforme, la plage de mon rêve disparaît, la cour attenante de ma vieille voisine se matérialise enfin, secouée par les tourbillons du vent de nuit : mon désert imaginaire se remplit de cabots angoissés.

Cette prise de conscience progressive me fait gravir les paliers de l'éveil à grande vitesse : d'habitude, je ne les entends même plus, ces sales clébards, quand ils débusquent un chat de gouttière... Mais le timbre de leurs cris est différent, plus tourmenté, plus sourd, c'est un grondement rauque et inquiet qui éclate en jappements désordonnés. Un chat qui rôde ne provoque pas une telle angoisse chez des rottweilers de cinquante kilos, un voleur à la petite semaine non plus : ces cris-là sont de ceux qu'on réserve à la mort.

Mon oreille, à présent tendue et attentive, perçoit des éclats. Peut-être le verre cassé d'une vitre. J'imagine une main, au rez-de-chaussée, saisissant la poignée de la porte-fenêtre. La tournant. Des pas font croustiller les bris éparpillés sur le sol du salon, quelqu'un entre… renverse une chaise ?

L'idée émerge enfin dans mon esprit et m'éveille tout à fait : c'est un cambriolage.

La tension jaillit en moi, d'un coup, je bondis de mon lit vers la persienne, bousculant au passage les valises. Je tente d'appeler Martim d'un cri murmuré, il ne répond pas, tout s'accélère, je m'empresse de planquer mes affaires de valeur, sortir un peu d'argent et quelques objets à sacrifier, les mettre bien en évidence, mais un glapissement aigu me fait tomber le cœur au fond de la poitrine : aucune méprise possible, *ils* ont tué les chiens. Ce n'est pas un cambriolage ordinaire. Je saisis le couteau de cuisine et le tournevis sur le sol, près de la porte que j'essayais de réparer hier, les cache dans la corbeille à papier sous un tas de mouchoirs pour qu'ils ne s'en servent pas contre moi ; empoche ma dernière lettre à Claire étalée sur le lit.

À cet instant, à travers la persienne, le chuchotement fort de Martim se détache des rafales de vent :

– Saul ! Ils t'ont chopé ?

– Martim, que se passe-t-il ?

— Ce sont eux… Barricade-toi !

Comme au ralenti, je tourne la tête à gauche, vers la porte de ma chambre : m'enfermer ? La serrure cassée… seul dans la maison avec…

Ce n'est pas un cambriolage, c'est un assassinat : ce jour est mon dernier, ce soir je serai mort.

Un lâche

Je ne fais pas le bien qu'on voudrait que je fasse. Je ne fais pas non plus le mal que je veux faire. Faute d'oser. Au fond, si je suis vil, si je suis méprisable, ce n'est pas de l'avis de mes contemporains : ils ne m'ont pas jugé. Comment le pourraient-ils, si je suis invisible ? Mais l'œil est dans la tombe, et regarde Caïn : la conscience aiguisée par mes renoncements, c'est moi qui me condamne.

Désincarné, gnostique, éperdument gazeux, incolore, inodore… Mon corps est tout entier l'ennemi qui m'accuse. Dis-moi, regarde-moi, protubérance informe, vilaine incarnation de mon génie sublime, moi qui n'étais pourtant destiné qu'à vivre en pensée, flottant dans l'air, astre incompris… dis-moi, bouffonnerie, ce que c'est qu'être un lâche ?

Et mon corps fatigué répond dans un soupir :

« Un lâche, c'est celui qui n'ose pas, ne fait rien, c'est celui qui n'est mû par aucun bien et réagit à peine. Celui qui ne prend jamais de décisions. Il contemple et subit l'action de ceux qui osent… »

Avec cette semaine qui débute, tout a commencé sans que rien ne se passe.

J'ignore que c'est ma dernière à Paris ; pourtant, les indices sont là.

Et tout ce temps perdu : je crois être vivant mais je suis déjà mort…

Paris
Deux mois plus tôt

Je me retourne sur le canapé, incapable de trouver la bonne position. L'assise est trop dure, le coussin trop gros, ma tête trop surélevée. Le sac de couchage pue. Il a probablement dix ans. Et puis, un duvet, ça ne se lave pas. Je sors la jambe, la pose par-dessus. Puis je la laisse pendre, ma plante de pied effleure le tapis. Je pense aux souliers sales des gens qui l'ont foulé, aux toilettes pisseuses des vieux bars de la rue. Je remets ma jambe dessous.

Je n'ose pas allumer la lumière, ni me redresser. Peut-être par superstition. Le sommeil va venir, j'ai tout fait comme il faut : anxiolytiques au dîner, somnifères au coucher. L'Imovane infâme et métallique infuse encore entre ma langue et mon palais.

Saul est déboussolé, sale et seul comme un con, voilà quelques années qu'il n'a plus goût à rien, évidemment, il erre. Il traîne la patte comme un estropié, il est perdu mais ne cherche rien : ni la sortie, ni l'entrée, dans un labyrinthe sans murs ni parois.

Est-ce de la schizophrénie que de penser à soi à la troisième personne ? Je me retourne encore. La nuit, dans une grande ville, n'existe pas : trop de panneaux éclairés, de lampadaires jaunâtres baignent les quartiers morts dans une ambiance hors du temps que seul un bon dormeur sait vraiment ignorer. Les insomniaques, eux, contemplent leur solitude avec un ennui vague et teinté d'effroi : quand on dort à moitié, tout est fait d'à-peu-près. Dans la pénombre, je devine les coussins du canapé jetés sur le tapis. Sur la table basse repoussée, dans la boîte à pizza tachée de gras, quelques croûtes rongées, un morceau de Sopalin, trois canettes compressées. Les chaussettes en boule à proximité de mes chaussures.

L'immeuble est surchauffé pour une nuit de début mai. Ça sent la poussière brûlée.

Il n'y a probablement pas un mètre carré d'obscurité réelle chez Nicolas.

Sous le meuble de la télévision, au-dessus de ma tête, les voyants lumineux me rappellent que l'homme moderne ne dort jamais vraiment : *homo œconomicus* a peur du noir, comme il craint le silence. Tous ces clignotants se reflètent en grand, pâles et élargis jusqu'au plafond, lorsque mon œil s'est habitué à la pénombre. Je tourne la tête vers le mur. Son affreux papier peint danse sous mes yeux. À quelle distance est-il ?

C'est un de ces vieux immeubles, de l'autre côté de la Butte, entre Jules Joffrin et Lamarck-Caulaincourt, un bâtiment mal conçu de la fin du XIXe. Dans le nord de Paris, à l'époque, il n'y avait que des champignonnières. Des cloisons et des planchers en papiers toilette offrent à tous les habitants une intimité réduite à son plus strict minimum, mais rien de rédhibitoire à la gentrification.

Nico est probablement le seul copropriétaire de l'immeuble à y habiter : ses voisins, pour beaucoup des sans-papiers, paient le loyer en liquide à des marchands de sommeil qui n'ont aucun intérêt à dépenser la moindre charge. De toute façon, ni la loi de 1989 ni aucune autre ne s'applique à la relation de batte-à-joue-gauche qui les lie à leurs locataires.

Il ne doit pas être loin de 2 heures, mais la nuit dure pour moi depuis une semaine. La voisine du fond du couloir, une Gabonaise exaltée, certainement dépressive, hurle au téléphone. Ses invectives se ponctuent de rires sardoniques et surréels.

J'ignore encore si je crois en Quelqu'un, mais le démon, lui, je sais bien qu'il existe.

C'est sûr, elle est possédée. Sans doute l'œuvre du voisin du dessous, l'énigmatique Maître Hamidou, dont les affichettes promettent de redresser les sexes tordus, la réussite à tous les examens ou le retour de l'être aimé qui « courra derrière vous comme un petit chien ».

Mon téléphone vibre. La lumière bleue m'éveille, bloque la sécrétion de mélatonine dans mon cerveau. Le fait de savoir l'heure précise nourrit mon angoisse : 2 h 20.

Le contenu du message éradique mes derniers espoirs de sommeil : un type, un ami de Sarah, me sollicite pour une énième collecte en vue d'offrir un cadeau d'anniversaire à… Merde alors. Peu importe.

Je regarde à nouveau mon téléphone : 2 h 22.

L'angoisse grandit, le temps passe comme à une réunion du lundi matin.

Merde, c'est demain.

Merde, aujourd'hui.

Je décolle pour ouvrir la fenêtre, me prends les pieds dans les innombrables poufs.

« Je possède trop de choses… », avait-il dit, presque en s'excusant, alors que j'enlevais les coussins du canapé pour m'installer. Je m'assieds sur le rebord contre le garde-corps. Je l'aime bien, Nico, c'est un ami d'enfance. Nous sommes très différents. Sans Martim pour nous présenter, nous ne nous serions jamais parlé… Nico est du genre à dire des phrases comme « Il faut vivre avec son temps ».

Vivre avec son temps. Quelle injonction débile. Je vomis les tendances et ne serai l'esclave d'aucune époque. Voilà à quoi me réduit le manque de sommeil : je deviens méchant avec l'ami qui me dépanne, le seul qui ait répondu.

Un vis-à-vis, deux étages plus bas, a aussi eu l'idée de prendre l'air. Affalé sur la balustrade, il contemple deux fragments de métal brillant. Sous la pleine lune qui inonde la cour, je distingue des boutons de manchette. Nonchalamment, il les pousse du doigt jusqu'au rebord. Il prend son temps. Le premier bascule dans le vide, bientôt suivi de son jumeau. Sans doute un cadeau de son ex, me dis-je, encore un qui s'est fait essorer ; elle l'avait sûrement remplacé avant que son dernier bouquet de fleurs n'ait fané.

J'essaie de comprendre les raisons de la rupture de ce type, puis je pense à la nôtre, à Sarah et moi. Parfois, la seule réponse valable à « Je te quitte », c'est

« J'ai couché avec ta sœur ». J'aimerais, un jour, que la repartie me vienne avant l'humiliation. Bien sûr, je n'ai pas couché avec sa sœur ; d'ailleurs, Sarah n'a pas de sœur. Je finis par chercher les raisons qui nous ont conduits à rester ensemble jusqu'ici. C'est peut-être à ce moment que je réalise que nous ne nous reverrons plus. Derrière la cloison, Nicolas soupire et se retourne dans un craquement de lattes.

La porte de l'entrée claque. Depuis la salle de bains, j'entends les pas de Nicolas dans l'escalier.

C'est la troisième fois que je refais ce nœud de cravate. Entre le stress et l'abus de café, mes mains tremblent comme celles d'un vieillard. Alexandre, mon patron, et cette crevure de Lionel Allais, son bras droit, n'ont pas de problème de nœud de cravate, eux. Leurs mains ne tremblent pas, ils ne font pas d'insomnie : ils dorment d'un sommeil du juste usurpé et se réveillent déjà coiffés. Ils font leurs dernières retouches de style dans un immense dressing, face à un miroir rétroéclairé, pendant que madame – ou mademoiselle, peu importe – se brosse les dents avec leur bite, à genoux devant eux en peignoir satiné.

Ce pseudo-lendemain n'est pas le jour suivant, ni même un vrai matin : à peine le prolongement confus et pénible d'un dimanche qui ne finira jamais. Je m'apprête à traverser la semaine comme plongé dans un brouillard, un bourdonnement violent m'emplissant les oreilles, et les yeux incapables de distinguer le relief : tout m'apparaît en deux dimensions, en nuances de gris.

Costume anthracite, richelieus noirs, chemise de popeline blanche à rayures. Je tâte le toucher délicat des boutons en nacre. Irréprochable. J'enlève quelques pellicules de mes épaules. Je les attends : il n'y a rien à redire.

Il n'y a pas de philanthropes, il n'y a que des gens qui n'ont jamais pris le métro parisien à une heure de pointe. Ces rames pleines à craquer nous transforment en animaux. Le problème quand on marche, c'est que les sphincters sont détendus. Je fais semblant de m'arrêter et regarde derrière moi pour me soulager. En cas d'odeurs, grâce à ma tenue, le soupçon tombera sur le gros à côté duquel je me suis habilement posté.

Devant mes yeux, un écran publicitaire de soixante-dix pouces projette le compte à rebours avant la fin des ressources de « La Planète ». Je me demande combien de kilos de CO_2 cet écran rejette chaque année.

À une époque, on se contentait de dire « la nature », mais nos ego ont gonflé, il a fallu une préoccupation à leur mesure. Maintenant, des narcissiques fragiles au corps épais comme une brosse à dents apprennent à leurs enfants Ptolémée et Antigone à fabriquer du dentifrice et à bêler « La Planète » chaque fois que l'attention se détourne de leur nombril.

Avec la fatigue, on perd parfois en lucidité : à l'arrivée du train, le quai est si plein de personnes que la seule façon de leur échapper semble de sauter sur les rails. Parfois, j'aimerais mourir juste pour voir la foule à mon enterrement...

N'importe quoi.

Je suis un de ces gars torturés, épuisants mais irréprochables, probablement touchants mais sans réel ami, pas méchants mais pas simples : de ceux qui pèsent de tout leur poids sur leurs proches, s'ils en ont. De ceux qu'on invite peu : un gars parfait pour refaire le monde, mais parfaitement détestable si le monde vous convient.

Beaucoup de gens seront un peu tristes à mes funérailles, mais l'univers ne s'effondrera pour personne. Les portes s'ouvrent et dégueulent sur le quai. Et puis, surtout, j'ai peur de mourir malgré tout. La preuve, c'est que je suis déjà un peu mort et que j'ai peur tout le temps.

Je respire un grand bol d'air aux particules fines et entre dans la rame. Un costaud me bouscule, je m'excuse. Une scène attendrissante me fait oublier ce crétin : une femme porte un poupon qu'elle câline, elle semble si attentive, sa tendresse me touche… Mais ce n'est pas un nourrisson, c'est un petit teckel. Les longs cheveux de cette femme, shampouinés du matin, sèchent en épousant la forme de ses oreilles. J'aimerais me pencher pour en humer l'odeur fraîche et chimique.

Les gens saisissent à pleines mains les barres métalliques sans que j'arrive à déterminer laquelle, de la barre ou de la main, salit l'autre. Un maigrichon essaie de prendre ma place contre la vitre. Je gaine tout mon corps, les pieds solidement ancrés, et ne bouge pas d'un pouce. Pour ne pas affronter son regard, je me tourne face à la vitre embuée, que j'essuie par réflexe d'un revers de manche, découvrant un vieillard de trente ans au crâne dégarni, aux épaules étroites, qui me fait la gueule. La lumière haute, froide et crue qui tombe des néons accentue la pâleur de mon visage et noircit mes cernes, rebondit sur mes joues gonflées par la malbouffe et les bières tièdes bues sans entrain. Par réflexe, je tente de ravaler mon double menton d'un mouvement de mâchoire, en vain.

Un jeune cadre trop apprêté ouvre un magazine, je lis par-dessus son épaule – je sais que ça l'agace : *Ce qu'il faut emporter dans sa valise pour passer un bon week-end.*

Il faut. L'injonction préférée d'une époque libérée.

À la station suivante, les voyageurs dehors se ruent à l'intérieur en empêchant les autres de sortir. Je profite du flux pour quitter ma position trop exposée, me rapproche du strapontin du côté opposé, celui auquel on prête le moins d'attention lors des débarquements. En trois arrêts, je suis en place et m'assieds en prenant soin de regarder mes pieds. Je me masse la jambe comme si j'étais boiteux. Sur le sol, je lis une inscription au marqueur bleu foncé : *Combattre les élites, rejoindre les zélotes.*

Ma station est la suivante. Je me prépare à slalomer entre les plus détestables innovations d'une industrie de la mode qui n'en finit plus de nous faire bouffer du mauvais tissu thermocollé, ces costumes bleu nuit à revers ultrafin des jeunes qui ont appris l'estime de soi dans le « *feel good workshop* » d'une école de commerce de province.

Les noms des écoles de fils à papa sont tous conçus selon le même modèle de mots-valises en ordre aléatoire : la *masterbation*, c'est le vice nouveau dont a accouché le XXIe siècle. L'escalator vomit les grumeaux du métro : j'émerge d'entre les morts au bord des gratte-ciel.

À partir d'un certain degré de démocratie, chacun perd son identité: les désirs s'étalonnent, les idées disparaissent. Dans la nouvelle Athènes décadente, La Défense est notre agora: trois millions de mètres carrés y concentrent, selon le point de vue, le plus gros quartier d'affaires ou le plus grand cimetière d'espoirs d'Europe occidentale. On y entre Pierre ou Sylvie et on en ressort consultant ou analyste, comptable ou actuaire. Au quinzième étage, j'arpente les couloirs en lévitation, les muqueuses asséchées par le chauffage.

Il y a trois ans, lorsque j'ai intégré le cabinet Perrin & Associés, plein d'espoirs de plaidoiries grandiloquentes et de sulfureuses affaires pénales, j'ai prêté serment, juré « d'exercer mes fonctions avec dignité, conscience, indépendance, probité et humanité ». Me voilà au garde-à-vous, soumis aux injonctions d'un tableau Excel – ça, c'est pour l'indépendance –, dans des affaires de financement immobilier: aux chiottes la probité. J'ai noyé ma conscience et mon humanité en devenant machine, éduqué à repérer une double espace ou une virgule mal placée dans un contrat de soixante-dix pages. Quant à la dignité... heureusement, je n'y ai jamais cru.

Une salle d'attente, aussi, La Défense. Pour ces moments de vie qu'on passe à patienter, et marcher vite en évitant les bousculades entre des tours de vingt-huit étages à vitres marron qui avaient l'air futuriste il y a trente ans, arpenter des couloirs sourds, infinis, dont la moquette absorbe les bruits de pas, étouffe les pensées et les rêves, et puis arriver, marcher le plus silencieusement possible dans la putain de...

— Saul Pessoa ? me demande un jeune binoclard en costume chiraquien, peau sèche et sourcils pelliculeux, essentiellement constitué de clauses résolutoires et de formules mathématiques. Vous avez un rapport avec Fernando Pessoa, l'auteur du *Livre de…* ?

— … *de l'intranquillité*. Non, aucun.

Le type doit se laver le visage avec une râpe à fromage. Un congénère, en somme.

La réunion commence : j'allume mon cerveau, éteins mon esprit, voile un pan de mon cœur d'un manteau de poussière. Je manque probablement la première demi-heure, en apesanteur, jusqu'à l'atterrissage forcé :

— On *stet* sur ce point, dit Alexandre au gros client à la moustache frétillante, et on va ajouter une clause pour les *incentiver* à libérer les fonds fissa, ajoute-t-il en me regardant.

Cette phrase pourra servir d'épitaphe à la langue française, assassinée par les flambeurs patentés du village planétaire. C'est à celui qui calera le plus d'anglicismes.

Silence autour de la table, ils me regardent tous. Aurais-je pensé tout haut ? Alexandre s'est redressé brusquement :

— Tu m'écoutes ? Elle est où, cette notif' ? Ne regarde pas ta feuille, je te parle ! aboie-t-il.

Le salaud va me faire porter le chapeau.

— Vous vous foutez de moi ? bégaie le client.

Alexandre et le client parcourent frénétiquement la liasse de papiers à la recherche de quelques feuilles qu'ils ne trouveront pas : la notification de l'opération auprès du ministère de l'Économie et des Finances.

En désespoir de cause, Alexandre se tourne vers moi :

— Tu nous expliques ?

Il n'y a rien à expliquer, et il le sait. Ou, pire, il l'ignore, ce qui confirmerait sa criante idiotie. Le projet est sur son bureau pour signature, je le lui ai encore rappelé deux fois la semaine dernière.

— Je vous demande pardon, dis-je aux rayures de la cravate du client, je vais rectifier ça dès maintenant.

Alexandre me renvoie au cabinet pendant que Lionel ricane dans son coin.

Le sourcil pelliculeux m'attend à la sortie, visiblement surpris du peu de temps que j'ai passé en salle de réunion. Il referme lui-même la porte de la salle, et j'aimerais me dire qu'il m'épargne le soin de la claquer de toutes mes forces, mais à quoi bon mentir : mon corps entier s'excuse encore de tous ses membres à la sortie de l'ascenseur, puis de l'immeuble, puis du métro. Je tremble encore devant la porte vernie du cabinet Perrin & Associés. Il y en a qui ont l'esprit de l'escalier ; j'ai quant à moi l'esprit de l'escalator : même ma pensée n'est plus capable de mouvement.

— Déjà ? commente Claire lorsque j'accroche ma doudoune en laine bouillie et ma veste au porte-manteau du petit bureau que nous partageons.

Je m'affale dans mon fauteuil, incapable de desserrer les dents, et hausse les épaules. Je fouille mon bureau en désordre, soulève l'un après l'autre les sachets de bonbons, tous vides. Misère. Pas même de *comfort food*, comme disent les urbains.

Je m'attends à recevoir une leçon, une bonne dizaine de minutes d'aphorismes adorés des femmes fortes et modernes, du genre « ne pas se laisser marcher sur les pieds » ou « être maître de son destin ». Je ne le supporterai pas. J'attends. Peut-être choisit-elle ses rimes ? Mais rien ne vient, excepté un décevant « Quel connard, ce mec… » qui me laisse encore plus frustré.

La poitrine de Claire habite un petit 85B ou C qui tend parfaitement sa chemise bleu clair en un galbe frémissant. J'ignore encore comment nommer ce qui la définit et la rend plus excitante qu'une serveuse dans un bar à catins du Triangle d'or. La jupe fuseau bleu foncé à taille haute, qui ferme dans le dos. De mon bureau, je distingue ses jambes, tantôt croisées, tantôt collées et orientées vers un côté, gainées de collants opaques, ou de bas ? Ou de bas… La mèche qui s'échappe de son chignon défait et barre son front diaphane lui colle aux lèvres alors qu'elle mâchonne son marqueur. Même perchée sur des stilettos, elle sait avoir l'allure d'une petite fille modèle. Le genre de femmes à qui tu crois faire l'amour, alors qu'en fait, c'est elle qui te prend. On lui pardonne tout, à Claire, parce qu'elle est plus vraie qu'un documentaire sur Arte qui sent le tabac froid et le sexe sans amour, parce qu'elle ne fait pas tout à la perfection. Parfois, ses cheveux sont gras. Elle a un sens du tragique qui en fait presque un homme, presque, parce qu'elle est d'une féminité folle malgré tout. Elle n'est pas toujours maquillée, elle reste humaine, à portée. Et, curieusement, ça la rend encore plus excitante. Parfois aussi, elle se tient comme un mec, jambes écartées. Dans ces cas-là bien sûr, elle porte un jean avec ses stilettos.

Mon manteau tombe. Elle se lève pour le ramasser – elle a dans la démarche un reste de tango –, ferme la porte de notre bureau, me regarde par en dessous d'un air concerné, et chuchote :

— Lionel est passé ce matin, avant votre réunion. Tu as pu voir Richard ?

Le sol ouaté du cabinet Perrin & Associés se dérobe sous mes richelieus au glaçage impeccable :

— Richard Perrin me cherche ?

C'est la première fois que je fais le chemin jusqu'à son bureau.

Dans le couloir, le velours rouge de la moquette brille de plus en plus à mesure que j'approche : soit parce qu'elle est remplacée régulièrement, soit, plus probablement, parce que personne n'ose s'aventurer jusqu'à l'antre du taulier que la presse grand public affuble de surnoms guerriers à chaque affaire sordide.

Il pourrait être surnommé « chou gras », mais il n'est ni chou, ni gras : c'est un spartiate de la barre. Avec lui à mes côtés, devant le box, je pourrais assassiner Alexandre en public. Tiens, je pourrais le tabasser dans le prétoire et me faire acquitter.

Richard Perrin m'a convoqué.

J'avance la main vers la poignée, il a déjà eu vent de la connerie d'Alexandre, me dis-je. Alexandre est le fils d'un des associés historiques du cabinet, je ferme le poing, lève le bras pour toquer à la porte. Je suis là pour me faire virer. Devant la porte de bois verni, je tremble à l'idée de frapper ; quelqu'un me regarde au loin, je ne veux pas entrer, et je me répète : le client veut une tête et ce sera la mienne.

Je pénètre dans une grande pièce assez sobre, parfaitement accordée au silence ouaté qui y règne.

Quelques peintures impressionnistes surmontées d'antiques projecteurs cuivrés, un canapé de cuir capitonné, une table de bois lisse et un tapis épais comme du lichen, qui semble retenir les effluves de cig...

— Saul !

Il connaît mon prénom.

— Entrez, je vous en prie.

La voix est posée, chaleureuse, elle a cette même intonation qui a dû convaincre poliment des meurtriers khmers rouges de se taire et de se calmer, et ne vous asseyez pas en treillis sur ce fauteuil c'est un Louis XV, mon colonel, merci.

Il lève vers moi un regard azur lavé, aussi doux que son visage est sec. Veste marine de laine tricotée à revers en pointe, pantalon gris.

— Vous faites du bon boulot.

Il joue avec la viande. Je souris, figé : ça veut dire « merci » ; Richard n'est pas surpris, habitué des mutismes subits.

— Alexandre n'est pas facile, vous vous en sortez bien.

Viens dans ma toile, jolie libellule, contemple mes huit yeux, tu seras mon plat de résistance.

— Vous êtes d'origine portugaise, je crois ?

Peut-être y a-t-il un quota de collaborateurs étrangers à respecter ? Je persiste dans mon unique expression faciale, dodeline vaguement de la tête, il comprend.

— Figurez-vous – c'est drôle –, nous sommes un cabinet international et vous êtes le seul à parler portugais. Nous accueillons depuis quelques jours dans nos locaux un confrère brésilien d'un gros cabinet de São Paulo, Ayrton Campos, avec lequel nous pourrions développer de magnifiques synergies. Il parle très bien le français et nous nous comprenons mais… il a dû lire votre nom quelque part, et j'ai cru comprendre que la langue de Camões lui manquait. C'est un très gros poisson. Il représente les intérêts de nombreuses administrations dans son pays. Autant vous dire qu'une telle envergure serait un atout de poids pour placer le cabinet sur les marchés émergents… J'aimerais que vous soyez son guide à Paris. À votre retour de vacances, faites-lui visiter la capitale, qu'il se sente ici chez lui. Il est dans l'ancien bureau de Lionel, le larbin d'Alexandre, je vous laisse aller vous présenter en sortant d'ici.

Ai-je bien entendu ?

Richard a l'air amusé :

— Je sais bien ce qui se passe et ce qui se dit dans mon cabinet. Tenez, je vais vous dire autre chose : vous pensez que je vous ai mis avec la petite Claire pour qu'elle vous tire vers le haut. Mais si vous êtes avec elle, c'est pour la protéger, elle. Et mon cabinet. Vous êtes le seul mec de l'étage (je frémis au mot « mec ») qui n'osera jamais lui faire d'avances… Bonne journée, Saul !

Les gestes de Richard Perrin pèsent plus que les mots du commun des mortels, et ses phrases davantage encore : entré chez lui pour me faire virer, j'en ressors investi d'une mission, plein de sa confiance, avec entre les mains les cartes pour *closer le deal.* Même le franglais me devient agréable.

J'arpente le même couloir à rebrousse-tapis, bifurque à gauche, cette fois-ci je ne perds pas une seconde pour toquer à la porte. « Entré-ez! », chante une voix grave et douce par-dessus un air de classique, je crois reconnaître un opéra de Verdi.

Un blond, pas bronzé du tout, cheveux ondulés, costume croisé en flanelle grise, une cravate en grenadine vert bouteille, de magnifiques souliers brogues marron à lisse ronde, probablement une grande mesure de chez Aubercy.

— *Bem vindo a Paris, Seu Ayrton!*

— *Obrigado,* Saul, *é um prazer.* Martim Von Manstein te dit bonjour!

Il voit que je tombe des nues en entendant ce nom presque oublié.

— Figurez-vous que je suis l'ami du père de Martim... nous travaillons ensemble. Je sais que Martim est à Paris ces jours-ci. Donnez-moi donc votre numéro, il voudra sans doute vous appeler...

S'ensuit une discussion irréelle, où je m'efforce de gommer les aspérités de mon accent portugais pour le rejoindre dans son *sotaque* sucré du Brésil du Sud. Il me donne des nouvelles de Martim et de toute la famille Von Manstein, parle voilier, Nordeste, littérature: un bouquin de João Guimarães Rosa dont j'oublie le titre à l'instant même où il le prononce, je me souviens de dire *gostaria muito* quand il me demande si j'aimerais le lire, me promet de l'apporter à mon retour de vacances.

Il finit par me congédier en douceur. Une fois de plus, j'ai l'impression de ne rien maîtriser.

De retour à ma table de travail, je vois Claire absorbée par son écran, comme quelqu'un qui n'ose pas croiser mon regard. Je ne dis rien et savoure son impatience – c'est si rare; avant qu'elle ne lève les yeux, je me compose un air neutre, je me relève, fais quelques pas, reste debout devant la cheminée condamnée et joue avec un trophée en plexiglas; elle tente de capter mon attention dans le miroir qui me fait face, s'impatiente:

— Tu te moques de moi?

N'abusons pas de nos effets, je lui raconte tout: mon sauveur Ayrton, un Brésilien du Sud qui connaît le père de mon ami d'enfance Martim, je lui dis que je vais faire office de guide, qu'il aime Paris…

C'est agréable de la surprendre. Alors qu'elle s'apprête à m'interroger, Alexandre s'avance jusqu'au milieu de la pièce, l'air faussement gêné:

— Bon, dit-il en regardant le tapis, ça ne s'est pas trop mal passé, finalement, pas vrai?

Il a dû retrouver le dossier complet sur son bureau, constater son erreur, mais ne s'excusera pas. Il doit sentir le regard implacable de Claire entre ses omoplates.

— Tiens, au fait, ça t'a coûté combien, le taxi? dit-il en sortant un billet de vingt euros froissé de sa poche – il sait que je suis rentré en métro.

Je le saisis mollement et marmonne un « merci » honteux, à peine audible.

Les doigts de Claire tapent de plus en plus fort sur son clavier.

— Écoute, enchaîne Alexandre en jetant des coups d'œil furtifs par-dessus son épaule, en direction de

Claire, je le reconnais, j'y ai été un peu fort… Il faut dire que, ces derniers temps, tu enchaînais les erreurs…

Il tripote son stylo avant d'enchaîner :

— L'important, c'est qu'on a toujours le dossier. On va redresser la barre.

Claire toussote derrière lui. Il crache enfin son morceau, abat la carte qu'il aurait voulu n'avoir jamais à abattre :

— Richard m'a appelé, il a eu Mme Soares, la concierge de la tuerie d'Argenteuil. La fille Wollmann a signé la convention d'honoraires. Je sais que tu as toujours parlé de bosser sur du pénal, *je lui ai demandé* de te faire travailler sur ce dossier.

Il a parlé d'un coup, sans respirer, comme pour bien me signifier toute la réticence qu'il a à me faire cet honneur. Sans attendre ma réaction, il sourit faiblement et sort.

Je reste un instant sans réagir, capte le sourire radieux que Claire dissimule à peine :

— J'aurais déjà été étonnée qu'il accepte de te refiler un petit délit… Richard a dû le secouer ! J'ignore comment il l'a appris, pour la réunion de ce matin…

« Je sais tout ce qui se passe dans mon cabinet. »

Daniel et Jacqueline Wollmann, vieux héritiers d'une longue lignée de drapiers autrichiens en visite chez leur neveu, séquestrés et torturés plusieurs jours durant dans une cave d'Argenteuil, avant d'être égorgés à la scie. Madame était en fauteuil roulant. Probablement l'un des faits divers les plus atroces de ces dernières années et le dossier pour lequel la moitié de ma génération d'avocats donnerait un rein : le type d'affaires qui transforment une carrière de gratte-papier en épopée de ténor du barreau.

— Il a le bras long, ton Brésilien… Cela a un rapport avec Martine ?

— Martim, corrigé-je, un œil sur les photos, Martim Von Manstein. Quand nous étions petits, il ne parlait pas un mot de français. Incapable de prononcer son nom, je l'appelais Machin.

Elle a suivi mon regard :

— Le pâtre grec, là, entre la fille et toi, sur la photo ?

Je fais oui de la tête. Sa réaction trahit ce qu'elle n'avouera jamais, quelque chose du style : « c'est typiquement le genre d'hommes sur la route duquel je mettrais mille obstacles pour qu'il les renverse tous et me fasse l'amour ».

Toutes les mêmes.

— C'est drôle, dis-je, il était destiné à devenir un paria comme moi et…

— Tu n'es pas un paria, coupe-t-elle.

Sa compassion castratrice est disqualifiante. Parfois, j'aimerais hurler : « Je suis un mec, bordel ! » Mais si j'ai besoin de le dire, c'est justement parce que je ne le serai jamais à ses yeux.

— Tu comprends ce que je veux dire, capitulé-je.

— Les gens ont peur des personnes comme toi…

Je fronce les sourcils. Elle continue sans prêter attention :

— … de ceux, avec lesquels on ne peut rien dissimuler. On a tous nos petits secrets, nos petits arrangements avec la vérité, et tu as typiquement le profil de celui qui ne laisse rien passer, et renferme assez de colère pour démasquer quelqu'un en public et l'humilier salement.

— Je n'ai jamais démasqué personne, me défends-je, calme et froid.

Je m'abstiens d'ajouter : « En public, en tout cas. »

Elle tente une sortie :

— Et donc ? Pourquoi est-ce drôle qu'il soit devenu un paria ?

J'accepte la diversion, agacé :

— Tu n'as pas écouté, dis-je, il n'était pas un paria, justement, il avait du recul et…

— … du courage ?

— Un charisme à faire tapiner une nonne.

Elle rit :

— Il faut vraiment que tu rencontres mon amie Sybille, elle est adorable et très drôle, et …

Je n'ai absolument aucune intention de rencontrer ton amie Sybille. Elle est à coup sûr l'affreux faire-valoir qui pollue tous les groupes de filles, le projet philanthropique que vous tentez de fourguer à tous les hommes que vous disqualifiez, avec ton équipe de filles sublimes.

Elle a dû remarquer que je n'écoutais plus car sa voix s'est tue.

Elle regarde encore la photo :

— Von Manstein, ça ne fait pas très brésilien…

— C'est allemand. Sa famille a quitté l'Europe… avant la Deuxième Guerre mondiale, précisé-je pour effacer son sourire moqueur. Je crois que son grand-père participait à une espèce de groupe d'étudiants antinazis.

— Et tu ne l'as plus revu depuis… ?

— Cela doit faire trois ans… Il est reparti vivre au Brésil, avec son père.

Je n'aurais peut-être jamais dû rencontrer Martim von Manstein ; ma vie aurait été différente.

Ma mort aussi, bien sûr.

Cette nuit-là
00 h 50

Ce n'est pas un cambriolage, c'est un assassinat : ce soir je serai mort.

Je le sais dès que j'entends les pas lents, dans l'escalier. Un gros, le visage emmitouflé dans son t-shirt, pointe une arme vers moi :

— *Quieto*, je n'ai rien, dis-je en levant les mains, grelottant de tous mes membres.

Il vérifie que je ne suis pas armé, me bouscule contre le mur.

— Appelle-les, dit-il à voix basse en me poussant vers le palier.

Je n'ai pas le temps d'ouvrir la bouche : la serrure de la porte de chambre de Martim produit un claquement sec, les voilà qui sortent à pas lents.

Ils nous font descendre dans la cuisine. Sifflement de la cafetière.

— Allongez-vous là, tous les trois, dit l'un des malfrats en désignant le sol de la cuisine.

Je la vois, plus digne que moi, qui s'assied sur le carrelage, s'étend face contre terre.

J'ouvre la bouche, une voix sort, qui n'est pas la mienne :

— Il y a du fric dans le…

Je n'achève pas ma phrase, un violent coup de pied dans le foie me plie en deux.

– Putain mais… (Coup de crosse dans l'épaule, peut-être la clavicule.) Ça va, ça va, ça va, dis-je très vite.

J'écrase ma joue contre le sol comme si je voulais l'y enfoncer. Ça fait mal peut-être, je ne sais plus, l'adrénaline, et pourquoi c'est si long, le corps entier qui gigote comme si je prenais deux cent mille volts.

– *Quieto, filho da puta*, dit-il à voix basse, lentement, en détachant bien les syllabes.

Ses orteils dégoûtants, à quelques centimètres de mon visage, dégagent une odeur pestilentielle.

Mon interminable jeudi prend fin à 21 heures, lorsque je quitte le cabinet pour retrouver Martim, qui m'a proposé de le retrouver dans ce café du haut de la rue des Martyrs.

Même la clameur de la rue m'avait manqué.

Avec la flemme qui s'installe, je commence à regretter d'avoir demandé le numéro de Martim à Ayrton. Et pourquoi diable l'avoir appelé? Nous étions si bien, chacun de notre côté, lui à la conquête sexuelle et entrepreneuriale de l'intégralité du continent sud-américain, moi dans mon marasme professionnel et mon autosabotage personnel... Qu'allons-nous pouvoir nous dire? Les retrouvailles avec un vieil ami commencent toujours par un échange de platitudes, de ces nouvelles insipides qui ne se donnent qu'aux grands-parents ou aux anciens collègues: ignorant ce qu'est devenu notre interlocuteur, on prend soin d'éviter les sujets de fond, conscient que toute polémique accroîtrait le malaise.

Ne pas parler de son départ précipité de Paris, trois ans plus tôt...

Une fois la mise à jour réalisée, l'ennui s'installe, chacun se rappelle pourquoi les deux ne se côtoient plus, l'un des deux évoque sa grosse journée de demain, et l'autre accepte – peut-être un peu vexé d'être devancé, mais beau joueur – et les promesses de se revoir sont ponctuées de « bientôt », de « très vite », c'est indéfini, cela peut vouloir dire « la semaine prochaine », mais plus sûrement « à dans trois ans », bref l'honneur est sauf. Bien sûr, chacun en ressort persuadé d'avoir la vie la moins trépidante qui soit.

Ne pas lui poser de questions sur son père.

Malgré l'envie d'annuler, je hèle un taxi.

À quelques dizaines de mètres du bar (ici ce sera parfait, merci, je vous dois combien ?), le chauffeur laisse traverser un couple hors des clous sans arrêter le compteur, pour se garer juste après.

Je reste une heure au maximum, au lit au plus tard à 23 heures.

Je l'aperçois de loin, assis à la terrasse, jambes croisées, un bras passé autour du dossier de la chaise d'à côté. L'âge semble n'avoir aucune prise sur lui : il a toujours cette figure d'angelot, de berger de Michel-Ange avec ses boucles noires de jais, son visage fin et son cou musclé, comme si l'on avait délicatement posé la tête d'un chérubin sur le corps d'un boxeur poids moyen.

Il porte un gros manteau de peau lainée dont le col remonté lui caresse l'arrière du crâne, un t-shirt en épais coton blanc, des bottes fourrées, et la serveuse derrière lui semble tout à fait d'accord avec moi : malgré ses joues imberbes, il pue le sexe et la testostérone.

Debout face à la table, le garçon lui fait la conversation. Il a l'accoutrement des serveurs sans passion : chemise blanche à col tordu, presque grise, gilet noir lustré, larges auréoles et front luisant de gras :

— Tu penses vraiment que j'ai mes chances ? demande-t-il à Martim.

— C'est évident. Fonce !

— Mon service se termine bientôt, je vais le faire…

En me voyant, les yeux vairons de mon ami d'enfance s'illuminent comme si j'étais la plus grande joie de sa journée.

J'essaie de me rappeler pourquoi son frère et sa sœur ne lui adressent plus la parole.

Une voiture klaxonne derrière nous, et je mets quelques secondes à saisir sa remarque sur mes cernes.

— Tu as l'air d'un panda.

Il a dit cela d'un air concerné, pas réjoui comme Lionel ; je ne relève pas et réponds à côté, moqueur, pour commenter sa tenue :

— Tu sais ce que c'est que la masculinité toxique ?

— Une méthode de fertilisation des terres agricoles ? répond-il, goguenard.

— Une excuse paresseuse. Ils ont de drôles de vêtements, au Brésil.

Martim est la seule personne que j'ose brocarder. Enfin… que j'ose brocarder *en face*.

— Je suis arrivé sans bagages, dit-il en pinçant le col de son manteau, j'ai trouvé ça chez les parents, c'était à mon arrière-grand-père. Il pilotait un triplan Fokker, il a abattu un tas de Français dans la Somme, ajoute-t-il avec un sourire féroce.

On pourrait croire qu'il m'explique, mais en réalité, Martim ne se justifie jamais de rien : il informe.

Je lui rends son sourire en tirant le dossier d'une chaise.

— À l'intérieur, plutôt, non ? On gèle.

Un sol de béton ciré mat, très tendance. Je jette un coup d'œil vers le bar : le zinc est plutôt bas. Au-dessus du laiton, quelques lampes suspendues. Autour des tables, des chaises en bois verni et osier plastifié. Le serveur essuie ses verres, peut-être a-t-il le temps maintenant, car le bar est presque désert. Il les aligne devant lui sur le comptoir, comme un collectionneur.

De temps en temps, celui qui doit être le patron passe derrière et essuie à nouveau un verre qui semblait propre et sec avec un soupir bruyant.

Martim me désigne une table :

— Je suis content que tu m'aies répondu... quelle coïncidence ! Je suis ici depuis une semaine. J'espérais convaincre Maman de me prêter des fonds pour un projet dans lequel mon père refuse d'investir, mais je me suis fait envoyer sur les roses. C'est mon premier séjour en France depuis...

Alors que le serveur interpelle à nouveau Martim, nous nous installons à côté d'un couple de trentenaires. Au milieu des bruits de verres qui s'entrechoquent, le type raconte à madame une semaine de banquier palpitante comme un hiver à Brest.

Elle paraît penser comme moi, écrasée contre le dossier de sa chaise, bien en arrière. Lui est presque à l'horizontale au-dessus de la table, probablement persuadé que c'est le seul obstacle entre eux.

Il vient de Montpellier, comme tous les Parisiens. Elle a les traits assez grossiers mais des yeux d'un bleu translucide, qui font ressortir son teint. Lèvres charnues, bras fins, excitante malgré un air de timidité maladive. Un coup arrangé, c'est sûr.

Je saisis la carte de mauvais plastique sale et collant, mais le serveur arrive avec deux bouteilles de bière :

— C'est pour moi. Mon service est fini, j'y vais, merci encore, Martim !

Martim, laissé seul une heure dans un lieu public, devient ami avec tout le monde. Pour peu qu'un couple d'inconnus se forme ce soir-là, il sera témoin de mariage. Six mois dans un pays, il finirait ministre...

Martim et le serveur parlent encore quelques instants, j'observe mon Montpelliérain à la dérobée, me fais discret, ce genre de types du sud n'attend qu'une occasion pour se battre : c'est une façon urbaine de marquer son territoire.

Masculinité toxique...

Les rares fois où monsieur s'oublie et inclut madame dans la conversation, elle se tortille les mains ; il insiste pour qu'elle boive du vin, allez on est jeudi, ne sois pas si coincée.

Encore une qui ne sait pas dire non.

Lui semble déterminé à recouvrir l'intégralité de la table de son buste : elle ne le regarde pas souvent. Sous l'assise du fauteuil, ses pieds croisés battent une mesure rapide.

Martim, enfin débarrassé de son admirateur, remarque mon intérêt pour les voisins.

— Même en la faisant boire, je crains qu'il ne parvienne pas à grand-chose…, glisse-t-il en me lançant un clin d'œil du gauche – le marron clair.

J'acquiesce :

— S'il ne se l'est pas déjà faite, ce ne sera sans doute pas pour ce soir non plus.

Le séducteur raté la ressert jusqu'au bord, elle proteste, elle n'a pas dîné. « Allez, on est jeudi », beugle-t-il avec la légèreté d'un poêle prussien en fonte de Weimar, il doit probablement être de ces gars qui disent « À l'année prochaine ! » à leurs collègues avant de partir en vacances à Noël. Il enquille les clichés de mauvaise drague.

— J'ai l'impression qu'il y a quelque chose de concret entre nous…

Ça s'appelle une table, crétin.

Il a une tête à renifler ses chaussettes sales.

Martim comprend sans doute qu'il devra briser la glace s'il ne veut pas passer la soirée à écouter le brouillon de sérénade de notre intarissable voisin :

— Comment s'est passée ta semaine ? Tiens, si tu devais choisir de m'en raconter le meilleur moment ?

Quel drôle de sujet. Il est comme ça, Martim : il ne pose jamais de questions fausses et vides, comme « ça va ? », « que deviens-tu ? » ou « que fais-tu de beau ? ».

J'essaie d'esquiver mais il insiste.

— Allez, Maître, pas de secrets entre nous.

On m'appelle rarement Maître et jamais sincèrement. Je finis par trouver quelque chose à répondre, j'enrobe à peine.

Il reste silencieux un moment, les yeux mi-clos comme quelqu'un qui savoure un bon vin, alors que je manipule la cire de la bougie chauffe-plat dans son pot de yaourt en verre – c'est rare, de nos jours : partout, ils les remplacent par de fausses loupiotes en plastique chinoise.

La flamme se reflète dans son œil, le vert, et il murmure de la voix douce et lente de quelqu'un qui sait qu'on l'écoute toujours :

— Tout de même... avocat ! J'étais tellement fier quand Papa... quand mon père me l'a appris !

— Tu habites avec lui, là-bas ?

Je perçois comme une ombre sur son visage, il regarde ses mains, se reprend aussitôt :

— Plus depuis quelques années, je n'ai pas mis les pieds à São Paulo depuis mon retour au Brésil : j'ai quitté Paris pour m'installer directement dans le Ceara.

Un état du Nordeste, je me rappelle, la région d'origine de sa mère.

— Nous y avons encore beaucoup de vieilles maisons, de terrains... Tout ça ne vaut plus rien – ce serait presque le contraire, une pompe à fric, en fait –, mais enfin, la valeur est sentimentale. Et puis, je passe du temps avec mon cousin Nilson... J'ai un projet pour restaurer le village, donner aux habitants de quoi se prémunir contre les gros promoteurs et les grands hôteliers... Tout cela est très hypothétique : mon père serre la vis, il estime que je perds du fric pour sauver mes souvenirs. Pas très raccord avec sa stratégie patrimoniale...

Je le reconnais bien là, toujours à porter secours aux plus démunis. Je ne lâche pas un regard au clochard de ma rue, lui s'assied sur son héritage pour protéger un village entier…

Au fond du bar, un groupe d'étudiants entonne des chansons grivoises, dehors les passants se font plus rares, et les derniers dîneurs sont peu à peu remplacés par des fêtards. Il m'interroge sur le quotidien d'un « avocat d'affaires » comme si c'était intéressant. Je ne m'étais jamais vu sous cet angle alors, en terminant ma quatrième bière d'un geste théâtral et brusque, je lui raconte ma semaine, j'enjolive carrément, dit comme cela, c'est génial, et Martim me laisse parler, ne commente pas, accueille avec un intérêt presque avide, réagit simplement de temps en temps d'un froncement de sourcil ou d'un léger mouvement des narines, je lui raconte le meilleur en pelant l'étiquette de ma bouteille, je me trouve très convaincant, fais mine d'adorer ma carrière, avoue à demi-mot ma rupture avec Sarah mais enchaîne vite, il revient dessus :

— Je ne l'ai jamais trop sentie, cette fille.

Ma chaise est trop loin, ou trop près, je n'arrive pas à croiser les jambes, mon genou heurte la table, je recule. Probablement déjà ivre, je finis par tout lui raconter : Alexandre, Paris, le canapé, les deux semaines que nous devions passer en Italie avec elle, ce samedi, qui tombent à l'eau, heureusement que je prends toujours la meilleure assurance, je sais qu'il tique même s'il le cache – lui ne prend pas d'assurance. En fait, il ne prend même probablement que des allers simples. Ça me rappelle que je l'ai toujours aimé comme un frère, même quand cet amour se transforme en haine profonde à cet instant car je comprends que sa compassion est sincère.

— Que vas-tu faire, alors ?

— Nous devions partir après-demain, je n'ai pas le choix… j'irai sûrement me reposer à Lyon, chez mes parents.

Contemplant un instant nos bouteilles vides, il me lance un regard interrogateur. Je tente vainement de protester alors qu'il appelle la serveuse et, de loin, fait en la regardant un geste circulaire de la main vers le bas.

— Deux de plus à la sept ! l'entends-je crier derrière.

Je rends déjà les armes, me lève en bousculant ma chaise.

À la table voisine, la jolie brune, qui semble avoir bu au même rythme que nous, est maintenant penchée de côté sur la sienne.

Elle se recoiffe, les aisselles exposées, et garde ses coudes en l'air quelque temps avec les mains croisées derrière la tête.

Aux toilettes, je croise « son » mec qui se retourne les poches, énervé :

— T'as pas des capotes ?

— Désolé, dis-je, les yeux sur mes pieds.

Par endroits, le sol est recouvert d'une flaque de pisse boueuse.

Le type arrose la cuvette, ses chaussures, le mur… Lorsque je remonte à notre table, la petite brune a disparu, Martim l'a mise dans un taxi :

— Il fallait presque la forcer…

Le whisky succède à la bière, bientôt remplacé par des verres de tequila offerts par le patron.

— Pardon de n'avoir jamais rappelé, lâché-je, rauque.

Il sourit sans répondre, ferme les yeux quelques secondes.

— J'ai quitté la France un peu vite, à l'époque…, finit-il par dire.

Quelque part entre mes épaules, l'ombre d'une plume prend son envol, encore d'autres verres, la soirée touche à sa fin, je lui parle d'impôts, de la vie qui est une belle salope, des camions dans le nord et du blé qui moisit.

Nous commandons une énième tournée et le reste appartient à l'alcool et à l'oubli.

C'est un appartement situé au quatrième étage d'un très vieux bâtiment aux parties communes désertes et mal entretenues, dans une de ces ruelles en lacets du 3ᵉ arrondissement de Paris.

Il se dit qu'autrefois la famille Von Manstein possédait tout l'immeuble mais qu'à la défaite de 1918, seul cet appartement et celui du dessus ont échappé à la vaste confiscation entreprise par les vainqueurs français. À l'époque, l'aïeul de Martim, un médecin allemand, a sauvé la vie d'un général français qui, en signe de gratitude, a placé ses meilleures intentions au sommet d'une pile de dossiers et permis aux survivants de se rassembler dans ce qui, aujourd'hui, tient davantage du cabinet de curiosités que du foyer familial. L'appartement, vétuste, fait le tour d'une cour intérieure délabrée. Mme Von Manstein, qui y vit seule une partie de l'année, n'en utilise que deux pièces, dormant dans une alcôve à côté du salon. Une habitude qu'elle a prise à l'époque où son époux, qui n'avait pas encore déserté le domicile conjugal, aimait rentrer tard. Au fil des années, la famille y a entassé une multitude d'œuvres en tout genre. L'arrière-grand-père, soutenant des peintres à la Belle Époque, y entreposait des tableaux de Béraud, de Stein et de nombreux autres artistes fauchés dont la plupart, hélas, n'ont jamais percé, si bien que, dès l'immense entrée aux tentures sombres, on se sent comme égaré dans les caves du Louvre, enfilade de pièces froides aux parquets encombrés de tableaux sous papier kraft, de sculptures classiques de marbre blanc, de mobilier parfois recouvert de draps jaunis, de trophées de chasse.

À l'autre bout de l'appartement, j'émerge doucement sur le vieux canapé de cuir du bureau. Par réflexe, je regarde ma montre. Il est encore tôt : j'ai une petite heure devant moi. J'ai la démarche aléatoire d'un lendemain d'alcool.

Rien n'a changé depuis ma dernière visite : ni la vitrine de soldats de plomb, ni le râtelier de bois où trônent encore quelques armes de chasse. Même la tapisserie est restée en place, rapiécée, d'un vert bouteille tirant sur le marron autour des fenêtres à cause de la moisissure. La vieille carte d'une ville inconnue affichée au mur, au-dessus de la table d'une seule pièce de chêne brut, a remplacé un immense cube vitrine de plexiglas protégeant une armure de samouraï japonais du XVIIIe siècle qui a été déplacée de quelques mètres à gauche.

Machinalement, je cherche du doigt les fines brûlures circulaires des premières cigarettes goûtées avec Martim, d'antiques Gauloises brunes sans filtre au goût amer trouvées dans un tiroir, avec lesquelles nous nous étouffions dans l'espoir d'apprendre à fumer comme les grands.

Sous la lourde vitre du bureau, des photos pâles représentant la famille au grand complet. Sur l'une d'elles, M. Von Manstein, géant blond vêtu d'un polo blanc, fume un cigare sur le plat-bord d'un bateau de bois, ses quatre enfants à ses côtés. La grande sœur de Martim, Pauline, la seule à ressembler à son père, blonde platine, enlace le petit dernier, Sebastião : cette photo date donc d'avant notre classe de quatrième. Le père de Martim ne s'en est jamais remis : l'été de son bac, à peine majeure, Pauline perd la vie dans un accident de la route. Les autres passagers, deux hommes, avaient le double de son âge…

Je promène la main jusqu'au pied d'une lampe à abat-jour de laiton, marquant quelques zigzags sur la fine couche de poussière du bureau.

Après la perte de Pauline, M. Von Manstein quitte le domicile familial précipitamment et passe quelques années sur son bateau entre la Méditerranée et la mer Rouge. Puis, un matin, alors que nous rentrons en première, il apparaît à l'entrée du lycée, mince et bronzé, appuyé contre le capot de sa vieille 2CV. Martim loupe un mois de cours : lui, l'adolescent timide et réservé, revient transformé, affable et volubile.

À moitié cachée sous la lampe, une photographie le représente, à dix-sept ans, assis à la table de bois d'un restaurant de Jbeil. La photo, soigneusement découpée sur le bord gauche, laisse deviner le bras noueux de M. Von Manstein autour de ses épaules.

Dans d'autres cadres, je reconnais mon ami à différents âges, parfois avec ses frère et sœurs, ici muni d'un fusil plus grand que lui, accroupi à côté d'un cerf, là en combinaison rouge et casque blanc dans une voiture de course sur un circuit.

Tout au long de notre scolarité, le paternel de Martim a continué à jouer les courants d'air avec ses enfants, apparaissant et disparaissant sans jamais appeler ni écrire au préalable. Chaque fois, il semble déterminé à défaire en un temps record l'éducation solide et laborieuse et les bonnes manières transmises aux enfants par son épouse. Cette dernière, délaissée par son mari et boudée par des enfants qui trouvent leur père plus intéressant, a peu à peu sombré dans la dépression, jusqu'à ce que M. Von Manstein parte s'installer définitivement au Brésil. Les deux derniers choisissent alors leur mère et coupent les ponts avec le paternel. Je crois qu'ils n'ont jamais pardonné à Martim de n'avoir pas pris la même décision. Peut-être est-ce là la raison de son départ précipité au Brésil, il y a trois ans…

Au-dessus des photos sur le bureau vitré, une partition : le « Bogoroditse Devo » des *Vêpres* de Rachmaninov, une révélation dans la vie de Pauline. Elle cultivait son don pour le chant, son seul point commun avec sa mère. Mme Von Manstein, née d'une famille riche de la banlieue de Fortaleza, a rempli l'Opéra de Rio de Janeiro à l'âge de vingt et un ans. Dans l'assistance, un jeune Von Manstein subjugué décide, la représentation à peine terminée, de s'envoler pour le Nord demander sa main au père deux semaines plus tard…

Pour le dix-septième anniversaire de Pauline, les parents financent l'enregistrement et la gravure de vinyles des plus beaux airs de Pauline, que Martim, Sebastião et leur sœur Marguerite ont longtemps conservés secrets, après sa mort, pour les écouter sur un vieux gramophone en l'absence de leurs parents.

D'un tiroir du bureau, je sors la petite clé qui ouvre un secrétaire d'acajou situé contre le mur à gauche du fauteuil, dans lequel dorment les précieux disques – j'ai souvent vu faire Martim. Je pose celui de l'opéra de Cilea, *Adriana Lecouvreur*, sur une platine moderne, réduis le son au minimum. La voix déchirante de Pauline interprétant le « Poveri Fiori » résonne faiblement. Au bout de quelques mesures, j'éteins la platine et range le vinyle, de peur que Martim ne se réveille.

Je continue mon exploration. Dans une vieille malle de campagne de l'époque napoléonienne, des manuscrits originaux de Rilke, des épreuves de Pessoa sous un de ses nombreux pseudonymes.

L'atmosphère est antique mais chaleureuse, comme figée dans une époque où tout était plus simple, entre « méchants Allemands » et « affreux Russes », l'ère de la France libre et de la dictature brésilienne, des murs recouverts de tapisserie pour mieux les isoler, un âge où les secrétaires en acajou n'étaient pas encore des pièces de musée fragiles, grinçantes et pas très fonctionnelles, où le feng shui enfin n'interdisait pas de recouvrir chaque centimètre carré de mur d'une lithographie ou d'une huile sombre chargée de clair-obscur.

— C'est un peu encombré, dit Martim derrière moi, car nous avons dû vendre en catastrophe l'appartement du dessus… Parfois, quand le monde va trop vite, j'aime bien revenir ici. Respirer ce qui demeure…

— C'est pour ça qu'ils n'ont jamais refait la déco ?

— Pour ça… et puis la… quand *elle* est…

Quand Pauline est morte. Pressé de faire diversion, je lui montre un cadre de carton représentant deux garçonnets âgés de deux ou trois ans : l'un aux cheveux noirs de jais et aux yeux vairons tend un jouet au deuxième, casqué d'une tignasse blonde. Tous deux portent un petit col rond comme des pétales de marguerite, et une salopette assortie.

— Sur cette photo, on dirait que je suis le fils de ton père ! plaisanté-je, un doigt sur M. Von Manstein, à côté.

Martim rougit légèrement.

— Au moins, maintenant, il n'y a plus de risque, conclus-je en passant la main sur ma calvitie clairsemée de cheveux châtains filasses.

J'observe cet enfant blond et souriant qui semble n'avoir jamais existé. Il est mort triste et seul, après l'adolescence, lorsque j'ai compris que je n'étais pas le fils que mes parents auraient voulu.

J'ai parfois du mal à réaliser que Martim aussi a des blessures, des insécurités de fils ; enfant, il se sent si différent de son père, au plan physique, qu'il n'a qu'une obsession : lui ressembler autrement. Peu à peu, lui, le garçon calme et distant, se force à jouer les séducteurs entreprenants pour se prouver qu'il a cela dans le sang… En grandissant, ce qui lui demandait des efforts considérables devient naturel. Petit à petit, son corps s'étoffant en force et en grâce, il n'a plus besoin d'user d'artifices, le magnétisme lui vient, ou plutôt émerge du fond de lui-même. Même les filles des classes supérieures, alors, n'ont d'yeux que pour lui. Nous autres, ses camarades de toujours, tellement distancés, incapables d'envisager une comparaison avec lui, n'éprouvons même pas de jalousie.

Mes doigts restent aimantés à la photographie. Je me remémore cette journée ou, plutôt, ce que l'on m'en a raconté. Zoo de Vincennes, le théâtre de notre rencontre avec Martim. Ce jour-là, ma grand-mère ne trouve personne pour me garder. Prise au dépourvu, elle m'emmène chez ses employeurs brésiliens, accueillants et un peu fous, qui lui font tant de largesses. Très attachée à ce que chacun reste à sa place, elle a bien tenté de nous séparer... C'est Mme Von Manstein qui a insisté pour nous laisser ensemble.

Il me tend sa bouteille d'eau cabossée :

— Tu veux des œufs ?

— Je meurs de faim, réponds-je en récupérant ma chemise posée sur la tête d'un tigre naturalisé au garrot, mes souliers sur l'affreux trône en bois d'élan tapissé de fourrure blanche, avant de le suivre jusqu'à la cuisine basse où l'imposante cuisinière comble un âtre noir de suie.

Le temps file, je dois me rendre au bureau.

— Tu cherches quelque chose ? me demande-t-il.

— Mon manteau...

— Il doit être dans ma chambre. J'ai d'abord tenté de te sortir le lit gigogne, hier...

Aucun souvenir.

Dans sa chambre, je tombe nez à nez avec la petite boîte à musique Babar en carton durci, « elle fonctionne encore, tu sais… ». Il l'enclenche, la bande son de mon enfance si douce manque de gonfler ma gorge de sanglots. Au-dessus de son bureau, il désigne une photographie de nous deux en combinaison de surf :

— Espinho, tu te souviens ? J'ai encore ton trophée !

— J'avais oublié cet affreux collier en dents de requin ! réponds-je, dégoûté par cet adolescent aux cheveux presque blancs qui frime aux côtés de Martim. Et cette planche… je l'ai toujours !

— Ici, à Paris ? Prends-la avec toi, demain. Les vagues sont bonnes, là-bas.

Je lève un œil curieux, bouche entrouverte et sourcil haut.

— Tu ne te souviens de rien, rit-il, je t'ai mis sur mon vol, pour demain…

Les choses me reviennent : j'ai accepté hier dans un instant d'alcool de changer de destination de vacances.

— Tu plaisantes ?

— Aller-retour pour Fortaleza, mon vieux, c'est tout sauf une blague !

Les instants qui suivent sont une série de scènes floues : moi, hébété, signant un chèque à Martim qui finit par le déchirer en riant de plus belle, je ne maîtrise rien et n'ai bientôt plus le temps de réagir.

— Tu vas être en retard, me dit-il en posant mon manteau sur mon épaule.

Je file vers l'entrée de l'appartement.

Enfant, chaque année, Martim m'invitait dans le Nordeste du Brésil. Et tous les ans, je me trouve contraint par ma mère de refuser pour un motif bidon :

« Mamie prend sa retraite », « Ce sont les seules vacances de Papa », « Nous avons une réunion de famille pile à cette période... »

À la fin, Maman ne s'embêtait même plus : c'était à moi d'inventer le prétexte à donner à une Mme Von Manstein incrédule mais pas vexée, qui me réinvitait aux vacances suivantes avec autant d'espoir.

Sans doute Maman avait-elle deviné, dans cet endroit secret, logé au creux de son cœur de mère, là où résonnent parfois les prophéties les plus vraies, les plus inexplicables... Peut-être avait-elle senti au tréfonds de ses entrailles que la malédiction de la famille Von Manstein étendrait son emprise jusqu'à mon ombre, rejaillirait sur ma vie, précipiterait la fin d'une existence dont j'avais parfois du mal à réaliser qu'elle avait bel et bien commencé.

Tous les étés, je rongeais mon frein en rêvant de ce Brésil lointain. Quelle ironie : j'y pars enfin, sans l'avoir vraiment décidé, sans savoir si j'en ai vraiment envie. J'essaie de refouler la crainte viscérale que m'a transmise Maman.

En courant dans l'antique escalier de pierre polie, je repasse devant l'ancienne loge où Mamie a passé les plus belles années de sa vie. Lorsque les grands-parents de Martim ont fait pression pour que la copropriété l'embauche, fraîchement débarquée du Douro, ma grand-mère n'alignait pas trois mots de français. C'est la vieille Mme Von Manstein, la grand-mère de Martim, qui lui a appris les subtilités de la langue. Nous allions souvent chez elle, les mercredis, mes frères et moi...

La mère de Martim en profitait alors pour nous apprendre le catéchisme, pour le plus grand bonheur de Mamie. Fascinée par l'eschatologie, l'Apocalypse et l'Évangile de saint Jean – jusqu'à nous faire apprendre par cœur des passages de la Passion –, la mère de Martim avait cette exaltation mystique des Brésiliens expatriés, qui, torturés par la *saudade*, finissaient par vouer à l'étude des fins dernières une énergie absurde et passionnelle qui nourrissait leur mélancolie jusqu'à en perdre la raison.

Maman s'est toujours méfiée de cette famille excentrique, décalée, peut-être un peu malsaine malgré sa générosité envers Mamie. De cette mère sublime et dépressive. De ce père immature et génial, volage et dangereux. Coureur de jupons. Elle refusait même de lui dire bonjour lorsqu'elle venait me chercher chez Mamie, pleine d'effroi envers cette équipe d'incorrigibles dont j'ignorerai toujours s'ils étaient en plein dérapage contrôlé, ou simplement paumés...

Secrètement, je me disais que les miens étaient jaloux de cette famille Von Manstein, hyperbolique et marginale, qui m'offrait des perspectives, des horizons inouïs : avec eux, j'étais moi-même un peu Manstein, j'osais, j'explorais la réussite et la facilité loin de mes racines besogneuses et sincères, droites et dignes.

Si seulement je m'étais planté, si quelque chose en moi comme une limite, comme une chaîne invisible à un chien de berger, m'avait retenu, empêché de m'aventurer dans les espaces sauvages où je suivais Martim à l'adolescence ...

Maman adorait la photo qu'elle avait prise de Sarah et moi en robe d'avocat, devant la vieille tenture de la bibliothèque de l'Ordre, le jour de notre prestation de serment. Je me rappelle ses mots murmurés à mon père, en portugais : enfin le délire des « Allemands », comme elle les appelait, n'aurait plus de prise sur moi… Elle en voulait à Martim et aux siens, qui m'encourageaient à tenter ma chance comme surfeur professionnel, quand mes parents rêvaient d'un fils avocat, sérieux et travailleur. Et moi, m'imaginant être enfin regardé par un père qui me préférait mon frère, j'ai suivi avec docilité ce chemin qui ne me voulait pas. Sarah, c'était pour Maman la belle-fille idéale, celle qui me forçait à « garder les pieds sur terre » …

Encore une injonction débile.

Plusieurs fois, sous la pression conjointe de Mamie et de Mme Von Manstein, Maman a failli céder. Ce mois de juillet où, enfin, mes parents ont accepté que je parte là-bas… Pauline est morte. Et Martim est venu passer l'été chez Mamie, avec nous, au Portugal. C'est sans doute à ce moment-là qu'est née notre amitié si profonde. Adolescent, j'ignorais encore pour longtemps le lien particulier qui me liait à la vie, à la mort, avec Martim Von Manstein.

Fortaleza

L'euphorie constante et l'enthousiasme des aéroports m'apaisent. Je m'y sens à l'abri : en transit, pourvu du strict minimum, peu de choses ont réellement d'emprise sur moi. Je n'y suis personne, mais, surtout, je n'ai pas le devoir d'être quelqu'un.

Le voyage est la rare occasion, pour un Occidental, d'exercer sa vraie liberté en se dépouillant de l'accessoire, tout ce qui encombre la vie. Les salles d'embarquement épurées, optimisées et climatisées de Rio succèdent à d'interminables couloirs éclairés artificiellement, dans lesquels il est impossible de savoir s'il fait jour ou nuit, où des gens hors du temps débordent d'optimisme : ceux qui partent se reconnaissent à leur démarche énergique et volontaire. Les « arrivés », de leur côté, fourbus, semblent raser les murs, comme pour ne pas contaminer l'air de la nostalgie d'un voyage à son terme.

La correspondance est brève. Nous atterrissons dans un aéroport minuscule. De l'autre côté des portes vitrées, vers le dépose-minute, un Indien sec et mat au visage dur, couturé de cicatrices, au nez en bec de perroquet nous attend, immobile. Les portes s'ouvrent, une vague d'air moite et étouffant déferle sur nous et envahit le sas, sans jamais retomber.

L'Indien, fermé, s'avance, la tête résolument tournée vers les voitures garées en contrebas :

— Bagages, grogne-t-il en portugais.

Martim se tourne vers moi :

— Cactus ne s'exprime qu'en monosyllabes, me glisse-t-il en français, mais il a bon fond. Je l'appelle Cactus parce qu'il passe le plus clair de son temps dans le désert et a une connaissance encyclopédique des vertus médicinales des cactus…

L'intéressé, absorbé par l'observation du parking, ne m'a pas adressé un regard. Les traits tendus, anxieux et concentrés, comme s'il cherchait quelqu'un, ses maxillaires sont tellement crispés que je distingue le jeu de chacun des muscles sous la peau de ses mâchoires.

Le trajet est long derrière les vitres teintées. Au volant, Cactus fixe constamment son rétroviseur intérieur, et semble scruter les voitures qui nous suivent. De temps à autre, pour le détendre, je tente un sujet de conversation, feins une surprise que je suis incapable d'éprouver, anesthésié par la fatigue et le décalage horaire. À la place passager, Martim tourné vers moi commente le paysage. Par endroits, l'adhésif teintant les vitres s'est arraché, dévoilant un peu la lumière et les couleurs réelles.

Nous passons au ralenti dans un quartier marchand. La circulation est bouchée par des *trabalhadores* de la voirie en épaisse combinaison de toile orange, casquette à rabat sur la nuque et lunettes à verre miroir. Plus loin, leurs collègues somnolent, avachis à l'ombre d'arbres secs au tronc peint en blanc, sur le bord du trottoir défoncé.

Le trafic se débloque, l'horizon s'élargit et j'aperçois de grands immeubles au milieu d'une forêt de grues, tout semble en perpétuelle construction. Pourtant, à y regarder de plus près, chaque bâtiment est défraîchi, presque vétuste. Les immeubles, d'une esthétique douteuse, sont recouverts de carrelage :

— C'est à cause du vent de mer, explique Martim qui a suivi mon regard, c'est le seul revêtement qui lui résiste. À cette hauteur, une façade en béton, il faudrait la ravaler en permanence…

Nous sommes à peine sortis de la ville que le ciel paraît tout proche et l'obscurité nous dégringole dessus : les éclairages urbains sont allumés tôt et la nuit est tombée si vite que je me demande si quelqu'un a appuyé sur un interrupteur. La lune s'ouvre en U, pas en C comme chez nous.

Une moto nous dépasse par la gauche : une fillette coincée entre ses parents. Nous roulons à vive allure sur un tronçon truffé de nids-de-poule. Je tire machinalement sur la ceinture de sécurité pour en tester la résistance, et surprends le regard hautain de notre chauffeur dans le rétroviseur : lui et Martim ne sont pas attachés. Malgré la chaussée trouée, la vitesse soutenue, la circulation absurde, décuplant le risque d'accidents sur cette route.

Une étrange pensée me vient : mourir ici, ce n'est pas vraiment mourir.

La tension est palpable ; le bras nerveux de Cactus qui passe les vitesses, la concentration dans son regard dur que j'aperçois par le rétroviseur… Tout à coup, il accélère dans un vrombissement spectaculaire, et je suis aussitôt aspiré par le dossier de mon fauteuil auquel je reste collé alors que le paysage se transforme en kaléidoscope.

— Ce sont eux, murmure Cactus en s'engageant dans un dangereux slalom entre les voitures.

Eux qui ?

Le 4x4 rouge devant nous grossit de plus en plus. D'un brusque coup de volant à gauche, Cactus s'engage sur le terre-plein central, dépasse le 4x4, manque de renverser une charrette de gravats tirée par un vieillard et son mulet, revient sur l'axe et continue ses crochets. Nous dépassons par la droite un camion de noix de coco, tout s'accélère encore sous les rugissements nerveux du moteur.

Je balaie l'environnement du regard à la recherche d'indices : nous traversons une agglomération fantôme, des constructions abandonnées. Juste au bord de la route, à gauche, un entrepôt éclairé de puissants néons accueille une célébration évangélique ; des centaines de croyants, dos à la route, chantent un hymne, les bras en l'air, debout sur leur chaise de plastique blanc, la scène défile en un quart de seconde mais ces détails me frappent par leur contraste avec notre fuite. Le calme impérial de Martim, ma panique extrême, la situation m'échappe totalement. Tout ceci est-il bien réel ?

Dans une violente embardée, nous rasons un pylône. La nausée monte, quoi, la mort, déjà ? Ici ? Je balbutie :

— Martim... pourquoi on...

Mais ma voix est couverte par le moteur hurlant.

Enfin, à deux voitures derrière nous, j'aperçois une moto cross montée par deux hommes qui semble rouler à la même allure folle. Mon cœur bat juste au milieu de ma poitrine, comme s'il s'était déplacé, je le sens marteler mon œsophage.

Nous accélérons encore, à présent au-dehors tout n'est qu'un amas de couleurs vives. La moto nous talonne. Derrière le conducteur, le passager garde sa main enfoncée dans son sac en bandoulière. Martim se penche en avant, fouille sous son siège, se redresse. Je reste interdit alors qu'il tire de sous le tapis de sol une espèce de…

— Mais putain ! crié-je enfin. Qu'est-ce que tu fous avec une arme ?

— Attache-toi à la place du milieu et, s'ils nous dépassent, baisse-toi ! répond-il.

Son gigantesque revolver d'un noir mat bien en main, canon vers le plafond, la mâchoire carrée de stress. Je ne pense plus qu'à une chose : retourner à l'aéroport, quitter ce pays de fous.

La moto est presque à notre hauteur, sur le terre-plein central, Martim ne pourra pas tirer sans risquer de blesser Cactus. Ce dernier déboîte brusquement pour se glisser dans l'interstice entre deux camions sur la file de droite, puis ralentit, adapte son allure de façon à laisser une voiture entre les motards et nous. Nos poursuivants ralentissent à leur tour.

— *Vai, vai, direita agora !* ordonne Martim à Cactus en lui montrant la sortie sur la droite.

Nous décrochons aussitôt. Les bandits tentent de nous suivre mais le virage trop brutal leur fait perdre le contrôle, je vois de loin la moto glisser sur l'asphalte, ce n'est maintenant qu'un vague point dans le rétroviseur. Martim éclate de rire.

— Il doit y avoir deux belles pizzas à ramasser sur la CE-085. Quelle idée de rouler en t-shirt et maillot de bain !

— Qui étaient ces types ?

— Aucune idée. Il y en a souvent, ici. Ils repèrent une voiture de *gringos* à l'aéroport et…

— Arrête, ton pote avait l'air de les connaître ! réponds-je en français en désignant Cactus d'un coup de menton.

— Écoute, ne t'en fais pas pour ces cons. S'ils avaient voulu nous tuer, crois-moi, on serait morts ! Ne fais pas attention. Le nombre de tarés, de flambeurs, de toxicos en mal de sensations fortes, ici…

Martim se retourne pour ranger le pistolet sous son siège et je comprends que c'est la fin de la discussion.

Je termine le voyage les doigts enfoncés dans mon fauteuil. Nous ralentissons devant les premières maisons d'un village éteint du nom de Libânia, et prenons une ruelle à flanc de morne. Ce *morro* que je découvre endormi calme enfin mon angoisse. Les soubresauts du pick-up sur les pavés déchaussés me défoncent les tympans. Gauche, droite – ou droite puis gauche – montée, virage encore, la voiture s'est engouffrée dans un labyrinthe aux artères étroites et innombrables, je m'accroche à la vue du ciel à peine plus clair par la vitre du toit ouvrant.

Nous nous garons contre une maisonnette de tôle à une intersection. Cactus coupe le contact, sort en fermant doucement la portière. À son tour, Martim ouvre. Alors que je pose la main sur ma poignée, il se tourne vers moi en souriant :

— Attends ici, chuchote-t-il, n'allume pas la lumière !

Au bout de quelques minutes, sa silhouette réapparaît dans l'embrasure de la porte et il me fait signe de venir.

Je pénètre dans un petit garage. Au fond, adossé au mur de ce qui semble être l'unique pièce de vie, un vieillard à la peau tannée par le soleil fait un signe de tête dans ma direction. Je réponds, silencieux. Une minuscule vieille à l'air rieur, assise en tailleur sur un matelas, les mains dans le sol argileux, m'envoie un baiser, laissant découvrir des dents gâtées.

Cactus apparaît derrière une porte dérobée, remet un trousseau de clés à Martim puis s'éclipse à nouveau.

À son tour, l'ancêtre part vers la cuisine et revient, les bras chargés de plats recouverts d'aluminium qu'elle dépose entre les mains de Martim sans un mot, me décoche un clin d'œil et disparaît.

Nous repartons seuls dans le 4x4 pour seulement quelques minutes :

— Cactus a récupéré les clés de l'ancienne maison de ma mère, le confort est sommaire mais nous y serons bien. La vue est magnifique, tu verras demain.

Sa lampe éclaire le mur bleu foncé de la maison, « on vient de repeindre », nous pénétrons par le garage dans une enceinte surprotégée.

De l'entrée, située au milieu d'un escalier, nous descendons quelques marches.

— À gauche toute, derrière les portes battantes, c'est la cuisine. À droite, juste des toilettes, et là-bas, un salon et la terrasse.

— Il n'y a pas de télé ?

Je sais ce qu'il va me répondre : tout ce que la télé me prend d'humanité, de liberté ; qu'elle stérilise le terreau le plus fertile, ramollit l'esprit le plus vif, rend laid et parfait tout ce qu'il y a de beau et d'imparfait, que…

— Ici, les engins électroniques ne durent jamais plus de quelques mois. Télé, radio, tout finit par lâcher… J'ai appris à m'en passer.

Nous partons nous coucher. Les chambres sont à l'étage, Martim me laisse passer et pousse une porte coulissante en fer massif qu'il referme derrière nous dans un écho glacial, puis, désignant d'un geste la chambre qu'il me propose :

— La clé est sur la porte. Si tu veux, tu peux t'enfermer. Ma chambre est là.

Il me montre la première à gauche, en haut de l'escalier.

— Ici, une chambre d'amis, et celle-ci à droite est pour toi : plus confortable, meilleure vue.

La serrure doit être oxydée, car ma clé se casse dedans.

Le soleil se lève, silencieux, au-dessus de la dune qui surplombe le village, plonge ses rayons dans le dédale de rues, traverse les palmes des *coqueiros* au flanc de la maison, se glisse entre les interstices de la persienne de ma chambre et jusqu'à mes paupières. La chaleur et la lumière me réveillent à 5 heures. Malgré l'immense fatigue, je ne parviens plus à dormir. Je reste immobile un bon moment, les yeux fermés, à écouter le vent. Quelque chose bat de façon irrégulière contre la persienne de bois. Probablement une feuille de palmier.

Ma première nuit ici aura été agitée, peuplée de motards gigantesques me poursuivant à travers une forêt de cactus. En tailleur sur mon lit, si j'ai le dos bien droit, je vois la mer au loin. Le ciel bleu, sans nuages, est statique et paisible, à l'exception de quelques rapaces noirs qui patrouillent en hauteur. Des branches d'arbres exotiques, secouées par le vent, dansent sur le bord de la fenêtre. Je repense un instant à l'odorant duvet, au canapé de Nicolas et m'étire avec délice.

Le manque d'air me pousse à quitter le lit autour de 5 h 45, je fais deux pas pour ouvrir la persienne de droite. Aussitôt, un grand courant d'air s'engouffre en tourbillonnant dans la pièce, les fins rideaux de percale blanche me collent à la figure et je sais alors que je ne me rendormirai plus. J'essaie de les tirer mais la tringle de fer les retient comme s'ils étaient fixés. Étonnamment, du côté du mur, celle-ci est entièrement rouillée ; la démarcation est très nette entre la partie d'aluminium lisse et d'aspect neuf qui fait face à la chambre, et la moitié tournée vers l'extérieur, complètement oxydée.

Quelle rafraîchissante découverte, hier. Mon premier réveil au Brésil n'a pas eu lieu ce matin, mais hier en fin d'après-midi : j'ai réalisé que j'étais mort jusqu'alors, et que j'avais peur de vivre. Qu'ici, hier, j'ai eu peur de mourir. N'était-ce pas la preuve que je suis bien vivant ?

Je ne détestais pas la vie, à Paris. C'est *ma vie à Paris* que je détestais.

Je repense à Martim, si calme face au danger et si taiseux après… Certaines personnes aiment s'entourer de mystères infondés pour donner à leur personnalité un relief dont elles sont dépourvues. Ce n'est pas son cas. Loin de chercher l'attention, il s'est d'ailleurs parfois efforcé de lever le voile sur des pans entiers de sa vie afin de ne pas intriguer.

Depuis ma fenêtre, l'horizon vers le large est rayé, barré de dizaines de lignes à haute tension de largeurs inégales, comme une partition de musique qui souligne la plage. Je me demande quelle serait la bande son de cette image quand, tout à coup, des aboiements de chiens résonnent dans les ruelles alentour, l'écho de leur dispute rebondit sur les murs, comme si nous étions envahis.

Martim a toujours été discret, me dis-je, par souci de ne pas se faire remarquer : chez les Von Manstein, l'exception est une règle. Rien n'est ordinaire, tout est hors du commun, hors norme.

Les centaines de toits aux tuiles de brique, coiffant des murs de craie, agglutinés comme des coquillages sur un rocher, semblent se jeter dans l'océan. Le soleil, maintenant haut dans le ciel, qui s'y reflète, en fait un miroir merveilleux. Les vagues dorées caressent une nappe de saphir et de vert qui tire sur le beige en brassant le sable vers le rivage.

Dans un élan de curiosité, j'ouvre avec peine le placard de bois gonflé à droite de l'entrée de ma chambre. En bas, sous une pile de linge de maison légèrement humide et décoloré à l'odeur étouffante de renfermé, je découvre quelques vieux magazines de jardinage, l'almanach nordestin des réseaux d'eau potable, des ouvrages en portugais aux pages jaunies, gondolées comme des vagues rigides. J'ouvre un roman brésilien de la fin du XIXe siècle dont la quatrième de couverture compare l'auteur à Zola et Dickens.

En attendant que Martim se réveille, je sors sur le palier du premier. La porte de sa chambre est entrouverte, des rideaux de lin blanc cassé semblables aux miens ondulent, paisibles. Je descends les marches de granit noir jusqu'au rez-de-chaussée.

J'erre. C'est une maison tout en hauteur, assez étroite, orientée vers la mer presque à flanc de colline. Dans l'escalier, des photographies à moitié effacées contrastent avec leur support. Les murs immaculés de chaux sont presque éblouissants, un reflet de soleil y projette l'ombre nette d'un palmier de la rue, au-delà du mur d'enceinte.

Je meurs de faim. À gauche en bas de l'escalier, la cuisine rudimentaire est éclairée d'un léger halo provenant de la fenêtre grillagée ; le comptoir en inox paraît sale et visqueux, le réfrigérateur déborde de fruits frais ou secs, de pastèques d'où perlent quelques gouttes de condensation, d'étranges melons au bouquet sucré, d'ananas, de mangues, de viande rouge enveloppée de sacs plastiques et de toutes sortes d'arachides. Pas la moindre trace d'aliment transformé, rien qui ait le goût rassurant des sucres industriels.

Cette pièce m'étonne par le paradoxe qu'elle provoque : l'extérieur de la maison est d'aspect riche, propre et sans tache, mais l'intérieur, et tout spécialement cette cuisine, me semble vieux, abîmé.

Peu à peu, derrière l'incessant souffle du vent, je décèle quelques pépiements d'oiseaux et des bruissements d'insectes. J'abandonne mes pensées en contemplant le contraste de mes orteils pâles et velus sur l'ardoise. Le rez-de-chaussée est vite exploré : le salon peu garni donne sur une terrasse panoramique qui paraît posée sur l'océan.

J'admire le fauteuil Louis-Philippe, fraîchement retapissé avec des tissus d'ici, pastel et colorés, aux motifs précolombiens, ses bras au bois brun laqué, brillant, le canapé sculpté dans une seule pièce de bois d'une essence tendre et sombre, les coussins uniformes de toile à grosse maille claire. Sur la table basse, un bouquin racorni à la couverture presque effacée attire mon regard. Je le saisis, m'installe dans le joli fauteuil… qui cède sous mon poids dans un fracas grinçant. Je me relève effaré, honteux, me précipite à genoux vers les pieds en morceaux, lorsqu'un bruit de chasse d'eau retentit.

Mon ami apparaît derrière moi, torse nu :

— Martim, je suis désolé…, balbutié-je, interdit.

Il rit.

— Ne t'en fais pas pour cette vieillerie, elle était bonne pour la décharge.

— Tu plaisantes ? Il est neuf ! Je te rembourserai…

Sans un mot, il s'approche, retourne l'assise du fauteuil et me désigne une traînée de pores minuscules le long du bois :

— Les *cupims*, mon vieux. Ils s'attaquent à tout, bouffent tout. Rien ne leur résiste !

— Mais… le tissu, le bois paraissent neufs !

— Tout est dans le « paraît ». Comme beaucoup de choses ici, d'ailleurs. Tu verras, rien ne dure. On vernit sur du vermoulu, on peint des coquillages sans les avoir vidés… Ça semble neuf et beau, mais tout est mort dedans…

Je passe deux jours ici sans quitter la maison : m'adapter au décalage horaire, reprendre mon souffle, rattraper le retard de sommeil accumulé dans ma frénésie citadine.

Martim se lève tôt, avale un café et une banane et part s'épuiser à une tâche herculéenne :

— Entre la recherche d'investisseurs pour mes futurs projets, les rencontres avec les architectes pour définir un projet susceptible de plaire enfin à mon père – et, ainsi, de rendre inutile l'arrivée d'investisseurs –, les rendez-vous réguliers avec les notaires pour reconstituer le cadastre et les actes de propriété, les visites sur chaque site pour m'assurer que chacun fait son travail…

Il rentre fourbu, en fin d'après-midi ou le soir, nous restons quelques instants sur la terrasse à bavarder un peu, nous parlons du village, de la mer, des gens d'ici et de ce livre que j'ai trouvé dans le placard. À ma grande surprise, il l'a lu et pas seulement celui-ci mais tous les grands auteurs du Ceara, un des rares sujets sur lesquels il déroge à sa concision habituelle : Rachel de Queiroz, José de Alencar… Il les a tous aimés, décortiqués, il est intarissable.

— Voilà, celui-là, *O Quinze*, me dit-il un matin au réveil en me tendant un petit livre écorné recouvert de plastique transparent. Prends-le. Tu dois le lire, tu ne comprendrais rien au Ceara sinon. Mais fais-y attention, il est dédicacé. C'est elle-même qui l'a offert à mon grand-père quand il était...(Il s'interrompt.) Tu es malade ? dit-il en désignant les comprimés éparpillés sur ma table de nuit.

— Ce sont des somnifères.

— Tu n'arrives pas à dormir sans ce truc ?

— En temps normal, non. Mais ici, c'est curieux : deux fois que je l'oublie, mais je dors comme un loir.

Lorsqu'enfin je mets le pied dehors, c'est comme si nous quittions un bunker en plein désert : devant la maison, sur le bord opposé de la rue, une décharge improvisée s'étale, dense, sur plusieurs mètres. Les déchets dispersés forment un improbable essaim suspendu par le vent tourbillonnant au-dessus des poubelles éventrées. Pas un mètre carré d'herbe sèche dans lequel ne soit pris un vieux morceau de carton ou de sac plastique usé. Un chat aux oreilles râpées sort la tête de l'énorme boîte de conserve qu'il cambriole, des chiens se disputent un torchon imbibé de jus de viande, quelques poules rachitiques se promènent entre les détritus en dodelinant de la tête.

Nous descendons la pente qui mène au centre-ville. Des pavés déchaussés jonchent le sol sablonneux, parcouru de bris de verre et de fleurs d'un rose passé, soyeuses et arrondies. Le soleil cogne si fort que j'essaie de m'abriter sous les fouillis de plantes jaunes et de buissons touffus qui débordent de certains murs d'enceinte.

— Tu verras, dit Martim, le soleil est à son zénith très tôt… il décline déjà. Dans quatre heures tout au plus, il fera presque nuit.

D'un côté, des trottoirs bas, tortueux et défoncés se prolongent en murs sales, peints de couleurs pastel ou de fresques criardes. De l'autre, des remparts à la blancheur extrême, au-dessus desquels, menaçants et plus ou moins dissuasifs, tessons de bouteille et pointes de fer rouillées trahissent des habitations plus cossues.

— À ma gauche, ils ont le niveau de vie du Libéria. À ma droite, celui du Canada, résume Martim avant de m'emmener dans un labyrinthe de venelles où deux personnes ne peuvent se croiser sans se toucher.

Enfin, lorsque nous arrivons sur une minuscule place en contrebas :

— Si tu as besoin de quoi que ce soit, dit-il en me montrant une minuscule épicerie, tu peux le demander ici, mais je te déconseille leurs sucreries : la malbouffe du tiers-monde, c'est du cancer en barre !

— Je vais devoir m'en tenir à ton régime, alors…

Le tenancier, un chauve aux sourcils arqués et au bouc pointu, nous ayant vus arriver, nous accueille avec une assiette de tranches de pastèque rouge vif :

— *Bom dia*, Seu Martim !

— *Bom dia*, Satanas. Voici Saul, il est ici pour les vacances.

— *Bem vindo !*

— *Prazer*, réponds-je en serrant l'énorme main qu'il me tend.

Satanas. Le surnom est assumé : malgré son sourire d'ange, c'est vrai qu'il ressemble à un démon.

— *Oi*, Satanas, retentit une voix derrière nous, tu me prends des œufs ?

— Pas aujourd'hui, répond l'intéressé, j'ai ce qu'il faut. Après-demain, à ce rythme-là, *viu* ?

Le vendeur ambulant lui tend un pouce laconique et repart sur sa mobylette aux paniers chargés d'œufs et de bonbonnes de gaz.

Sur le côté de la boutique, un ado recouvre de peinture blanche un graffiti noir : *Foirer sa vie, réussir sa mort ? João 1928*

— Une devise de *vagabundo*, commente Satanas, ce petit con regarde trop de films !

— C'est lui qui a écrit ça ?

— Il accuse le vieux Damasio de l'avoir fait, vous imaginez... Au fait, Seu Martim, vous avez été voir les gars, à l'angle de la *rua* Tom-Jobim ?

— Ça ne s'est pas arrangé ?

— Non... les esprits s'échauffent. Des étrangers sont venus, des gars de la Guaramiranga... Ils n'ont pas l'air d'être là pour calmer le jeu.

Martim se tourne vers moi, d'un air concerné.

— Je devrais y aller, dit-il en français, pour voir... Tu m'attends ici ? C'est juste au bout de la rue. Satanas te servira ce que tu veux.

— Je n'ai pas pris d'argent...

— Maintenant qu'il t'a vu avec moi, il ne te laissera jamais payer ! crie-t-il par-dessus son épaule en s'éloignant à grandes enjambées sur la chaussée ensablée, me laissant méditer seul sur ces énigmatiques relations, et le mystère toujours plus épais qui enveloppe Martim depuis nos retrouvailles.

Après quelques instants, Satanas me fait signe de tendre l'oreille : un bruit de foule, une rumeur gronde depuis le bout de la rue dans laquelle est parti mon ami.

Dans un élan soudain, Satanas me prend par le bras, dit à son fils de surveiller l'étalage et part d'un pas soutenu dans la direction de Martim. Je reste derrière lui, inquiet, dans ces rues ensoleillées où tout me dépasse. Un attroupement s'est formé au centre d'un petit carrefour. Au milieu, j'entends la voix de Martim :

— Tout ira bien, l'entends-je articuler au milieu du tumulte, je vous promets que personne ne sera expulsé !

— Ils vont construire leurs hôtels et nous jeter dehors ! lui répond quelqu'un dans la foule, alors que, le dos appuyé contre le mur d'une boutique miteuse, je tente de me faire tout petit.

— Vous allez nous virer pour attirer les bourges ! dit une autre en écho.

— On a toujours payé rubis sur l'ongle, ajoute un commerçant gros comme un container, vous spéculez sur notre misère !

— Je ne spécule sur rien, répond Martim avec calme, et je vous garantis que nous ne vendrons pas vos maisons !

— C'est faux ! s'énerve le marchand obèse. Vous faites pression… vous… vous envoyez vos sbires pour nous déloger, et puis, il y a des types qui observent le quartier, des étrangers, des…

Il ne finit pas sa phrase : en balayant la foule d'un regard circulaire, il a posé les yeux sur moi. Bientôt, une vingtaine de visages me scrute, alors que celui qui semble être le meneur agite un doigt boudiné dans ma direction :

— Des gars… des étrangers comme lui, là ! Ils veulent raser la *comunidade* !

La rumeur enfle, Satanas a disparu, et, tout à coup, je me sens très seul dans ce carrefour hostile. Muet, je fais non de la tête et me colle à mon mur.

Martim tente de calmer la foule et de me rejoindre, mais celle-ci, trop compacte, l'empêche de bouger. Toute l'attention est maintenant sur moi :

— T'es qui, toi ? me demande à ma droite un vieillard à l'air saoul, un de ces salauds de Fortaleza qui veulent nous exiler dans les hauteurs ?

— Je suis allé voir là-haut, approuve le gros, ils vont faire des baraques de fortune pour nous reloger, quand ils auront pris nos maisons pour se faire des villas face à la mer… C'est pire qu'insalubre, là-haut, c'est un bidonville !

Que me veut ce con ? Suffoqué par ses effluves de pissotière de bar, je n'ai pas le temps de réagir : un ado me tire par le bras pour me précipiter au milieu des badauds ; par-derrière, des mains d'acier m'attrapent, me serrent les avant-bras dans une étreinte mécanique et implacable, alors qu'un visage noir et crispé, tendu sous mon menton, silencieux, me menace.

— Je n'ai rien à voir avec…, ai-je à peine le temps de balbutier, car déjà la foule s'est retournée tout entière contre moi.

— Tu parles, Portugais de mes deux, gronde une voix rauque sur ma gauche, c'est toi qui as fait couper l'eau chez le vieux Damasio, je parie.

Ils sont bien trente, maintenant, déterminés, l'œil méchant, prêts à me lyncher. Martim a disparu, ou du moins c'est ce qui me semble à présent que je suis seul au monde, en panique, que ma gorge vibre et résonne. Merde, ces crétins avinés vont m'étriper au grand jour.

Une vieille me repousse violemment contre le mur de briques alors que je tente de m'extirper, des sanglots montent, l'éclat d'une bouteille qui explose à ma droite, quel pays de fous, je vais vraiment y laisser ma peau…

— Et maintenant, siffle une voix sèche et traînante que je reconnais aussitôt, tu vas faire quoi, maintenant, hein ?

Je rouvre les yeux. À ma droite, le visage noir a pâli, le gros tremble, l'alcoolique a disparu, la foule s'est tue et c'est normal puisque Cactus, de nulle part, a surgi. Il tient un tesson de bouteille pressé contre l'abdomen du propriétaire des mains de fer qui me tenaient. Du sang clair et vif macule à présent le polo rose bonbon de mon agresseur. C'est une blessure superficielle, mais sa vue impressionne la foule qui se disperse. Alors Martim apparaît, à quelques mètres de moi : il n'a pas eu le temps de traverser la masse compacte des badauds furieux pour m'en extraire.

Satanas, caché derrière Cactus qu'il est allé chercher, me fait un clin d'œil d'un air faussement léger et repart à sa boutique avant que les autres n'aient remarqué son implication.

Ce moment hors du temps permet à Martim de reprendre le contrôle :

— Je vous promets, dit-il en détachant chaque syllabe, que personne ne sera viré d'ici. Si quelqu'un vous pose des problèmes, vous savez que vous pouvez toujours m'en parler, en parler à Satanas ou à Ewander…

Il me désigne :

— Saul est un ami de France, il ne fait pas d'immobilier, il est en vacances… et n'a pas l'intention de faire autre chose que surfer, bronzer et boire des caïpirinhas sur la plage, finit-il par ajouter avec un sourire badin, alors que déjà la foule dispersée semble avoir oublié jusqu'à notre existence et que la favela a repris son fourmillement joyeux et bruyant.

Nous descendons vers la plage, suivis de loin par Cactus qui finit par disparaître dans une ruelle perpendiculaire, lorsque je réalise que la poche plaquée de mon short de treillis est vide et ne me bat plus contre la cuisse :

— Ils m'ont volé mon téléphone ! dis-je en me triturant les poches par réflexe.

— Tu es sûr ? dit Martim. Regarde bien ! Tu l'avais quand tu as quitté la maison ?

— Certain. Je me rappelle même avoir pensé que c'était une erreur de l'avoir, lorsque tu m'as dit de rester avec Satanas…

— Laisse, n'y retournons pas, dit-il encore, une main ferme sur mon avant-bras. Je demanderai à Cactus d'enquêter… Ils sont à cran en ce moment. J'ignore ce qui se passe. La favela était très tranquille, avant. Mais depuis peu, tout est prétexte à se prendre la tête… Ils ont tous peur de finir virés de chez eux. Ne t'en fais pas. Ils comprendront vite que tu n'es pas une menace et s'habitueront à toi. Consomme un peu dans les bars et les magasins des uns et des autres et, très vite, ils te parleront comme si vous vous connaissiez depuis toujours.

Je n'ai pas le temps de protester que Cactus reparaît au coin d'une boutique, droit comme un i, l'air toujours aussi sévère. Martim m'adresse un bref regard d'excuse, s'approche de son âme damnée qui lui glisse quelques mots à l'oreille et me rejoint :

— Je dois te laisser..., me dit-il en écartant les mains dans un geste de dépit, une histoire de canalisations bouchées par des ouvriers, plus haut. On se retrouve à la *baraca* ? Tu ne peux pas la louper : tout droit, là-bas, tu as un petit centre-ville avec quelques bars et une supérette. Tu dépasses celui qui s'appelle *Libertador*, tu tournes à gauche entre la quincaillerie et la boutique avec les bouées de plage, là, tu vois ? Ensuite, il y a la *beira mar*. Tu la remontes sur ta droite, avec la mer à ta gauche, comme ça, et au bout de la rangée de bars de plage, en face de toi, tu verras un lagon : sur la gauche, il y a une *baraca*, la seule sur la bande de sable qui sépare le lagon de la mer. Tu ne peux pas la louper, elle est sur pilotis !

Avant que j'aie pu dire un mot, Martim est reparti au petit trot vers le haut de la rue d'où nous venons, talonné de près par Cactus.

Quelques instants plus tard, me voilà sur le boulevard désert qui longe la mer, la *beira mar*, qu'une guirlande de cocotiers sépare de la plage. Entre les cahutes enfumées, en béton peint, en bois et en tôle que Martim appelle des bars, j'aperçois la mer. Tout au bout du boulevard, isolée des autres par une bande de sable brûlant d'une bonne dizaine de mètres, je reconnais la cabane qu'il appelle *baraca*: deux blocs de bois aux toits de tôle, plantés sur pilotis côte à côte, à quinze centimètres au-dessus du sable. D'après Martim, elle a été installée par un marchand de poissons dans les années cinquante, avant d'être progressivement transformée en bar de fortune par le précédent propriétaire. Il fallait contenter les pêcheurs qui attendaient leur embarquement et les commerçants venus acheter leur stock quelques mètres plus loin, à l'arrière des antiques *jangadas*, ces coques de noix auriques avec lesquelles les marins partent plusieurs jours au large pour pêcher le thon, le bar ou la crevette.

Le pavement de la *beira mar* s'étire sur le sable, devant une benne à ordures rouillée. Le petit vieux que j'ai croisé le premier soir, à la peau sèche, fine et fripée, coiffé d'un surprenant casque de cuir, un pot de peinture noire et un pinceau à la main, m'interpelle :

— *Oi, irmãozinho!* Tu as vu mon chapeau de *cangaçeiro*?

Son *irmãozinho*, – littéralement « petit frère » –, étonnant de la part d'un vieillard, ajoute une touche enfantine à son air rieur et cabotin. Il tend vers moi une bouche pointue comme un bec de tortue.

La voix est musicale, il avale la moitié des mots :

— Attends Martim ?

— Oui… vous le connaissez ?

— Connais bien Martim. Toi, te connaissais pas.

Je laisse s'écouler quelques instants, il me regarde avec insistance, sans rien ajouter, fait tourner son pot sur lui-même pour éviter que la peinture ne sèche. Un instant, je me demande s'il n'a pas oublié ma présence. Je réfléchis à un moyen poli de prendre congé, mais il me devance :

— Mais Martim, pas un *gringo*, c'est gars de chez nous… peins souvent sa maison.

— Vous ?

— Oui, tous deux ou trois mois, parce qu'ici, peinture part très vite, couleurs disparaissent, tu sais, à cause…

Il termine sa phrase d'un geste auguste et ample en direction du large. Il marque un nouveau temps d'arrêt, fronce les sourcils et plisse les yeux, comme s'il tentait de lire une phrase en caractères minuscules qui serait écrite sur mon front, puis tourne la tête dans la direction de mon regard :

— Tu regardes *maceio ?* me demande-t-il, son pinceau pointé vers le sublime lagon, séparé de la mer par un bras de plage, à quelques mètres à droite de la *baraca*.

— Seu Vinicius serait encore là, serait tout propre ce *maceio*…

— Il est sale, aujourd'hui ?

Il rit d'un air goguenard et répond lentement :

— Pas encore été voir de près, hein ? Sale tout le temps. Pue, lagon. Puanteur. Gens d'ici déposent leurs déchets, font besoins… C'est beau pour les photos, lagon bleu, mais très sale.

Je n'ai pas le temps d'exprimer un regret qu'une brunette légèrement enrobée sort de l'espèce de cabanon sur lequel le vieux peignait avant mon arrivée, et l'interpelle :

— Damasio, viens déjeuner !

Le vieux lui fait un doigt d'honneur :

— Mangerai pas ta purée !

Et se tournant vers moi :

— *Você tem que matar o velho, cara.*

— Vous voulez que je vous tue ? réponds-je, inquiet.

— Pas moi ! Vieil homme, pas moi. Le tien : vieil homme, au fond de ton âme, fais-le mourir… après tu auras soif comme j'ai soif !

— Il y a sûrement de l'eau dans…

Il éclate d'un rire silencieux, qui se termine en quinte de toux comme celle d'un chat malade :

— Pas soif comme ça, *irmão* ! Tu connais João ?

L'image du graffiti *João 1928* me revient, je m'apprête à répondre mais un tableau merveilleux m'interrompt : du rivage, où se rencontrent l'air chaud de la terre et la fraîcheur de l'océan, une nappe de brouillard vaporeux aux nuances de rose, de bleu et d'or semble sortir de l'eau pour s'élever, nimbant l'horizon d'une brume vivifiante, onirique et irréelle sous ce ciel sans nuages, drapant la crête des vagues et les accompagnant mourir sur le sable pâle. Baignées dans ce fascinant phénomène, elles s'étirent sur la plage comme si elles cherchaient à toucher les cocotiers, quelques mètres plus loin. L'eau s'évapore au-dessus d'elles, d'innombrables gouttelettes s'élèvent et retombent en un ballet constant, les reflets du soleil en suspension coiffant les vagues cassent net sur le rivage, se forment et s'enroulent à moins de dix mètres.

Le vieux m'a rejoint, silencieux.

Et Saul se noierait, s'évaporerait, même.

Me vaporiser au-dessus des vagues en des milliers de gouttes de soleil comme des étincelles de fraîcheur lumineuse, disparaître ici, dans ce nuage flottant, si bas, qui sépare le sable et la mer et n'appartient à personne. L'enfantin vieillard a suivi mon regard.

— *Maresia*, dit-il d'une voix inédite – profonde et solennelle –, brouillard sur la plage, dans vagues, là, c'est la *maresia*. C'est ça, Brésil : fait rêver, mais dangereux. Attention, peut ronger ton âme…

— Il y a la place pour tous mes rêves dans ce nuage onctueux et brillant.

Il rit.

— Ça ne veut rien dire, ça, *cara* !

Je m'en fous, ça veut dire quelque chose, ça veut tout dire pour moi. Mon regard indécis, posé sur le néant, déambule. Ma tête est vide, et le flot de mes pensées s'adoucit.

– Je ne veux pas rentrer, dis-je en français.

— *Oi ?*

— *Não quero voltar pra França…*

— Eh… peux rester ici, murmure le vieux Damasio. Ça ne dure qu'un instant mais c'est un moment important, il y a des minutes qui valent plus que certaines années.

Il m'appelle *cara*, son pote, *irmão*, son frère, et je ne trouve pas ça ridicule, parce qu'au fond c'est ce que je veux devenir, le frère, le pote de quelqu'un, ici, au bord de l'Atlantique sud, à sept mille kilomètres de…

Je me suis réveillé.

Au bout de quelques mètres, la brune nous a presque rattrapés, j'en profite pour m'échapper de peur qu'elle ne m'invective, me planque entre deux bars miteux. Sous un petit parasol, un comptoir de fortune en palettes empilées et glacière à moteur propose des noix de coco, des paquets de chips, des bananes séchées et des *pasteis* maison. Les cocos vides s'entassent au pied d'une grande poubelle de plastique noir.

« Au sud de la plage, m'avait prévenu Martim, là où se situe la *baraca*, c'est le territoire de surf des locaux. Les touristes et les surfeurs étrangers sont cantonnés au nord, vers les quartiers plus bourgeois. »

Le coucher du soleil est souvent le moment préféré des surfeurs du cru, qui débarquent en masse. On les reconnaît à leurs silhouettes élastiques et mates, à leurs planches usées, rafistolées, à leur façon de surfer très caractéristique, souple, rapide et désordonnée. Le vent, le bruit des vagues assourdissant…

Je noie mon regard dans la *maresia*. J'entends encore l'écho des rires du vieillard : « Ça ne veut rien dire, ça, *cara*. »

Un surfeur à la crinière châtain saute et tournoie en sortie de vague avec une vivacité surprenante. J'admire son glissement fluide et intense jusqu'au creux des tubes, ses envols soudains, parfois plus d'un mètre au-dessus de l'eau. Il virevolte, son ombre suspendue un instant, auréolée par le soleil couchant, saisit d'une main le bord de sa planche, tourne à trois cent soixante degrés avant de retomber parfaitement derrière la vague.

— Demain, clame la voix de Martim en français, on ira surfer aussi.

Je me retourne, surpris : il est là, à deux mètres, appuyé contre le béton bleu pâle d'une cabane à crevettes.

J'ignore combien de temps je suis resté à contempler ce tableau.

La surprise passée, une question me revient, subite :

— Pourquoi… comment pourrais-tu les expulser de chez eux, tous ces gens ?

— Eh bien… c'est ma famille qui leur loue ces maisons ! Je t'expliquerai…

C'est la troisième d'affilée qui m'éclate en pleine figure. Ma gorge brûle, je tousse, crache des paquets d'eau de mer. Le torse et les mains glissent sur ma planche. À cinq mètres de moi, Martim rame et bondit sur la sienne, l'air ravi, presque hilare, secoue ses boucles noires et prend une droite parfaite… La mer est souvent trop sauvage, trop agitée.

La plage est immense, longue et large, très plate sur plusieurs dizaines de mètres jusqu'à la pente qui commence au rivage. Je remonte, étourdi, sur le sable mouillé puis sur la partie sèche, j'ai la délicieuse sensation d'avoir les pieds enfoncés dans la farine jusqu'aux chevilles. Et enfin, je retrouve les lattes de bois de la *baraca*.

— Tu as bu la tasse ? me demande une voix claire et virile derrière le bar, qui recouvre à peine le fracas des vagues, à quelques mètres, et la musique tropicale de percussions et de *cavaquinho* crachée par un petit transistor à ma droite, posé sur le comptoir.

Je secoue la tête, dépité, et me hisse à tâtons sur un tabouret de bar en skaï déchiré.

— Même pour un bon surfeur, ces vagues qui cassent l'une sur l'autre sont déstabilisantes…

Les yeux fermés, encore trop brouillés par l'eau de mer, je frotte mes pieds contre le bois brut du bar pour en ôter le sable. Mon mystérieux interlocuteur a dû s'éloigner. J'entends le claquement d'un couteau contre une planche, le léger vrombissement d'un mixeur suivi d'un tintement sec. Il pose un verre devant moi :

— Bois ça. Eau de coco, concombre, *mamão*, ça apaisera la brûlure du sel.

Quand j'ai fini, il me tend une petite serviette, « pour t'éponger les yeux ».

Lorsque enfin je recouvre la vue, un brun mal rasé aux yeux bleus, la cinquantaine, sportif, l'air européen, au cuir chevelu aussi fourni que le mien l'était jusqu'à mes vingt-six ans, m'offre une main franche que je saisis :

— Tu es l'ami de Martim ?

— Saul.

— Ewander.

Il découvre un sourire carnassier aux dents impeccables, blanches et lisses. Les rides aux coins de ses yeux confirment un air de générosité joyeuse, solaire et magnétique.

Le sable éblouissant, à quelques mètres, renvoie une lumière jaune sur son visage.

Derrière moi, affalée dans les larges banquettes d'angle, une jeune fille élancée jacasse au téléphone. Au moment où je la remarque, une bouffée de parfum d'été, fruité et entêtant, vient me chatouiller les narines, chassant immédiatement l'iode des embruns.

Il s'approche d'elle, murmure quelque chose qui semble la faire rire, elle se lève et lui répond en lui caressant le bras, cambrée au maximum, presque sur la pointe des pieds. Il part vers l'arrière-boutique alors que, hypnotisé, je contemple un moment la silhouette irréelle, toujours debout, penchée sur son téléphone : le maillot de bain échancré est d'une finesse extrême. Une marque de bronzage en lacet remonte en arc au-dessus de ses hanches. La crème solaire et sa peau caramel rendent chaque centimètre carré de sa peau violemment comestible.

Je pose le menu sur mes genoux, fais mine de l'étudier.

Surtout, ne pas me lever maintenant.

Depuis la plage, la petite brune, qui doit être la petite-fille du vieux Damasio, monte sur le plancher et s'avance, timide, un sac poubelle à la main. Elle balaie du regard l'intérieur, angoissée, et s'enfuit. Peut-être est-ce l'habitude des femmes d'ici, charnelles et suaves, peut-être avais-je, avant, la vision déformée : elle me paraît aujourd'hui plus attirante.

Un coup de vent soudain, la tête d'Ewander apparaît au fond :

— Saul, je te grille une daurade, dit-il d'un ton définitif qui ne laisse pas de place au choix.

Je confirme, en espérant que le poisson, mélangé au cocktail de fruits glacé, ne me forcera pas à remonter en catastrophe aux toilettes de la maison.

Du moment que la belle ne voit rien…

— Tu es l'associé de Martim et Nilson ?

— Le gérant, seulement. Barman, aussi, cuisinier à mes heures… Et toi, tu vas t'associer avec Martim ? Investir ?

Je hausse les épaules.

— Je ne suis là que pour les vacances…

— Il y a du fric à se faire, tu sais, ici…

Malgré l'air de flambeur que lui donne sa chemise de lin ouverte jusqu'au nombril, il ne joue pas les tauliers.

— Je serai bientôt l'associé de Nilson et Martim, dit-il, pour un projet magnifique.

Je désigne les livres de poche entassés sur une étagère derrière le bar :

— Tu lis l'espagnol ?

Il sourit.

— Ce sont des bouquins que les voyageurs me laissent. Il y en a en français, en russe… Ça, je ne lis pas. Mais j'ai lu les versions portugaises. Mes préférés, ce sont Flaubert et Dostoïevski. J'ai même publié une étude d'*Os Demônios*… Tu ne me crois pas ? Si tu savais, j'ai même enseigné ! ajoute-t-il devant mon léger mouvement de surprise. C'était dans une autre vie, avant que…

Il place deux doigts sur sa poitrine à côté d'un curieux tatouage qui ressemble à des initiales, soulignant une épaisse boursouflure tannée par le bronzage qui sillonne entre ses pectoraux sur une quinzaine de centimètres.

— Infarctus du myocarde, je n'avais pas quarante-cinq ans… La vie ne tient qu'à un fil ! J'ai préféré la passer derrière un bar que devant un ordinateur… Pas toi ?

— Je ne me vois pas tellement servir des verres à des vacanciers…

Il éclate de rire, pas vexé.

— Si ce n'était que ça, je te comprendrais !

Il s'interrompt, comme pour choisir ses mots, se penche vers moi d'un air de conspirateur, appuyé sur son coude :

— Être au bar est un art. Le plus complet de tous ! Debout à un comptoir, les femmes s'épanchent davantage encore qu'allongées sur un divan. Et moi, au lieu de les guérir, eh… Elles me paient pour aggraver leurs névroses, conclut-il avec un clin d'œil.

Selon lui, cette petite *baraca*, calme et bien souvent vide durant le jour, se transforme à la nuit tombée – c'est-à-dire vers 17 heures – en un lieu de folles débauches où les filles s'abandonnent pour une *cachaça*.

Devant la *baraca*, sa planche sous le bras, Martim m'interpelle :

— Comment tu te sens ?

— Comme dans un bar de surfeurs, en pleine après-midi, à des milliers de kilomètres de tout ce que je connais. Où personne ne sait qui je suis, ni d'où je viens.

Il savoure silencieusement, la tête renversée en arrière.

— Personne ne viendra te faire chier, ici ! Tu pourrais disparaître, si tu le voulais. Changer de vie…

— Me vaporiser…

La voix espiègle du petit vieux, Damasio, résonne dans ma tête : « Ça ne veut rien dire, ça, *cara*... »

Nous rentrons à la maison.

Aucune frustration, aucun échec ne résiste au soleil du Ceara, à la douceur de la *maresia*. Je songe avec bonheur à m'enivrer ici de tout ce que la vie m'a refusé là-bas.

Les gens d'ici m'intriguent. Je veux être l'un d'eux. Leur désinvolture, qui pourrait être dictée par le dénuement matériel, semble parfois délibérée. J'ignore quelle est la part de libre arbitre dans leur mode de vie... Peut-être parce qu'ils n'auront pas de retraite, qu'aucun avenir ne leur tend les bras, qu'ils n'ont pas de confort, aucune aide extérieure ni un sou de côté, ils vivent comme les oiseaux du ciel qui ne cultivent rien. Ils se sont trouvés bloqués à leur niveau et, plutôt que d'attendre les yeux rivés vers le ciel ou le regard inquiet sur l'échelon d'en-dessous, ils ont fait un pas de côté et se sont ainsi extraits de la pyramide de Maslow.

Bien sûr, ils sont affectés par la société de consommation mais, de tous les avantages agités par la modernité sous le nez des trimards, ils savent trop bien que peu leur seront accessibles. Alors ils ne les cherchent pas, ne s'en soucient plus et se contentent du présent. Ils n'ont pas de passé glorieux dans lequel se réfugier, pas de futur prometteur à attendre sagement : ils vivent et c'est assez. En définitive, la grande affaire de la modernité consiste à river l'homme à son canapé. Livraisons de repas, de vêtements, d'objets inutiles et de technologie vaine, programmes télé innombrables accessibles à la demande… Noyé dans son confort, l'Occidental attend. Persuadé que la mort ne viendra pas à lui tant qu'il n'avance pas vers elle, il demeure cloué à son futon, sûr de l'éternité tant qu'il ne la voit pas. Pas en face, en tout cas. À Libânia, les canapés n'existent pas ; il fait d'ailleurs trop chaud pour être à la maison : le vent est leur climatisation. La télé est trop petite et les programmes américains n'ont pas atteint les rivages du Ceara. De toute façon, personne ici ne parle anglais. Il y a bien des hamacs, mais l'on n'y attend rien : on s'y repose, on y parle, on y rêve. Les plus agiles parviennent à y faire l'amour, et passent ainsi des heures perchés, quelques centimètres au-dessus du sol, comme pour éviter de se brûler les pieds. On n'a pas d'argent pour se faire livrer des habits qui, de toute manière, seraient trop chauds : le maillot de bain et les claquettes ont rempli, de manière accidentelle, le rôle de régulateur social dévolu, pour les éducateurs conservateurs, à la blouse ou à l'uniforme.

La modernité n'a guère de prise sur les gens de Libânia parce qu'ils n'ont pas de confort, que l'envie d'en avoir toujours plus ne les fait pas sécréter autant de dopamine qu'en Occident. Il n'est pas étonnant que le tourisme humanitaire plaise autant aux Occidentaux : le sentiment de contentement, la sérotonine, après tout, est l'hormone du pauvre…

Un mot d'excuses de Martim calé entre une tranche de pastèque et un bol d'açaï m'apprend qu'il devra s'absenter aujourd'hui, qu'il a ouvert une note illimitée à mon nom chez Satanas, mais me conseille de privilégier la *baraca*. Je pourrai y prendre tous mes repas dorénavant.

Sur le papier griffonné à la hâte, je lis aussi qu'un toxicomane a été retrouvé mort au pied d'une de ses maisons, et que, celui-ci n'étant pas du village, personne n'a voulu prévenir la police…

Il doit être 7 heures lorsque j'arrive au bout de la *beira mar*, en vue de la benne à ordures et du vieux lampadaire. La cabane est paisible, coiffée de voiles de *jangadas* que les pêcheurs déroulent avant de partir en mer.

C'est encore Ewander, le charismatique barman, qui m'accueille.

Cet homme ne dort jamais.

La jolie fille d'hier est toujours avec lui.

Il me sert un *espresso* serré, fier de ce broyeur sorti tout droit du *Caffè Centrale* de Naples : « Peut-être le meilleur café du continent au nord de Salvador ! »

Ewander a le dos tourné, la nymphe s'éloigne lentement du bar en direction de la plage. Du sable blanc et farineux comme un talc est resté collé tout en haut de sa cuisse et sur son *bumbum* lisse, soulignant son bronzage ; je lutte contre le vertige en tripotant une espèce de couteau recourbé comme une serpe.

— *Para, garroto* ! (Il me l'arrache des mains.) C'est un vrai rasoir, ce truc. Et la réponse est oui.

— Pardon ?

— Oui, elle a dormi chez moi.

Je fais mine de n'avoir pas entendu, le regard vers le bord. Deux gros qui savent à peine nager s'ébattent joyeusement, saucissonnés dans leur gilet de sauvetage.

Malgré mon faux air blasé, il semble deviner mes pensées :

— Je parie que tu es du genre à demander à des copines comment parler aux filles ?

Je hausse les épaules :

— Et alors, si je le faisais ?

— Eh bien, tu serais un idiot. On ne demande pas à un poisson comment pêcher. Il faut aller à la source du savoir, de l'expérience : interroge un pêcheur !

— Elle a vraiment dormi chez toi ?

Il rit et, sans rien dire, contourne le bar, descend sur le sable, rejoint la belle qui s'est installée dans un des petits fauteuils pliants. Il lui tend la main, la hisse debout, l'embrasse en glissant la main sous l'élastique de son maillot de bain, lui claque la fesse en souriant, l'embrasse encore et, sans se retourner, sans même me regarder, revient derrière le bar :

— Viens donc un de ces soirs, je t'offrirai un verre.

Sur l'eau, un surfeur meilleur que les autres attire l'attention des baigneurs, les gestes sont suspendus et le brouhaha s'interrompt un instant, puis il reprend lorsque le flambeur s'est loupé et a terminé sa session.

Les jours suivants défilent paisiblement, cheveux au vent – enfin, ce qu'il en reste –, avec un rythme simple : réveil aux aurores, café, fruits. Après quelques essais peu concluants des sucreries locales, j'ai adopté le régime de Martim.

Je me lève de plus en plus tôt, aidé par les oublis de somnifères, descends sur la plage, vers la *baraca*. L'emploi du temps de Martim s'étant peu à peu alourdi, je passe le reste de la semaine autour de ce petit bar du bout du monde.

Contraint de subir de plein fouet les ravages de la calvitie, je me badigeonne le dessus du crâne de crème solaire aussi régulièrement que possible, à l'abri des regards.

Des heures s'écoulent ici à attendre la houle en compagnie d'un des vieux livres de poche de l'étagère du bar, des romans de Jorge Amado et même quelques auteurs français : Déon, Kessel, Camus, gondolés et jaunis.

Je m'endors régulièrement côté plage, en me balançant dans le hamac grinçant, un livre ouvert posé sur la poitrine, et c'est Martim qui me réveille vers midi, lorsqu'il débarque en jean sale, bottes et t-shirt blanc.

— Je ne sais pas comment tu fais pour ne pas mourir de chaud, lui dis-je, avec encore en bouche le goût sec de la sieste.

Nous déjeunons d'un poisson, pêché le matin même et grillé sur une plancha de fortune posée en travers d'un demi-cylindre en fer blanc, ou de pâtes aux crevettes cuisinées derrière la supérette de Satanas, la seule du village qui vende encore des bouteilles de coca en verre dans une glacière métallique à l'entrée.

De temps en temps, Martim m'accompagne à l'eau. J'ai vite retrouvé un niveau de surf acceptable. Nous laissons les planches dans le local du fond de la *baraca*. Depuis cette petite réserve, j'aperçois la benne et le début de la *beira mar*, où l'activité grouillante, animée et anxieuse des marchands détonne par rapport à la décontraction de la plage. Devant la *baraca*, un tas de cocos vides, marron, sèchent au soleil. Martim m'a présenté les jeunes prodiges du coin, un gamin élancé du nom de Jônidep, et son ami Douglas. Jônidep est le petit surfeur qui m'avait enthousiasmé l'autre jour, au soleil couchant. Douglas, quant à lui, m'impressionne par son équilibre stupéfiant vu sa corpulence : ses petites épaules et ses grosses fesses lui donnent une silhouette de bouteille de Perrier plantée sur une paire de jambes fines comme des béquilles tordues.

À dix mètres en direction des autres *baracas*, quelques terrains de *futevôlei* sont installés, souvent peuplés de maigrichons basanés, en caleçon coloré. Le filet rapiécé semble plus haut qu'au volley classique, et des bandes de nylon d'un rose vif délimitent le terrain sur le sable épais dans lequel les pieds s'enfoncent jusqu'aux chevilles.

Parfois, des filles aux cuisses musclées et aux culs d'une rondeur troublante se joignent aux joueurs, se révélant souvent meilleures encore à l'exercice que leurs compères. À côté d'eux, quelques costauds aux épaules arrondies font de la musculation sur des installations municipales peintes en vert.

Les cris d'un vendeur ambulant interrompent ma rêverie : « *Misto, lanchonete, queijo grelhado !* »

J'admire l'adresse du petit homme qui porte en équilibre sur sa tête un immense plat d'osier souple rempli de fruits, de sandwiches au jambon et au fromage grillé. Au milieu du sable, un homme se rince à l'eau claire qui jaillit de deux bondes d'acier rouillé fichées dans un simple poteau. L'eau ruisselant de la petite dalle de béton crée une rigole de sable mouillé jusqu'à la mer.

Je retourne à l'intérieur de la *baraca*. Ewander est seul. Il m'introduit au métier de *barman de praia*, profession qu'il semble vouloir me faire embrasser, comme si j'allais lâcher un boulot d'avocat d'affaires pour servir des caïpis à des analphabètes qui baisent leurs cousines.

— Le plus beau métier du monde, me dit-il. Ton seul objectif, c'est de leur faire passer le meilleur moment possible…

— … en dépensant un maximum.

Il rit.

— Et, surtout, qu'ils reviennent ! Je suis psychologue, commentateur sportif, meilleur ami, pompier et éditorialiste…

Il ajoute en baissant le ton :

— Je peux te raconter tous les buts des clubs de Fortaleza et de Ceara, alors que je n'en ai vu aucun ! J'ai dans la réserve des banderoles aux couleurs des deux équipes… Et puis il y a les filles, elles te paient des verres pour leur faire la conversation : le monde à l'envers, je te dis ! Un soir, je te mettrai derrière le bar. Tu verras !

Quand je ne surfe pas, je me perds parfois des heures dans les vieux livres de poche.

L'Atlantique sud est infini et moutonnant, désert et comme inaccessible. Impraticable. Ici, à part quelques *jangadas* une ou deux fois par semaine, aucune voile, aucune embarcation ne se risque sur l'océan dépeuplé. Pas une île sur laquelle poser le regard, le ciel est sans nuages et presque sans oiseaux. L'horizon ressemble à une photographie, ennuyeuse et angoissante, heureusement égayée près du bord par de nombreuses bouées aux couleurs criardes en forme d'animaux : des cygnes, une mignonne baleine et une affreuse licorne que des jeunes semblent déterminés à crever à l'insu de leurs passagers.

Une après-midi où j'attends la houle, perdu dans la *maresia* et les pieds enfouis dans le sable blond, j'aperçois Martim attablé au bord de la *baraca*, les pieds dans le sable et l'air préoccupé.

Lorsque nos regards se croisent, mon ami, toujours penché au-dessus de la table basse, me fait un signe de la main :

— Saul ! Tout va bien ? Tu veux comprendre un peu ?

— Comprendre un peu… Quoi donc ?

— Tous ces gens qui m'en veulent ! dit-il en désignant des papiers sur la table.

En m'approchant, je distingue quelques prospectus, des photos grand format sur papier satiné.

— Ça, là, c'est le premier qu'on m'a adressé...

Il me tend un dossier en similicuir d'un noir brillant, arborant un logo argenté. À l'intérieur, de jolies esquisses à la sanguine représentent un bâtiment d'architecture coloniale, sublime et grandiose, au bord du *morro*. Une simulation propose la vue sur l'océan depuis la terrasse d'une suite.

— Ces promoteurs-ci étaient encore un peu élégants, commente-t-il, dans leur manière d'agir comme dans leurs projets. Puis, comme s'ils avaient tracé le sillon, un autre a débarqué pour un projet curieux : un hôpital ultra-luxueux, spécialisé dans la chirurgie esthétique et les cures pour footballeurs en convalescence... Lui était bien moins classe, et beaucoup plus pressé. Après ces deux-là, les projets les plus laids ont commencé à affluer : c'est comme s'il y avait une adéquation parfaite entre la laideur du projet, ses conséquences néfastes pour la population d'un côté, et les montants qu'ils nous proposaient. Pire était le projet, plus gros était le chèque...

Sur une planche, je devine à présent la plage de Libânia, ces trois cocotiers blancs en bord de *beira mar* qui sont comme un symbole.

— Donc... tout ça, c'est pour ici ?

— Bien sûr !

Un raclement de gorge attire notre attention : à l'intérieur de la *baraca*, dans l'ombre accentuée par le soleil dehors, le livreur de bonbonnes d'eau potable en dépose une pleine près du comptoir, en emporte deux vides, nous fait un signe entendu et repart en traînant des pieds.

Alors que je reprends mon étude attentive, Martim reste un instant, les yeux vers le rivage. Enfin, je hasarde un commentaire, du ton le plus anodin possible :

— Tu te ferais du fric…

— Je n'en ai pas besoin.

Je pense très fort : moi, si.

Je m'inquiète un instant qu'il ait deviné ma pensée, mais il reste sur les simulations :

— Tiens, regarde ce projet : magnifique, n'est-ce pas ?

Il me tend avec mépris une brochure défraîchie. Dessus, une espèce de complexe dualiste, proposant un parc d'attractions aquatiques aux proportions gigantesques, encerclé par un arc d'immeubles de béton blanc en front de mer. Derrière le dernier immeuble, en haut du plateau qui domine Libânia, un immense centre commercial. Une simulation de détail montre des ruelles couvertes de bois, à l'air libre, dans laquelle une cliente blonde au style européen fait ses emplettes. Lorsque je rends les feuillets à Martim, il les jette nerveusement loin de lui sur la table.

Je tente une approche :

— C'est vrai que c'est laid… mais a-t-on vraiment tellement besoin d'esthétique? Après tout, si c'est fonctionnel… Quelqu'un finira bien par bétonner, un jour!

— C'est idiot, je sais, mais j'y crois: c'est vraiment la beauté qui sauvera le monde! Depuis Fortaleza jusqu'à tout près d'ici, le littoral n'est déjà plus qu'une immense chape de béton. Si mon devoir était de préserver ce village encore un peu? Qui sait, peut-être qu'il sera classé, un jour… sans compter qu'avec la merde qu'ils proposent de construire, il faudrait déplacer près de dix mille habitants.

— Dix m… Je pensais qu'il n'y avait que quelques centaines de personnes dans cette favela… Combien sont-ils en tout?

— Peut-être treize ou quatorze mille… c'est plus grand qu'il n'y paraît, et puis, ils sont tous entassés, et les trois quarts n'ont pas même été déclarés! Presque aucun n'a de bail ou d'adresse officielle… C'était leur argument, d'ailleurs.

— Leur argument…?

— Celui de l'armée de petits juristes qui grouillent autour des gros bonnets. Quand je leur demandais comment ils comptaient reloger la population, ils me répondaient tous une variante d'un même thème: « Ces gens n'ont rien à faire là, ce sont des squatteurs. Notre compagnie de sécurité pourra s'occuper de les retirer de votre propriété… » Il n'y a pas plus dur envers les miséreux que les petits-bourgeois. Les vrais riches, eux, s'en foutent. Les aventuriers capitalistes sont même attirés par la liberté de la favela… mais les moyens, les bureaucrates ? Ils détestent tout ce qui peut leur rappeler le ruisseau qui les a vus naître, et sont prêts à toutes les saloperies si ça peut conforter leur impression d'avoir réussi. C'est ça, l'esprit bourgeois : la culture du confort, la sécurité, le droit… Tiens, en parlant de droit, les promoteurs les plus cyniques ne se sont pas emmerdés. Ils m'ont présenté des études d'économistes, des articles de sociologues et d'urbanistes et des projections pour m'exposer en combien de temps, très naturellement, les indésirables finiraient par s'expulser eux-mêmes… D'autres ont été plus corrects.

Il me tend des dessins de bien moindre facture, représentant des immeubles comme on peut les voir dans les banlieues les plus laides de France, entassés sur les terrains du haut.

— Ces terrains nous appartiennent aussi, commente Martim, mais autant te dire qu'ils n'avaient aucun plan de financement des charges, d'entretien… le genre de tours de marchands de sommeil qui auraient fini par s'effondrer sur des familles. Et puis, comment veux-tu creuser des fondations aussi importantes ? Le plateau est à moitié sur une dune…

Ewander nous interrompt pour déposer deux noix de coco fraîches sur la table basse. Je perçois son regard appuyé sur les plans, suspends encore un peu les mots qui se bousculent, et reprends mes tentatives, un brin honteux d'avoir attendu qu'il retourne à l'intérieur : il ne parle pas un mot de français.

— Et si tu leur proposais un entre-deux ? Un projet juste sur le front de mer. Beaucoup moins de déplacés, que tu réinstalles derrière, proprement. Après tout, les habitants ont-ils vraiment besoin d'une telle vue ?

— La vue leur appartient plus qu'à tous ces touristes, plus qu'à moi… et puis, ce n'est pas la question ! Le vrai sujet, c'est que…

— Mais ce serait leur rendre service, ça rendrait le village plus attractif ! Tu imagines tout le fric que pourraient se faire les commerçants ?

— Tu plaisantes ? La vie deviendrait hors de prix… Tiens, c'est même le troisième point de l'étude de ces chers philanthropes de Motta & Aranha Imoveis… défigurer Libânia, tiers-mondiser ses habitants, les expulser progressivement du centre-ville avec les taxes, l'augmentation du coût de la vie…

J'encaisse la comparaison, vaincu, et m'abstiens d'abattre ma dernière carte : dans le village proposé par ces plans, pas un connard ne m'aurait volé mon téléphone. D'ailleurs, en parlant de sécurité…

— Au final, tout ça ne me dit pas qui t'en veut, et pourquoi.

D'un geste las, il range les plans dans un sac en plastique qu'il fourre à côté de lui, écarte les bras avec impuissance.

— Eh bien, tout le monde. Les habitants car ils pensent que je vais accepter, les promoteurs et les bourges de Libânia car ils savent que je vais refuser… je les soupçonne d'ailleurs de jouer double jeu, d'attiser les craintes et les tensions pour me forcer la main !

— Ta décision est prise, donc ?

— Bien sûr ! Je ne veux pas mettre le doigt dans ce type d'engrenage. J'ai des projets... moins grandioses et lucratifs mais meilleurs pour l'âme !

Il me tend d'autres documents, une désignation sommaire de biens immobiliers :

— Ce sont toutes les maisons que vous avez ici ?

— Maisons, boutiques, terrains... tout. Mon père paie l'entretien depuis des années, ça ne rapporte presque rien : nous épongeons les dettes des locataires, louons à bas prix... Il dit qu'il faut tout bazarder au plus offrant... Là où il n'a pas tort, c'est que c'est un nid à emmerdes. Tu as vu les gars, l'autre jour... Mais c'est dans la famille depuis bientôt cent ans, je dois assumer ça.

— Rien n'est rentable ?

— Pour le moment, non. À terme, j'ai la ferme intention de rendre au village son lustre d'antan. Il y a l'ancien centre-ville, plus haut, délabré, nous possédons les ruines. C'est petit mais il y a un sacré potentiel, je te montrerai. En attendant, je perds du fric. Mais c'est notre rôle, à nous, de protéger ces gens !

Je fais semblant de prendre tout cela sur un ton aussi léger que celui qu'il emploie, et fixe le rivage dans la même direction que lui, à la recherche de l'expression la plus détachée possible.

Devant nous, un type, assis en tailleur, sa minuscule planche de surf waxée d'écume blanche posée sur les genoux, attend son heure, sa vague ou simplement que l'eau se vide un peu.

— Ewander m'a dit que, parfois, le soir, il y a des requins… que seuls les bons surfeurs osent s'aventurer sur le spot…, dis-je pour changer de sujet.

Il hausse les épaules en claquant la langue d'un air moqueur.

— Légende de locaux pour se débarrasser des gêneurs…

— … qui finissent au *compromisso dos solteiros*, c'est ça ?

Il éclate d'un rire franc, à présent détendu.

— Il t'a parlé de ça aussi ? Encore une légende…

— Quoi… le « rendez-vous des célibataires » ?

— Tu t'imagines, toi, débarquer dans ce coin de plage, faire le pied de grue sans dire un mot, et qu'une des filles te prendra la main, comme ça, sans te demander ton prénom ? Offert par la maison ? Et puis quoi ? Tu la suis dans un coin, dans une ruelle, un motel ? C'est absurde… Mes compatriotes sont volages, je te l'accorde, mais pas à ce point !

— Il paraît même que près du parasol orange, ce sont ceux qui organisent des orgies…

— Je connais l'endroit où ils vont, c'est un des motels à l'heure qui bordent la CE-040…

— Eh, alors, tu vois bien que c'est vrai !

— Le sordide, oui, ça l'est. Ce dont je doute, c'est que tout cela soit gratuit. Et quand il ne faut rien payer directement, c'est que l'embrouille est ailleurs : ils te repèrent puis te cambriolent, quand ils ne te rackettent pas directement…

Il se passe la main dans les cheveux, le visage traversé par une moue de dégoût.

— Pardon de revenir à la charge mais, ces types à moto, le premier jour, ces gens surexcités dans la favela… Tu n'as pas peur ?

— Pas trop. Tu as bien vu : ils sont menaçants, mais pas violents. Chien qui aboie…

Comme pour signaler que cette discussion est terminée, Martim fait signe au vieux gérant de la *baraca* d'à côté et remonte vers la sienne.

— Au fait, dit-il par-dessus son épaule lorsqu'il est monté sur le plancher flottant, le gars qui a volé ton téléphone… Cactus a son signalement. Il me donnera les infos plus tard. Je dois passer voir Satanas, retrouvons-nous en début de soirée au *Libertador* !

Le *Libertador*, *botequim* mal éclairé du centre du village, coincé au milieu des quelques pâtés de maisons neutres qui séparent la favela de la *beira mar*, me fournit la matière parfaite à mes analyses sociologiques. Avec le prix d'un verre de mauvais chardonnay parisien, on s'y paie un coma éthylique.

Sur un mur qu'éclaire la lumière blanche d'un haut lampadaire, je distingue une fresque représentant le visage d'une femme d'âge mûr, légendée : *Rachel de Queiroz*. En dessous, de nombreux graffitis médiocres à la peinture noire et fine commentent le portrait, se répondant entre eux jusqu'à dévier complètement du sujet initial. L'un d'eux, à l'écriture enfantine, semblable à celui que le fils de Satanas nettoyait sur sa boutique, se démarque : *La favela coule, et toi, tu dors dans ton hamac*, suivi du même nom : João, et de la même date : 1928.

Ça ne veut rien dire, ça, cara…

Dans le bar d'à côté, presque désert, des joueurs de billard interrompent leur partie pour pousser des hurlements de loup en direction d'une antique télévision à tube cathodique : le vieux patron est obsédé par la présentatrice météo, une ancienne lauréate du concours de beauté du Ceara qui avait même fini troisième de tout le Nordeste et dont il a toutes les cassettes.

Depuis ma table, je l'entends se vanter :

— Je peux te dire avec précision quel temps il a fait à chacun de tes anniversaires depuis dix ans.

Dire qu'un de ces enfoirés a peut-être mon portable dans la poche... Je tends l'oreille sur la dispute des joueurs de billard.

— *Porra*, dit l'un d'eux, un quinqua bedonnant aux yeux globuleux, je te jure qu'ils ne viennent pas d'ici, ces cons !

— Qu'est-ce que tu racontes, Denisio ? grince un autre, qu'est-ce qu'ils foutraient dans le *morro*, ils sont pas capables de se nourrir tout seuls, on les aurait emmenés ici exprès ?

À 18 heures, l'Ave Maria de Schubert retentit au carillon de l'église en bas de la favela, baladé par le vent, repris par une guitare lointaine, tournoie entre les murs serrés, comme un rêve doux, sucré et poétique, minéral et coloré.

À la table à ma gauche, les bribes d'une conversation attirent mon attention : un homme de quarante ans, un baleineau qui n'a jamais dû dépasser les 5 km/h autrement qu'en mobylette, triturant ses mèches compactées par le gras, se plaint d'une voix glaireuse que sa femme refuse de faire du sport, et je me dis, l'espace d'un instant, estime-toi heureux qu'elle accepte encore de te pomper le...

— Tu es le camarade de Martim ? me demande la patronne du bar, une aimable matrone aux joues ravagées par les cicatrices d'acné, en déposant sur la table une nouvelle bouteille de bière dans sa housse de polystyrène.

J'acquiesce, inquiet que l'intrusion me fasse louper l'engueulade qui démarre à côté.

— Je sais qui tu es. Tu es le petit Portugais chez qui Martim est allé se réfugier, dans le temps, quand la belle Pauline est morte… C'est toi qui l'as remis sur pied. Je suis contente de te rencontrer. C'est rare, de nos jours, les vrais amis. Toi, tu connais le sens de…

Je ne réponds rien, surpris par ces révélations. Elle enchaîne en s'essuyant les mains sous ses aisselles :

— La mère est de la région. Elle venait toujours ici, elle me parlait du petit Portugais qui redonnait goût à la vie à son Martim alors qu'elle n'arrivait plus à être maman… Elle attendait souvent son mari, le *Paulistano* blond, un type pas sérieux…

— Vous connaissiez Pauline ?

— Cet ange ! Bien sûr que je la connaissais. Elle a fait installer le carillon de mon église, là-haut dans la *comunidade.* Parfois, les gens la regardaient mal parce qu'elle ressemblait trop au père, mais ici, tout le monde l'aimait…

— Monsieur Von Manstein n'est pas apprécié ?

— Quoi, ce saint homme ? s'esclaffe-t-elle. C'est vrai qu'entre les maris cocus, les bâtards qu'il a semés sur toute la côte et ceux qui ont eu le malheur de louer ses maisons, il a pas intérêt à remettre les pieds ici. Enfin, ça va mieux depuis que Martim gère. Lui, on peut dire qu'il lave les fautes du père ! Et ma Pauline…

Elle s'interrompt un instant, l'air rêveur, comme pour convoquer le souvenir de la disparue, avant de continuer avec douceur :

— Tu es quelqu'un de bien. Tu vas vivre ici, avec lui ? Ça serait bon pour lui…

— Cela me plairait, dis-je, mais ma vie est en France.

— Ah, *très excellent*, commente-t-elle en français, avant de reprendre en portugais : tu as beaucoup d'enfants, en France ?

— Aucun.

— Mais… tu as quel âge ? C'est ta femme ou toi qui ne veux pas ?

— Je n'ai pas de femme.

Elle marque un temps d'arrêt, lève un bras pour saluer des passants et revient à moi, sourcils froncés dans une moue dépitée :

— Alors… je ne comprends pas.

— Je vois bien !

Elle sourit encore.

— C'est quoi ta vie, ta vie qui est en France ?

— Mon travail, ma …

Je m'interromps. Je n'ai plus de maison.

— C'est un travail important ? C'est un travail passionnant. Tu es un chercheur. Tu es un artiste ?

Elle enchaîne les questions sans me laisser en placer une.

— Tu fais des choses belles. Importantes. Tu es quelqu'un d'important ?

J'aimerais répondre : « En quelque sorte », mais la vérité ne passe pas mes lèvres. Je n'ai aucune, absolument aucune foutue importance, si tu savais. Je lis des contrats de quarante pages et je les modifie dix fois d'affilée jusqu'à ce que mon patron les envoie au client.

Nous restons un instant sans mot dire, la matrone ne s'occupe pas des autres tables, et, dans les quelques centimètres qui nous séparent, un fossé s'est creusé, infranchissable : elle me voit comme un homme droit, juste, un ami sans faille qui a sauvé Martim. Elle me voit comme jamais je n'ai osé me regarder, d'une vision usurpée, et je suis tiraillé entre le devoir de la détromper sur mon compte, et le plaisir de rencontrer enfin quelqu'un qui imagine que j'ai une place sur Terre. C'est peut-être à cet instant que je comprends, que mon subconscient esquisse cette décision brusque et folle que je prendrai plus tard, quand…

Martim arrive à point nommé pour faire diversion.

Les soirs où nous refaisons le monde, au milieu de ce carrefour – trois fauteuils de plastique au beau milieu du sable –, il me raconte aussi un peu l'endroit.

— Tu sais ce qu'on dit des Italiens ? Que ce sont des Français de bonne humeur. Eh bien, les Brésiliens, ce sont des Italiens d'humeur meilleure encore. Ils travaillent le minimum pour se nourrir et surtout faire la fête jusqu'au lendemain, puis recommencent. Très peu ont leurs papiers d'identité, ils ne connaissent pas leur propre nom de famille, ils s'appellent par leur prénom ou leur surnom, on dit « le frère de, le fils de, le cousin… » C'est pour ces gens que je refuse que Libânia finisse entre les mains des spéculateurs, de tous ces bourgeois prétentieux qui vont à leur brunch en trottinette pour bouffer des tartines à l'avocat…

— Il est beau, ton combat d'arrière-garde contre l'empire du bien, mais il ne mène nulle part. Ils ont déjà gagné. Tout ce qu'on peut faire, c'est gagner un peu de blé sur leur dos…

— Sur nos âmes, tu veux dire !

Il n'a pas réagi au « on » dans lequel je m'inclus avec tant de facilité. Dois-je y voir un signe ? Je m'apprête à répondre lorsque le petit quinqua joueur de billard d'à côté s'approche de notre table :

— Seu Martim, bonjour !

— Bonjour, Seu Denisio, comment allez-vous ?

— Bien, bien, fait-il d'un air embarrassé, en se tordant les mains comme un enfant qui a fait une bêtise.

Il me jette un œil inquiet.

— Vous pouvez parler devant mon ami, dit Martim, il n'est là que pour les vacances et n'a aucune intention de me racheter votre maison, ni aucune autre ! ajoute-t-il en riant.

L'autre feint de rire sans prêter trop attention.

— Vous savez, dit-il, je suis vraiment désolé pour le loyer…

— Ne vous en faites pas.

— C'est que, Seu Martim, vraiment, je vous promets, je vais me refaire ! Mais, avec ces voyous qui se battent le soir en bas de la boutique, les toxicos qui se piquent à côté, tous ces gens qui viennent d'on ne sait où, les affaires sont mauvaises…

— Je le sais bien, cher Denisio, répond Martim d'un ton réconfortant, et je ne vous demande pas de me rembourser. Ce mois-ci, on l'oublie.

Denisio se courbe si vite pour remercier qu'il manque de percuter la table avec sa tête.

— Je ne comprends pas ce qui se passe dans notre *morro*. Tout était si paisible, et depuis si longtemps… J'espère que cela ne vous donne pas envie de…

— Je le sais bien, Denisio, répète Martim avec impuissance, nous chasserons les intrus… Et ne vous en faites pas. Je ne vendrai rien.

— *A violência* est partout, ces temps-ci, et ces coupures d'eau, ces inconnus, tout ce chamboulement… mauvais, très mauvais pour les affaires. Les gens disent que c'est pour nous dégoûter, faciliter notre départ, il y en a même qui croient que ça vient de vous, parce que vous auriez un projet, mais moi je sais que vous êtes avec nous, je sais que vous allez refuser toutes ces offres, Seu Martim, et je leur dis ! Mais ils ne veulent pas m'entendre…

Il repart à reculons, courbé comme un courtisan, avant que Martim n'ait eu le temps de répondre.

Nous restons quelques instants à siroter nos bières en silence, sous les lampions multicolores. Devant nous, des chiens errants se dévorent les flancs, un vieux chat noir sans queue leur court après. Le petit troquet à notre droite est maintenant rempli de gros torses nus, qui jouent au billard sous un néon blafard, en buvant de la *cachaça* dans des briques en carton.

— En bas de la favela, soupire Martim d'un ton las, sur la place où nous sommes, il y a ce bar d'un garçon que j'ai rencontré le mois dernier. Tout le monde y allait, et puis, il y a quelques semaines, des gars d'une ville voisine sont venus. Une bagarre a éclaté pour une raison idiote, ils ont tout saccagé. Le pauvre a dû fermer pendant des semaines car il n'avait pas les moyens de tout réparer d'un seul coup et de payer les stocks perdus. Maintenant il fait dépôt de boisson, et c'est son frère qui a repris. Ça marche moins, le frère n'y connaît rien, ce bar sera bientôt à vendre pour une fraction de sa valeur…

— Tu devrais le racheter…, dis-je, en prenant un air désintéressé.

— J'y ai pensé… mais mon cousin a piqué une crise ! Il dit que si je le rachète au prix fort, je continue d'entretenir l'idée que je suis leur mécène, qu'on n'est pas une association de bienfaisance, et que…

— Comment ça, au prix fort ?

Il se redresse brusquement, d'un air choqué :

— Quoi… tu penses que je devrais faire une offre pourrie, pour… pour… spéculer ?

— Non, non, mens-je, je pensais simplement… peut-être, couper la poire en deux…

— Pas question. Ces mecs crèvent la dalle. Et moi je n'ai pas besoin d'argent…

De nulle part, une *batucada* s'est improvisée. Bientôt, cinq musiciens frappent en rythme, chantent à l'unisson, s'accompagnent de sifflets, de triangles et d'un instrument semblable au chant d'un coucou que produit une sorte de tambour dont un jeune ravi gratte l'intérieur. Un *cavaquinho*, sorte de banjo brésilien au son aigu et perlé, complète le concert. Toute la place interrompt un instant ses discussions pour écouter, avant de reprendre dans une joie expressive et bruyante, laissant la mélodie bercer les échanges et les cris.

Secouant la tête, comme pour en ôter les idées noires, Martim change de sujet :

— Ici, ils ont des enfants mais ne se sentent pas concernés. On fait des gamins à quatorze, quinze ans, avec son premier amour, on ne sait pas trop pourquoi, certains choisissent de faire leur crise d'adolescence et laissent leur mère pouponner la petite-fille, parfois l'inverse se produit et c'est la petite de douze ans qui s'occupe de son neveu ou de son demi-frère. On est grand-mère à trente ans.

Un vieux passe à vélo, chargé de jerricans, et salue Martim en faisant mine de toucher son chapeau.

Martim me désigne, de loin, une petite brune que j'ai déjà vue. Elle fait le pitre au milieu des éclats de rire d'une grande tablée.

— Wendila. Elle a un salon de coiffure et de manucure dans la favela. Elle est encore jeune, peut-être vingt-cinq ans, mais très débrouillarde et pétrie de bon sens.

Je finis par reconnaître la fille qui m'a délivré du vieux Damasio, la même qui est venue à la *baraca*.

— Elle a une tête à prendre du foutre en intraveineuse, dis-je pour détendre l'atmosphère, aussitôt déçu de cet inutile pet de cerveau.

Martim rit par politesse et enchaîne, l'air de rien :

— Au début, je ne la regardais même pas. Avec ses cheveux ondulés, presque crépus, qui partent dans tous les sens, ses cuisses musclées et ses grosses fesses, pour moi qui étais encore bloqué sur les canons de beauté du sud, le type scandinave et filiforme au corps presque androgyne…

Peu à peu, les percussions cessent et un type seul, près du kiosque, accompagné de sa guitare, entame une chanson lente et étouffée, aux accents nostalgiques. Il chante au-dessus du ton, parfois en dessous, presque faux, d'une voix douce et légère qui lui vient du fond de la gorge. L'air est pourtant joyeux, mais on sent la mélancolie entre chaque note.

Il improvise sa bossa nova comme on tisse une étoffe.

Alors que je me laisse envahir par les chants aériens, Martim se lève et me glisse :

— Je dois te laisser. On se retrouve à la maison ?

Puis il s'éloigne lentement vers son pick-up, au volant duquel j'aperçois le visage sévère de Cactus.

La rumeur festive de la plage, portée par le vent, me parvient dès que j'arrive sur la *beira mar*. Ewander n'a pas exagéré : la musique, les cris, un fracas fabuleux m'aspirent. Dehors, disséminés autour et parfois titubants, des couples, des groupes de trois ou quatre déambulent, s'installent sur des chaises de plage.

Côté plage, le hamac touche presque le sol, occupé par trois filles manifestement ivres qui renversent la moitié de leurs verres sur leurs décolletés vertigineux ornés de paillettes d'or.

À l'intérieur, au bar illuminé qui jaillit de l'ombre baignant le reste de la pièce, un Ewander christique jongle avec le shaker sous le regard fasciné de deux fausses blondes aux racines d'un noir de jais, en équilibre sur leurs tabourets.

Alors qu'elles s'apprêtent à saisir leurs boissons, il les arrête d'un geste et leur crie quelque chose que je ne saisis pas dans le brouhaha. Aussitôt, les deux filles se tournent l'une vers l'autre, l'air gêné, et s'embrassent furtivement. Ewander crie encore, et cette fois-ci, je comprends. Après quelques grimaces ponctuées de regards interrogateurs, elles finissent par échanger un baiser langoureux sous les applaudissements inaudibles du barman démoniaque.

— Voilà une tournée amplement méritée ! me dit-il avec un clin d'œil en m'apercevant au bout du zinc.

Il est 21 heures et l'ambiance correspond à celle d'un bar parisien à l'approche de minuit. Mon regard est détourné un court instant par le mini-doseur d'acier en forme de sablier qu'il remplit et retourne avec une étonnante dextérité.

— Elle n'est pas à l'heure, ta montre, dis-je.

— Elle est à une autre heure… Parfois, quand j'ai passé une mauvaise journée, je m'imagine vivant dans le pays dont elle indique l'heure…

— C'est beau. C'est vrai ?

— Non. Elle est cassée. Simplement, ça fait sérieux. Et puis, elle a un autre usage…

Il me fait un autre clin d'œil puis porte l'objet à hauteur de ses yeux comme s'il voulait lire l'heure. Au bout du bar, à son tour, l'une des deux jeunes filles regarde son poignet comme par réflexe :

— Automatique, dit-il d'un ton satisfait, il faut toujours te diriger vers celles qui te regardent à la dérobée : le travail est déjà à moitié fait...

Un instant, je l'imagine à ma place, à Paris, séduire toutes ces femmes qui m'ont refusé le moindre regard...

— Je me suis fait larguer, dis-je tout à coup.

— Je sais.

— Martim t'en a parlé ?

— Pas besoin, c'est écrit sur ton front en lettres capitales.

Je me sens obligé d'ajouter :

— Avant elle, avant Sarah, je n'avais jamais couché avec une femme...

Il éclate de rire.

— *Moço*, il va falloir que tu arrêtes de me dire des choses que je sais déjà.

Devant mon air vexé, il ajoute, en me serrant l'épaule :

— On les emmerde, les petites femmes de Paris. Reste ici avec moi, j'ai un projet fabuleux.

Une claque dans le dos, il repart vers les deux blondes, et pendant une seconde je me demande avec laquelle des deux il rentrera. Une seconde seulement, parce qu'après je sais. Les deux.

J'ignore par quelle association d'idées l'image de la grosse tenancière du *Libertador* me revient en tête. Je convoque en esprit le moment délicieux où quelqu'un, quelque part, l'espace d'un instant, m'a donné une raison d'être, je chéris ce réconfort : l'idée d'une empreinte indélébile dont on peut marquer l'autre...

Dans le fond du bar, serrés sur le bout d'un des canapés, j'aperçois le petit gros, Douglas, avec son ami Jônidep.

— *Oi moço*, lui dis-je, tu veux un shot? C'est ma tournée.

La gueule de bois, ici, ressemble à un mirage. C'est Martim qui m'en tire en fin de matinée, hilare, avec un de ces bols d'açaï qui semblent constituer la base de son alimentation.

— Cactus t'a concocté un petit remède miracle de ses aïeux, dit-il en me désignant un second bol de terre cuite sur la table basse du salon.

— Cactus est venu ici ?

— Bien sûr ! Il vient souvent. Il repassera me chercher tout à l'heure mais tu ne le verras probablement pas non plus.

— Il ne m'adresse jamais la parole. Il ne m'apprécie pas…

— Cactus n'apprécie personne, ne t'en fais pas. Tout être vivant à moins de cent mètres de moi, homme ou bête, est une menace à ses yeux, mais il ne te fera jamais de mal. D'ailleurs, tu peux le remercier… Il a la description du type qui t'a volé ton téléphone portable. Un morène grassouillet, avec un tatouage de dauphin au mollet, cheveux rasés sur les côtés avec une mèche peroxydée…

— Un gars comme ça ne devrait pas être difficile à trouver ! Du coup, comment procède-t-on ?

— Eh bien, ce n'est pas un gars d'ici. Il vient sans doute d'un des villages de l'intérieur.

Ça tombe bien, me dis-je, je n'ai pas l'intention de mettre un pied dans cette favela.

— Cactus est assez pris, en ce moment. Mais il m'a dit que les gars de l'intérieur dealaient parfois au *compromisso dos solteiros.*

— Il risque de me reconnaître ?

— Peut-être... Tu trouveras des jumelles dans ma chambre. Tu peux jeter un œil d'ici ou depuis la *baraca*. Mais évite de dire à Ewander qui tu cherches : il ne sait pas tenir sa langue ! Si tu trouves ton gars avant que Cactus n'ait le temps d'approfondir les recherches, préviens-moi et je l'enverrai gérer tout ça.

Malgré la fatigue, je décide d'aller surfer, équipé des jumelles de Martim.

Lorsque la mer est petite, les vagues déroulent plus proprement. Douglas me rejoint vite, enjoué et énergique. La soirée d'hier ne semble avoir eu aucun effet sur lui. Mes sessions durent plus longtemps que le premier jour mais je finis toujours aussi exténué, à bout de souffle et les épaules brûlantes, endolories par la rame.

La description de mon voleur en tête, je décide de garder un œil sur la plage, sans trop savoir si je suis mû davantage par l'envie de retrouver mon téléphone ou par la crainte de croiser le voyou.

À quelques mètres de moi, quatre jeunes en cercle jonglent avec un ballon de foot : la balle ne doit pas toucher le sol. Tout à coup, les gars crient, se mettent à insulter joyeusement l'un des leurs : le ballon s'est échappé et roule jusqu'à l'eau où des vaguelettes le font refluer.

La prochaine fois, j'emprunterai un lycra à Martim, me dis-je en disant au revoir à Douglas et ses amis : mon t-shirt informe et trempé est vite un poids dans l'eau. Je le décolle de ma peau et le jette sur une des chaises de la *baraca*.

Ewander est absent. Je décide de surveiller le *compromisso* et ses abords, caché derrière des parasols. La plage est le lieu social par excellence. Sans s'être concerté, on y rencontre la famille, les amis, les voisins… Des grappes de gens se retrouvent, debout, discutent comme à une soirée. La plage, d'ordinaire bondée, mais pour l'heure presque vide – entre 11 et 14 heures, la chaleur est trop forte –, commence à se remplir. La mutation qui s'opère chez les vendeurs ambulants est le vrai marqueur de la montée du soir : ils ôtent leurs affreux bobs à large bord, et troquent leur stock de glaces et de lunettes de soleil pour des *cerveijas geladas* et des bracelets de cheville. Certains vendent aussi des préservatifs.

Aucune trace de mon gros tatoué.

À ce moment de la journée, les cris des jeux laissent la place à un rare silence, que seul rythme le déferlement des vagues. S'il y a du deal, c'est maintenant ou jamais…

Lorsque la lumière commence doucement à décliner et que les lampadaires anticipent le crépuscule, les groupes changent aussi : moins de corps luisants de lotion, moins de peaux mordorées et de maillots moulants ; les gens sont habillés, ils viennent s'asseoir pour regarder le coucher du soleil, munis d'une bouteille ou deux et d'une guitare… La plage se transforme en cinéma en plein air sans autre écran que l'horizon. L'atmosphère moite du jour s'allège petit à petit, se stabilise au vent frais du crépuscule avant de se réchauffer à la nuit tombée quand le vent retombe et que l'air s'épaissit à nouveau.

Depuis les premières chaises de la *baraca*, les pieds dans le sable, je les vois tous de dos, assis en tailleur. Mon regard se pose sur le dos d'une blonde naturelle – rarissime, ici. Les épaules haussées, renversée en arrière, elle s'appuie sur ses mains, sans doute pour mettre sa poitrine en valeur. L'attache du haut de son bikini semble sur le point de se décrocher. Le vertige ou le scandale tient parfois à peu de chose : un nœud à moitié défait, un coup de vent innocent… J'aimerais m'approcher d'elle, passer un doigt entre la peau brune et cette lanière de tissu décoloré, tirer doucement la main vers moi…

J'ignore combien de temps je reste ainsi, les yeux dans le vide. La musique du bar me ramène à la réalité. À l'intérieur, j'aperçois Ewander, entouré de trois clientes. Je l'entends les taquiner :

— C'est laquelle, la plus déjantée des trois ?

Puis, alors qu'elles semblent s'engager dans une compétition étrange dont l'arbitre est aussi le trophée :

— *Vem, amigo*, me dit-il. Mesdames, je vous présente mon ami Saul. Ne cherchez pas, son cœur est déjà pris !

Avant que j'aie pu démentir, il me prend par l'épaule et m'emmène à l'écart :

— Maintenant, pour elles, tu es un trophée. Les Brésiliennes respectent une seule fidélité : celle qui leur est due, à elles. Et, comme toutes les jolies filles, elles n'aiment rien de plus qu'un défi… Tu me remercieras plus tard. Ah, avant que j'oublie… la blonde que tu reluquais tout à l'heure, de dos, là. Elle s'appelle Julie, et elle est française. Dommage pour toi, elle rentre demain dans son pays.

La musique s'amplifie, un rock américain des années quatre-vingt. Ewander m'emmène derrière le bar. Je réalise seulement maintenant que je suis son projet, qu'il veut devenir une sorte de mentor pour moi.

— Saul, tu m'écoutes ? Ce soir, il y a beaucoup de monde, tu voudrais bien m'aider ? Tu prends les commandes et sers les bouteilles, je m'occupe des cocktails.

Contre toute attente, c'est encore lui qui avait raison : loin de me traiter avec distance ou respect, les trois filles semblent se lancer dans une concurrence tactile où tout est prétexte à m'effleurer.

Ces filles – qui, en temps normal, ne m'auraient jamais regardé – ne me quittent pas des yeux. Au moment où, revenu derrière le bar, je m'accroupis, dos à la foule, pour récupérer des bières dans le fond du frigo, Ewander se penche à mon oreille, la voix souriante :

— Ce soir, tu me fais honneur !

Lorsque le coup de feu semble enfin se calmer, il me prend à part. Une étincelle d'excitation allume son regard :

— Je le sens, sous ces couches de maladresse, tu es un *natural* ; bientôt tu seras un champion. Maintenant, place à la pratique. Voilà ce que tu vas faire…

Je profite d'une pause aux côtés des clientes pour appliquer à la lettre les leçons d'Ewander : bouger le moins possible, reculer d'un demi-pas pour voir si elles rompent la distance ; m'accouder au bar, parler plus bas pour voir si elles se penchent vers moi…

Malgré mon incrédulité, tout fonctionne à merveille.

Douglas est revenu, il me présente une de ses amies :

— Jussara ne se maquille jamais ! me glisse-t-il à l'oreille, comme pour s'excuser.

Nous discutons tous les trois, Douglas la brocarde avec affection. Jussara est une sorte d'exception dans la favela, et pas seulement parce qu'elle est restée vierge jusqu'à un âge où la majorité de ses amies d'écoles accouchaient de leur deuxième accident. Les questions qu'elle me pose s'orientent rapidement sur Martim :

— Comment le connais-tu ?

— Ma grand-mère travaillait pour sa famille, en France…

— Ah… Tu n'es pas son ami ?

Je proteste, bien sûr que si ! Mais les classes sociales sont encore tellement hermétiques ici que je comprends son malaise. Elle semble déçue de mes réponses, se détourne un instant pour répondre à Douglas. Sa question me taraude, je pense à une phrase de Lermontov : « L'un des amis est toujours l'esclave de l'autre, bien que souvent aucun des deux n'en convienne », et je me demande si Martim conviendrait que je suis son…

Jussara s'est retournée vers moi comme on rallume une lampe, et reprend ses indiscrétions : où est Martim en ce moment ? Que fait-il ? Je sens que c'est la seule chose qui l'intéresse et réponds sans réfléchir.

Ses traits sont assez masculins, rehaussés d'une touche de sensualité féminine : le visage est pâle, presque émacié, un nez aux arêtes effilées, mais ses lèvres sont charnues.

Elle me parle de leur combat commun, à Martim et elle, pour une *comunidade* plus sociale, davantage d'égalité ou d'équité, je n'y prête pas trop attention. Ses sourcils noirs, larges et nets, sa bouche démesurée et ses dents blanches la rendent très excitante.

Elle me déballe son discours socialiste, auquel j'aurais pu adhérer si j'avais des convictions, j'acquiesce, feins d'être passionné par la cause qui l'anime.

Son t-shirt ample rentré dans un jean délavé, taille haute, met en valeur une poitrine assez ferme. J'imagine que les garçons d'ici ne la trouvent pas attirante : trop maigre, pas assez de formes… Crétins.

Sa coupe d'enfant des années quatre-vingt n'arrange rien.

Elle pue l'idéalisme, cette maladie de l'ego qui te fait croire que tu agis pour le bien lorsque, en réalité, tu vis sous le joug de l'orgueil du monde.

Jussara est une pure enfant de la *comunidade* – le mot important ici est : "enfant" –, elle aimerait protéger les habitants contre la violence des trafiquants, la corruption des politiciens et la gourmandise des *coronels*. Pas étonnant qu'elle soit amoureuse de Martim.

La soirée terminée, alors que deux des trois allumeuses restent affalées dans le canapé d'angle à discuter, je décide de donner un dernier coup de main à Ewander avant de partir sans demander mon reste.

Je n'ai pas passé le seuil qu'Ewander, qui semble avoir compris, me rattrape :

— *Meu querido amigo*, dit-il lentement, avec ce flegme brésilien qui rendrait fou n'importe quel Portugais alphabétisé, tu as été très bon ce soir.

Dans le respect de notre convention tacite, je ne lui demande pas s'il parle du bar ou des leçons de séduction qu'il m'impose et que je feins de mépriser.

— Il ne te manque que deux choses : la première, c'est d'oublier la pression. Un soir, fixe-toi pour objectif de provoquer un maximum de refus. Tu en attends trop, tu stresses, elles le sentent, c'est mauvais. Elles ne sont pas là pour te donner confiance en toi ou réparer les blessures d'ego dues à tes décennies d'indécision…

Il lève la main pour interrompre ma protestation et enchaîne :

— Il faut annuler cette peur de l'échec. Ce n'est pas une compétition, il n'y a pas de podium. Tu es là pour passer un bon moment. Ce qui me mène à la deuxième chose, la plus importante…

Il s'interrompt, ouvre un autre bouton de sa chemise et me désigne de sa main libre l'acronyme tatoué le long de la clavicule que j'avais pris pour des initiales lors de notre première rencontre.

— M.A.Q.D ?

— *Meninas apenas querem se divertir*, les femmes veulent seulement s'amuser. La plupart des hommes se prennent trop au sérieux, ils ont l'air ridicule et prétentieux. Si tu passes un bon moment, sans réfléchir, alors elles aussi. C'est pour ça qu'on est plus drôle quand on est juste un peu bourré : quand tu es *bêbado*, tu ne calcules rien, tu veux juste t'amuser. Le secret, c'est de se mettre dans l'état d'esprit d'un enfant de six ans. Tout passe, du moment que tu souris… Les objets qui t'entourent doivent être tes jouets, les gens des partenaires de jeu.

Dans le fond du bar, une voix enrouée appelle Ewander, qui se retourne et lui fait signe d'attendre deux minutes.

— C'est ça, dis-je, ton projet fabuleux ? Un marathon de baise ?

Pour toute réponse, il me prend par le haut du bras, la main peut-être plus serrée qu'il ne faudrait sur mon biceps et m'emmène dehors.

Après quelques pas sur le sable, lorsque la rumeur et les lumières du bar ont laissé place au vent et au clapot tout près, se tournant vers le lagon, dos à la mer, il me dit d'une voix grave et paisible :

— Regarde : là-bas, à gauche, il n'y a que des dunes. Là, le lagon, puis là-bas le centre, la favela, le quartier des bourges et tout ça… entouré de dunes. Le village est complètement enclavé, il n'y a que deux accès. Sur cent kilomètres de part et d'autre de Fortaleza, toute la côte est bétonnée, hideuse, confortable et bourgeoise. Les vrais riches, les aristos, veulent de l'authentique, du traditionnel. Et du beau. Le confort est une valeur bourgeoise. Libânia est le dernier village authentique dans cette partie du Brésil. Tu sais ce que ça signifie?

Je fais non de la tête.

— Ça veut dire que dans cinq ou six ans, ce bled, ce sera Saint-Tropez. Écoute: tu m'as fait confiance, alors, moi aussi, je vais te confier quelque chose, quelque chose que Nilson et Martim ignorent: la *Préfeitura* va bientôt nettoyer le lagon et virer toutes les cabanes sauvages, les petits troquets miteux qui le bordent. C'est ça, le projet. J'ai des contacts à la préfecture, une nana qui parle beaucoup sur l'oreiller, sans se douter de la bombe qu'elle m'a lâchée: l'opération est imminente. Avant ça, j'aurai racheté des parts à Nilson. Tu peux m'aider à les convaincre, Martim et lui. Je sais qu'ils ne veulent pas défigurer Libânia avec un projet gigantesque et, franchement, que le reste du village reste un bidonville, je m'en fous. Mais ici, un petit *ponto* de luxe ne pourrirait la vie de personne... Tu pourrais investir avec moi. J'ai besoin de toi.

— Et à quoi pourrais-je bien... ?

— Martim te fait confiance. Et je sais qu'il t'a montré les autres projets. Il t'écoutera. Sans s'engager dans les projets gigantesques qu'il y a sur ses brochures, simplement en se concentrant sur la plage, notre fortune serait déjà faite. Nous ferions une extension, les autorisations sont déjà signées. Quand la préfecture entrera en action, la valeur du bar aura décuplé. Après, tout le reste de la zone restera préservé, authentique. Ça attirera des clients de qualité. Ce qui est aujourd'hui un repaire de beaufs qui se bourrent la gueule à midi deviendra un lieu très prisé. Le village ne s'étendra jamais, les bars ne se multiplieront pas non plus. Dans cinq ou six ans, ce bled, ce sera Copacabana ou Ipanema, je te dis. Et nous, on pourrait être propriétaires du bar le mieux situé de Copacabana…

Martim m'emmène à pied au cœur d'un dédale de venelles étroites et bariolées entre les immeubles bas, dans l'une des rares parties de la favela où les maisons ne sont pas que de simples rez-de-chaussée.

— Tu vas voir, dit-il, rayonnant, je ne t'ai pas menti : un petit coin de paradis... Tu ne pouvais pas partir sans l'avoir vu !

Il s'interrompt un instant pour regarder sa montre.

— Et puis, continue-t-il en accélérant la cadence, j'ai confié une petite mission à Cactus, qui m'a dit qu'elle serait accomplie ce matin...

À moitié essoufflé, je ne relève pas. Nous nous effaçons un instant, collés au mur, pour laisser le passage à une femme délicate, un petit caniche tenu en laisse trottinant après elle, probablement hypnotisé comme nous par son *bumbum* sphérique.

— Je commence à comprendre la passion des astronomes pour les corps célestes, plaisanté-je en sourdine.

— Pardon ?

— Je suis fasciné par la victoire complète de tes compatriotes sur la gravité !

J'accompagne mes mots d'un coup de menton vers le derrière de la brunette qui dévale l'étroit escalier que nous venons de monter. Martim éclate de rire, la belle se retourne, elle a probablement saisi que nous parlions d'elle. Une Parisienne nous fusillerait du regard ; celle-ci nous défie d'un battement de cils et s'éloigne en se cambrant davantage.

Le sol cimenté de ces ruelles ne doit voir le soleil qu'une ou deux heures par jour, quand il est au zénith. Lorsque le passage s'élargit, des voies adjacentes se rejoignant ouvrent une petite place, devant laquelle s'érige un édifice en rez-de-chaussée vieillot, à toit plat, recouvert de peinture jaune.

La lourde porte d'acier coulissante, qui prend toute la largeur du bâtiment, est bloquée par un cadenas neuf au bout d'une chaîne rouillée.

— Il y avait un rideau de tôle, mais pendant les guerres entre trafiquants, les balles passaient à travers comme dans du carton..., m'explique Martim en la poussant dans un grincement strident.

C'est une ancienne supérette au plafond haut. En équilibre sur une pyramide de caisses à pommes, une poule blanche et famélique, comme surprise en pleine effraction, tourne la tête vers nous. Le bruit de chute métallique d'un pot de peinture asséché attire notre attention sur un coin d'ombre, d'où jaillit un gigantesque rat qui s'enfuit vers la porte ouverte, fusant entre mes jambes sans que j'aie le temps de réagir.

Nous contournons le petit comptoir de l'entrée, traversons la salle jusqu'à une porte entrouverte au milieu d'étals de bois vides. Derrière, une seconde porte plus discrète encore ; tout au fond, un escalier sombre et étroit mène au toit-terrasse.

Aveuglé par l'explosion du soleil encore haut, qui se reflète sur les revêtements intégralement blanchis à la chaux, j'ose à peine avancer. Un canapé usé, bancal et défoncé, qui semble cuire en plein milieu, et une glacière posée sur une caisse à bouteilles en plastique bleu constituent l'unique mobilier de ce salon de plein air.

Lorsque enfin mes pupilles se sont habituées à la lumière éclatante et totale, je fais quelques pas vers le canapé, puis jusqu'au bord du toit qui donne sur la place. Notre position offre un point de vue panoramique sur l'océan, dans lequel on se sent comme projeté.

Des maisons cossues, tout au bout, à quelques centaines de mètres vers la gauche, jusqu'au lagon à l'extrême droite, coiffé de dunes et séparé de la mer par un bras de plage presque invisible d'ici : ce poste d'observation privilégié offre une photographie saisissante des alentours.

La main en visière, j'essaie de distinguer, aux abords du lagon, le minuscule carré suspendu qu'est la *baraca*.

D'ici, je retrouve la sensation déjà éprouvée le premier jour : les habitations semblent se déverser dans l'Atlantique sud en cascade, comme un tas de minuscules boîtes multicolores renversées. Entre les maisonnettes les plus proches de nous, séparées çà et là par quelques toits-terrasses semblables au nôtre, encombrés de citernes d'eau et de cordes à linge chargées comme les guirlandes de lampions d'une guinguette, quelques silhouettes prennent le soleil ou jouent au *frescobol*.

Des gouttes de sueur coulent entre mes sourcils et me brûlent les yeux.

— C'est l'endroit parfait pour réfléchir, rêver au calme, dit Martim. Tu as apporté les… ?

Je lui tends les jumelles. Il reste un instant à observer un point fixe, en direction de la favela. Un sourire se dessine sur son visage.

— Je crois que tu vas avoir droit à une bonne surprise…

Après un dernier coup d'œil, sans en dire davantage, fouillant dans sa poche, il tire une boîte de petits cigares, m'en propose un que je refuse, l'allume avec son étrange briquet à mèche d'amadou.

Concentré sur son cigarillo, les sourcils froncés et les joues arrondies, il laisse échapper quelques bouffées.

— C'était le centre historique, ici, du temps de mon grand-père…, dit-il dans une volute de fumée, en balayant d'un geste de la main la place qui s'étend sous nos pieds. C'est de là que Libânia pourra renaître.

— D'où vient ce nom, Libânia ?

— D'un marchand syrien, ami de mon aïeul. Lorsqu'il a vu le manteau de dunes immaculées, au sud du village, il s'est exclamé ça… Ça veut dire blanc en arabe, je crois.

Le moment ou jamais.

— C'est d'ici que tu veux lancer ton grand projet ?

Il fait oui de la tête, avec un sourire fier.

— Grand projet, je ne sais pas… du vrai, du beau, qui fasse du bien aux habitants, gagner un peu d'argent en les aidant aussi, s'enrichir juste un peu sans pourrir le village…

Il n'y a pas plus difficile à convaincre que quelqu'un qui n'a pas besoin d'argent.

— Martim, enfin, le beau, c'est l'autre nom du luxe ! Si tu ne veux pas investir, j'ai bien quelques...

— Regarde, dit-il en me prenant l'épaule. Ici, il y a de quoi implanter deux restaus, une épicerie, un bar, un magasin de bricolage...

Pour des clients d'ici, des locaux sans le sou.

Le regard brillant de Martim est contagieux. Bien sûr, j'imagine très bien l'ambiance conviviale de ce petit promontoire, quelques lampions tendus entre les toits tuilés, une terrasse ici, à l'endroit où nous sommes, repeindre les boutiques en vert pétard et jaune... Au moment où cette pensée me vient, deux oiseaux tropicaux se font la cour en voletant autour de la tête asséchée d'un cocotier. Dans le lointain, une chanson de *trap brasileiro* rebondit contre les murs, entre les rues resserrées du quartier. Ce sont des accords simples, une guitare sèche, des percussions, la voix lente et profonde d'un chanteur mélancolique : *« Bom dia, o sol brilha na minha janela hoje. »*

L'enthousiasme me gagne :

— En voilà un chantier ! Ici, en quelques mois, ça deviendrait renta...

— ... en louant à bas prix, le temps que ça démarre et que les gars d'ici se fassent un peu d'argent...

Les paroles de la chanson continuent, *« hoje cês vão me ouvir »*. Y voyant un encouragement, je persévère :

— Avec une rentabilité suffisante, j'aurais de quoi revenir ici...

— …et te faire accueillir à coups de pied au cul ! sourit-il, insensible à mon amorce de chantage.

— Bon. Et investir dans la plage, une petite extension, je pourrais participer avec Ewan…

— Tu ne l'aimes pas, telle qu'elle est ? Tu sais, les écosystèmes, il suffit d'un rien pour les bouleverser complètement. La plage est un équilibre dans lequel tout le monde se retrouve. Faire monter la *baraca* en gamme, ce serait lancer le signal pour toutes les autres de suivre et, bientôt, le compte à rebours commencerait…

Je capitule.

— Et merde.

Je contiens un fou rire. Martim secoue ses bottes, dos à moi sur le bord de la piste :

— Le vent a tourné…

— Tu as l'air malin, avec tes pompes pleines de pisse !

Je sais déjà ce qui va arriver lorsqu'il va contourner la vieille bagnole par devant pour reprendre sa place ; je vois d'avance sa main sur le capot brûlant.

— Aïe ! Putain !

Je devrais tirer les cartes.

— Dépêche-toi, dis-je, hilare, mon avion décolle à 18 heures !

Il démarre dans un vrombissement, soulevant un nuage ocre, la poussière se colle à mon bras. J'aurais dû fermer la fenêtre : dans dix minutes, avec la climatisation, la poussière et la sueur auront séché, recouvrant mon bras d'une croûte épaisse et désagréable.

— Tu ne prends pas la CE-085 ?

— Non, je voulais te montrer un peu de ce que tu as loupé…

Derrière son air badin, je devine une pointe d'amertume : il aurait aimé que je reste ici. De temps en temps, il jette un œil dans le rétro central, comme pour m'observer sans tourner la tête.

Nous roulons sur des chemins d'argile sèche, parfois bordés de mauvaises clôtures faites de branches mortes et de fils barbelés.

Difficile d'y voir à trois mètres devant soi, en dehors du sentier.

— Ici, commente-t-il, c'est en quelque sorte la frontière : au-delà, c'est l'infini, le vaste *sertão*, c'est une région aride et chargée de magie dans les croyances populaires…

— … où se cachaient les cavaliers, les fameux *cangaçeiros*, ces bandits sanglants aux codes mystérieux, à l'esthétique bizarre et aux habitudes méchantes, qui vivaient sur des chevaux dont on ignore de quoi ils se nourrissaient, peut-être d'écorce de cactus…

Il éclate de rire.

— Une semaine de plus et tu emménageais chez le vieux Damasio ! Aurais fini par manger la moitié mots, *cara* !

L'horizon monochrome et invariable semble se dupliquer à l'infini, comme une erreur dans la matrice, seulement coiffé par une montagne noire, très loin, là-bas, aux confins du Ceara : la Guaramiranga, dont je sens jusqu'ici l'ombre inquiétante et mystique.

— Pourquoi *sertão* ?

Il écrase son cigarillo dans le cendrier et expire par la fenêtre les restes de fumée avant de répondre :

— Lorsque les Portugais sont arrivés dans l'intérieur aride du Nordeste, regagnés par l'atavisme commerçant qui les attirait toujours plus près des côtes – contrairement aux *conquistadores* espagnols qui pénétraient un pays de part en part –, ils n'y ont vu que le néant et l'ont baptisé *o desertão*, le grand désert.

Le *sertão*, la terre ardente et inhospitalière, aussi ton âme vide et sèche comme le désert autour, m'avait dit Damasio dans son baragouinage habituel.

— Avec le temps, continue Martim, avec aussi peut-être l'habitude de n'avoir rien à y faire et donc peu de syllabes à lui consacrer, le *desertão* est devenu simplement *sertão.* Le *sertão* et le littoral, ce sont deux mondes hétérogènes, qui ne se mêlent jamais. À dix kilomètres à l'intérieur des terres, certains habitants n'ont jamais vu la mer…

Arrivés à un embranchement, Martim s'arrête. L'horizon se dégage, et le terrain vallonné m'offre un aperçu des millions de kilomètres carrés que constitue le *sertão* : une terre aride et sablonneuse, clairsemée de cactus entrelacés dont certains rampent sur plusieurs mètres comme d'improbables churros avant de s'emmêler à nouveau, des *cajazeiras* au tronc fin, net, et à la tête énorme et touffue, des buissons épineux à perte de vue.

Je devine, plus que je ne la distingue, la silhouette nonchalante qui erre sur le bord du chemin.

Cactus tend un sac plastique usé par la fenêtre ouverte, grogne un énigmatique « Récupéré ». Avant même que Martim n'ait remonté sa vitre, il a tourné les talons et a disparu dans le fouillis bas de la steppe pâle et beige que Damasio appelle *caatinga.* Un décor inerte, hérissé d'épines, de buissons denses et d'arbres grisâtres, presque morts, qui lui va à merveille.

— Cadeau ! me dit Martim en jetant sur mes genoux mon téléphone tiré du sac de Cactus. Juste à temps pour ton vol… J'ai même de quoi le charger, si tu veux.

— Merci. Le type l'a lâché sans résister ?

— Ça, il aurait fallu que tu le demandes à Cactus… Mais je lui ai dit de ne pas trop le secouer. Le gars était un crève-la-faim, il ne pensait pas à mal. Et puis, le vol, c'est une seconde nature, ici…

Nous sommes encore loin de l'aéroport, pourtant, déjà, mon corps a retrouvé le rythme parisien : mon pouls s'accélère, le goût de la défaite revient à mes papilles.

Branché à l'allume-cigare, mon portable s'allume après quelques minutes.

— Tu as de la chance qu'il fonctionne, dit Martim, j'aurais juré qu'il ne s'allumerait plus…

— La coque est intacte, tu vois bien qu'il n'a rien, pourquoi veux-tu que… ?

— Tu sais, ici, ça n'est pas à une coque en plastique qu'on peut juger de l'état d'un téléphone. Les circuits auraient pu rouiller… C'est courant d'acheter un portable de seconde main pour découvrir après qu'il est foutu de l'intérieur.

— Ça ne veut rien dire, ça, *cara* ! conclus-je en riant.

Des notifications : un tas d'appels manqués d'Alexandre, plusieurs messages de Claire, je remonte au premier : *Cher Saul, Je suis vraiment désolée de…*

Les mots dansent devant mes yeux, mon cœur manque un battement, comme un souffle court.

Putain…

— Il y a encore de vagues reflets verts après la saison des pluies, dit Martim en désignant la steppe, mais dans quelques mois ce sera d'un beige passé, presque blanc…

— Arrête-toi, dis-je, des grumeaux dans la voix.

— Quelle idée d'avoir bu autant…

— Non, ce n'est pas… Arrête-toi, fais demi-tour. Je… je ne pars pas.

— Qu'est-ce que tu racontes ? Allez, on y va.

Je pose la main sur son bras.

— S'il te plaît, Machin …

Je ne l'appelle jamais par son surnom.

DE : CLAIRE
À : SAUL
OBJET : ...

Cher Saul,

Je suis vraiment désolée de te l'apprendre par mél, alors que tes vacances commencent à peine, mais il m'a semblé plus juste de te le dire aussi vite que possible afin de te laisser le temps de prendre tes dispositions : Alexandre va rompre ton contrat de collaboration. Lionel n'a pas pu se retenir de m'annoncer qu'il allait prendre ta place dans notre bureau. Après quelques vérifications, il semblerait qu'ils n'attendent que ton retour, dans deux semaines, pour te donner ton courrier de rupture... La bourde qu'Alexandre a faite, lors de votre dernière réunion, a finalement décidé le client à retirer le dossier au cabinet. Alexandre s'est empressé de te faire porter le chapeau, cette ordure... Ton nouvel ami brésilien, Ayrton, n'aura pas suffi. Alexandre l'a très vite invité à déjeuner dans son club de bourges, lui a présenté du monde à Paris, ils sont devenus copains, et le rapprochement entre cabinets semble presque bouclé sans ton aide... Je suis vraiment désolée.

J'ignore ce que tu vas faire, ni si tu as des pistes pour rebondir mais je te promets de tout mettre en œuvre, à mon niveau, pour t'aider. J'ai quelques contacts dans des sociétés qui recrutent peut-être dans leur service juridique…

Malgré tout, j'espère que tu profites bien de tes vacances. Vide-toi la tête tant que tu peux, tu auras tout le temps de trouver un emploi en rentrant…

Amitiés,
Claire

Un enculé

Pour la première fois depuis quinze jours, « ma sombre pensée » se manifeste à nouveau. Elle n'a pas apprécié que je l'oublie et rejaillit des profondeurs de mes entrailles, traverse mon estomac, entre les frites molles et le café froid.

Je parle d'elle comme d'une personne car elle est devenue ma plus fidèle compagne, cette certitude salope, cette voix intérieure chuintant que jamais rien n'ira tant que je ne serai pas quelqu'un d'autre… que jamais rien n'ira. Alors elle prend les traits du patron mesquin, à sept mille kilomètres de ma liberté, incapable de me laisser en paix deux semaines, qui s'empresse de connarder avant mon retour.

À ce moment précis, alors que je m'abandonne à la rage sourde et impuissante qui me noue les nerfs, me gonfle les veines et suinte par tous mes pores, laissant ma peau grasse de haine et de honte, j'aimerais que l'humanité tout entière, transfigurée, se prenne la main en une longue farandole d'amoureux de la vie… et que le dernier de la file saisisse un câble à 100 000 volts.

Un nuage de poudre ocre nous dépasse depuis l'arrière lorsque nous dérapons sur le sol rocailleux, comme si le fantôme de la voiture avait décidé de continuer seul sa route.

Quand le moteur cahotant cesse de vibrer, tousse encore et s'arrête, on n'entend même plus le vent, seulement le frottement régulier des branches d'arbres abrasés et feuillus et le chant de quelques cigales.

— Saul, je…

— Lis ça.

Je lui tends mon téléphone, il essuie ses mains sur son t-shirt avant de le prendre.

— C'est la fameuse Claire de ton… ? Je dois lire quel message ?

— Lis celui-ci.

— Lionel… Argenteuil…

Bien sûr, il ne comprend pas.

Je soupire :

— Je n'ai plus de raisons de rentrer. Je n'ai rien… je n'ai plus rien à foutre ici, je veux dire là-bas, rien du tout, mon vieux. Ils m'attendent à la première heure, lundi matin pour me virer. C'est terminé. Ce boulot, c'était ma chance, la seule, il n'y en aura pas d'autre, alors… je reste ici.

J'ai reçu tellement de violence, tant de fiel s'est emmagasiné en moi qui n'a jamais pu sortir. Dès l'enfance, la rage en boule se cognait contre les parois de mon âme, rebondissait au fond de mes entrailles comme une balle de tennis bloquée entre quatre murs… Ma haine a enflé de toute la méchanceté reçue sans pouvoir la vomir, la fureur a gonflé jusqu'à prendre toute la place. J'ai la poitrine encombrée par la haine du monde.

Peut-être qu'à ce moment précis, je ne sais pas encore bien qui je veux être : redevenir celui que la patronne du *Libertador* admire ? Il me paraît trop loin et ne m'intéresse pas. Suivre les leçons d'Ewander, pour enfin consommer ? Peut-être. Une autre vision me tente, celle d'un homme qui ne recule plus d'un seul pas, qui se défend contre tous. Un homme qui pourrait traîner Alexandre hors du coffre d'un 4x4, ici, au milieu du *sertão*, sur la piste fauve fouettée par le vent de sable, une corde épaisse en travers de la bouche qui lui écorche la commissure des lèvres, l'œil blanc, terrorisé, interdit, baveux. Le voir creuser un trou dans la terre, le regard suppliant et incrédule. L'y faire descendre, tout trempé de sa propre urine, lui jeter des pelletées de terre à la figure alors qu'il n'ose pas se débattre ni protester parce que la situation lui échappe, lui éclater la pommette avec le tranchant de la pelle, et repartir en trombe en laissant tout en plan, sans avoir pris la peine de reboucher le trou. Oui, c'est celui-là que je veux être. Ne plus reculer d'un centimètre, ne plus baisser les yeux, et refuser au sort tous ces regards mesquins qu'il me jetait en coin depuis mon plus jeune âge, battre à mort l'adversaire, homme ou divinité, vaincre à son bras de fer la moindre adversité, crier « non » haut et fort, ne plus jamais faillir, traverser les enfers dans un éclat de rire...

Pendant vingt-quatre heures, je ne quitte pas l'enceinte de la maison, incapable d'assumer l'ultime rejet qui me conduit à ne pas embarquer. Peu à peu, je m'approprie sa vision de ma situation : sans appartement parisien à payer, avec mes économies j'ai de quoi vivre ici un quart de siècle. J'aurai donc tout le temps de me refaire une santé avant d'envisager la suite.

Et lorsque, fatigué de mes nuits de prince, je déciderai enfin de tourner la page, alors j'aurai le choix : un retour triomphal à Paris dans six mois, riche de toute cette confiance accumulée, de ce nouveau corps qui se dessine ici sans autre effort que de suivre le rythme de Martim, pour embrasser la carrière et les femmes qui se refusaient à moi, partir encore ailleurs, sous des cieux plus cléments qui sauront m'accorder ce qu'on m'a refusé, ou bien tout simplement rester ici, toujours.

Je retrouve Ewander à la *baraca*. Il n'a pas l'air surpris de me voir, comme s'il avait prévu que je ne prendrais pas mon avion.

Sans rien dire, il m'emmène dehors, côté plage, hume l'air et commence :

— C'est une histoire qui s'est passée il y a quelques années : un bourgeois de Fortaleza, Paulo Aranha, après une belle réussite dans les affaires, a racheté une maison sur les hauteurs de Libânia pour se reposer, les fins de semaine, avec sa femme et sa fille. Imagine-le ici, l'air est beaucoup plus frais que dans la grande ville, le jardin luxuriant donne de bons fruits… Très vite, l'épouse de Paulo, Conçeição, décide que la famille va s'installer définitivement à Libânia. À l'époque, il n'y avait pas encore tous les moyens de communication d'aujourd'hui. Paulo passe son temps à aller et venir entre Fortaleza et Libânia, de plus en plus frénétiquement, tant et si bien qu'un jour, son cœur lâche.

Ewander se tait un instant, déglutit en caressant sa cicatrice d'un geste théâtral, comme pour souligner le lien qui l'unit à ce Paulo. Je feins de ne pas relever ma quasi-homonymie avec le héros de sa fable, et il reprend son récit :

— Paulo, tiré d'affaire, se retrouve confiné à demeure pendant sa convalescence, sur un de ces balcons à colonnes exposés au vent, au premier étage de sa grande maison coloniale et condamné à lire des romans dans son hamac. Conçeição et le médecin décrètent qu'aucune nouvelle de l'actualité ni du monde des affaires ne viendra troubler sa remise sur pied.

Le gardien de la maison est aussi pêcheur et, un matin qu'il partait en mer, une voile de jangada sur l'épaule pour remplacer la sienne, la maîtresse de maison l'interpelle :

— Pouvez-vous emmener mon époux en mer ? L'air du large lui fera le plus grand bien.

— C'est que, Dona Conçeição, j'aurais trop peur qu'il se noie…

— Alors, laissez-le sur le bord du rivage. Contempler l'océan de près sera déjà une bonne thérapie. Vous me le ramènerez en rentrant !

Et c'est ainsi que l'homme d'affaires, qui n'avait jusqu'ici jamais adressé trois mots au *caseiro*, le suit pour échapper aux remontrances de sa femme, grommelant, se disant par-devers lui qu'une journée entière à paresser sur la plage représente une perte de… d'un paquet de *reais*.

Sur le chemin, l'air joyeux et enthousiaste du *caseiro*, qui chantonne des airs du *sertão*, contraste de plus en plus avec l'agacement de Paulo et ne manque pas d'intriguer ce dernier : comment un pauvre comme lui, qui n'a presque rien et ne sait pas comment il se nourrira demain, peut-il être si heureux ? Se contente-t-il véritablement de n'être qu'un petit pêcheur et un modeste gardien ?

Mais Seu Paulo, craignant de blesser le pêcheur s'il lui ouvre les yeux sur sa triste condition, décide de garder ses observations pour lui, se promettant d'en parler avec sa femme, le soir.

Cependant, quelques heures à peine après la mise à l'eau de la *jangada*, à la grande surprise de Paulo, endormi sous un parasol en haut de la plage, le pêcheur, toujours aussi joyeux, muni d'un simple panier, le réveille :

— Seu Paulo, il est temps de rentrer, j'ai du poisson pour vous.

— Déjà ? Mais il n'est pas midi !

— La pêche a été bonne, la prise est suffisante, sourit le vieux, mes petits-enfants viennent nous rendre visite, cet après-midi. Ma femme a fait des *pasteis* au chocolat et des *brigadeiros* bien sucrés. Et ce soir, nous irons sur la plage pour faire la fête à la lueur d'une *fogueira*, mes fils ont apporté leurs guitares, la *cuíca* et le *cavaquinho*, et mes belles-filles feront danser les enfants !

Ayant dit ces mots, d'un pas décidé, après avoir relevé Paulo et calé l'ombrelle sous son bras, le pêcheur s'engage sur le chemin qui remonte vers la maison.

Trottant derrière, de plus en plus intrigué, Paulo l'interpelle :

– Si tu as pu pêcher de quoi te contenter en si peu de temps, pourquoi ne pas passer le reste de la journée en mer ?

— Quel intérêt ? Je n'ai pas de quoi conserver le poisson.

Enfin parvenu à sa hauteur, Paulo le retient d'un geste, lui fait signe de s'arrêter un peu, et s'assied sur la grosse pierre lisse qui marque la croisée des chemins, au niveau de l'endroit où se situe aujourd'hui la supérette de Satanas.

— Écoute, lui dit-il. Ma femme ne veut plus que je travaille à la ville. Je suis un homme d'affaires. Ma femme ne veut plus que je travaille du tout, en fin de compte. Laisse-moi t'aider à attraper le plus de poissons possible. Je peux financer de nouveaux filets, un accastillage neuf. Si tu y passes toutes tes journées, je trouverai des acheteurs. Très vite, tu pourras acquérir un second bateau. Tu pourrais y faire travailler tes fils, puis d'autres employés. Bientôt, tu auras une entreprise très prospère, tu pourras installer des bureaux à Fortaleza, et tu n'auras plus besoin de travailler : les gens travailleront pour toi, et tu gagneras beaucoup d'argent.

— Pour quoi faire ?

— Tu pourras vendre ton entreprise, acheter une grande maison à Libânia et tu n'auras plus rien à faire…

— Et alors ?

— Eh bien ! Alors, tu seras libre. Tu pourras faire ce que tu veux.

Le pêcheur, qui avait senti son incompréhension se transformer en dérision, puis en pitié pendant la discussion, respire simplement, sourit de son plus doux sourire et dit :

— *Seu Paulo.* Je suis déjà libre de faire ce que je veux. Je vis au bord de la mer, dans le village que j'aime, avec mon épouse, je vois mes petits-enfants et je pêche pour le plaisir. Je n'ai pas besoin de me tuer à la tâche dans l'espoir de recommencer à faire un jour ce que je fais déjà.

Ewander laisse passer quelques minutes pour ménager son effet, puis me désigne d'un grand geste le bar, la plage et enfin l'océan, silencieux.

— C'est une belle histoire, dis-je.

— Ce n'est pas une histoire. C'est *l'histoire.* Ton salaire de citadin, en Europe : un tiers part en loyer, un tiers en impôts, et avec le reste, tu sors et tu baises.

— Je ne couche pas avec des prostituées.

— Tu as tort, ça revient souvent moins cher, lance-t-il, ironique. Mais peu importe. Ici, tu ne paies pas ton logement. Tu ne paies pas d'impôts. Et, si tu bosses dans un bar, tu n'as plus à payer tes sorties…

ni tes nanas. Tout l'argent que tu gagnes, en travaillant, tu peux le mettre de côté, c'est ta sécurité.

J'encaisse ce mot qui, pour des hommes comme Martim ou Ewander, équivaut à la pire des injures. Il ne pense pas à mal, me dis-je, il se met à ma place.

Je tente une diversion :

— Tu aimes les histoires de pêcheurs, décidément.

— Jésus aussi. Et ça lui a valu des milliards de disciples…

— C'est ça que je suis, pour toi, un disciple ?

— Et alors ? Tu pourrais l'être, ça ne te ferait pas de mal. Soyons concrets : peuvent-ils te licencier à distance ?

— Techniquement, ce n'est pas un licenciement, c'est une rupture de contrat de collaboration. Cela ne nécessite aucun motif particulier mais l'effet est le même : je perds mon travail et, en tant qu'indépendant, je n'ai pas le droit au chômage. Claire pense qu'ils attendent mon retour pour des raisons déontologiques…

— Cette Claire, comment sait-elle tout cela ? Tu lui fais confiance ?

— Elle a surpris des échanges entre mon chef et le grand patron… Et oui, je lui fais confiance. Nous nous sommes souvent soutenus, là-bas…

— Tu veux te la faire, pas vrai ?

Je ne réponds pas. Ou plutôt, mon regard répond pour moi.

— Très bien, continue Ewander. On va lui écrire, tu vas voir. Pour le reste, si tu le souhaites, tu peux commencer à travailler ici dès demain. Ça va nous aider à investir dans le projet… J'irai parler à Nilson.

Cher Saul,

Merci pour ton gentil message. Je doute que cela te sera d'une quelconque consolation, mais sache que le cabinet est bien terne depuis ton départ : la « masterbation » a trouvé un moyen de devenir fertile… Si je lis un « cordialement » de plus, je m'en fais un au fusil de chasse. Quel ennui que tu ne sois plus ici pour commenter leurs airs supérieurs et leurs manies ridicules pour avoir l'air d'appartenir au camp des vainqueurs…

Parlons plutôt de ton petit paradis, c'est cent fois plus intéressant : finalement, ces vacances forcées sont peut-être la meilleure « non-décision » de ta vie, non ? Vivre au soleil, manger des fruits du jardin, des poissons pêchés le matin même… Troquer les Parisiennes dédaigneuses en talons hauts et les courses dans le métro contre des Brésiliennes refaites en maillot de bain XXS et des journées de surf, il y a pire… J'ignorais que tu savais surfer, d'ailleurs ! J'adorerais apprendre.

Curieusement, hormis le soleil et la distance, l'une des choses que je t'envie le plus est ce minimalisme imposé : vivre avec une seule valise, bazarder d'un seul coup tout ce qui nous encombre, c'est ça, le luxe. Je t'admire pour ce choix. C'est audacieux d'être resté…

Ici, ils semblent assez décontenancés de ne pas avoir de tes nouvelles : Alexandre s'attendait à te voir rentrer lundi, sans doute espérait-il t'humilier une dernière fois… Je me suis permis d'emporter tes bouquins et affaires de peur qu'il ne les jette. C'est drôle de les voir s'agiter, s'inquiéter de leur responsabilité, Alexandre a même fait venir un membre du Conseil de l'Ordre pour constater ton absence, manquerait plus qu'un huissier…

Au fait, à propos d'objets, permets-moi de te dire que c'est pas malin, le coup du téléphone. Ton ami Martim a l'air suffisamment bien entouré pour que tu n'aies pas à y aller toi-même, bêtement ! Tu as de la chance que le type te l'ait rendu comme ça… Prends soin de toi et profite de cette magnifique parenthèse dans ta vie.

Amitiés,

Claire

Cette nuit-là
01 h 47

– *Quieto, filho da puta*, répète-t-il à voix basse, lentement, en détachant bien les syllabes. Tout était sous mes yeux depuis le début.

Avoir un pistolet braqué sur la tempe, ça donne une étrange perspective sur soi-même.

Le pouls à cent quarante et le cœur dans la gorge. À une époque pas si lointaine, j'aurais pleuré, supplié, allongé comme ça, torse nu, sur le carrelage poisseux, sous le clignotement du néon plafonnier.

Peut-être que de la voir comme ça, elle, ici, maintenant, vulnérable, en pleurs, cela me détourne un instant de ma propre peur. Peut-être que la vue de Martim, le visage fermé, dur, si brave et combatif, me donne de la force. Ce n'est pas du courage si j'ai le regard sec. Avec la sueur, mes avant-bras commencent à glisser.

Ce soir, je serai mort.

Martim me fait visiter la *fazenda* de sa famille, le *sitio* comme il l'appelle : un corps de ferme de bois clair monté sur des poteaux à un bon mètre du sol et quelques bâtiments indépendants de plus petite taille en torchis, aux toits de tuile ocre, entourent une fontaine de pierre asséchée.

Derrière, les étables ont été transformées en haras. La famille de Martim y élève des pur-sang arabes depuis un siècle.

— Le voisin continue de nous louer les pâturages, il garde les chevaux en l'absence de Nilson, mon cousin, et nous fournit en *picanha*, en fruits et en légumes.

Le ranch, à la fois rustique et confortable, fait partie d'un hameau minuscule et isolé qui constitue une étonnante oasis au milieu de la *caatinga*.

— Ce n'est pas d'ici, dit Martim en désignant le crâne de taureau sculpté que j'examine, au-dessus de la porte. Je crois qu'il a été confectionné dans le Pernambouc. Avant ma mère, personne dans la famille n'avait quitté la région, même une journée, à part pour des foires aux bœufs. Je crois que mon grand-père l'a rapporté pour ça, comme un symbole. Pour lui, cela venait d'un autre monde…

— Vinicius, c'est ça ?

Il acquiesce.

— Le père de ma mère. Elle est née ici, puis ils ont déménagé. Son père à lui était *vaqueiro* avant de racheter ses commerces en bord de mer… Je te raconterai leur histoire, une véritable légende du Ceara.

Depuis le porche de bois surélevé, où sont installés deux fauteuils à bascule et une banquette suspendue, une vue dégagée s'offre à nous : l'étang bordé de joncs s'étale à quelques mètres. Derrière ce plan d'eau, la prairie commence – d'abord peuplée d'arbres géants et solitaires qui ressemblent à des chênes, les *juazeiros* –, puis s'ouvre progressivement sur un horizon vallonné et luxuriant.

Sur des dizaines d'hectares alentour, le paysage n'est pas celui, dévasté, du *sertão.* Par un habile système de barrages de pierres bas permettant, par stagnation et infiltration, le recyclage des eaux torrentielles de la saison des pluies, la famille a su faire gonfler les nappes phréatiques qui irriguent constamment les sols grâce à des puits artésiens. La végétation y est abondante, l'herbe épaisse et grasse presque à perte de vue.

On y voit loin comme nulle part ailleurs dans l'arrière-pays : autour des pâturages, les épineux et les buissons, à peine verts et encore tendres, sont systématiquement tondus par les bêtes d'élevage. Mon corps comprend enfin que j'ai quitté Paris. Mon pouls ralentit. Je descends les marches et m'allonge sur la pelouse fraîchement coupée dont le bouquet m'emplit les poumons. La chaleur de l'après-midi me fait glisser peu à peu dans la torpeur. Les doigts entre les brins d'herbe drue, les paupières fermées, rouges de lumière, j'écoute le silence du *sertão*.

Une abeille vrombit depuis le patio ; je la devine entre les cordes grinçantes de la banquette qui se balance doucement. Après quelques minutes, les sauterelles et les criquets, sortis de la cachette où mon arrivée les avait précipités, recommencent à striduler.

Je m'éveille en apesanteur, titube sur quelques mètres et rejoins Martim là-haut. Il me tend une bouteille de bière embuée, dégoulinante de condensation, et s'affale sur la banquette face à moi, dos à l'étang, allongeant ses bottes sur le rebord de la table basse. Un épais cigare dort en équilibre au bord du cendrier.

Je me redresse sur mon fauteuil, comme par réflexe.

— À quelle heure as-tu dit qu'il arriverait ?

— Il ne devrait plus tarder.

Martim soupire avec délice et fait rouler la bouteille glacée contre son front.

Je contemple mes claquettes sales et mes orteils orange : la sueur et la terre sèche, amalgamées, y ont collé une espèce de boue.

— Je comprends mieux, le jean et les bottes..., dis-je, en pointant le menton en direction de ses jambes.

— Ça et l'équitation ! Après, on s'habitue...

Mon ami s'interrompt un court instant, un *vaqueiro* menant un cheval bai vers le point d'eau nous passe devant, au ralenti. Il reprend.

— Si tu veux exercer comme avocat, dans le coin, cela devrait pouvoir se faire... Je parlerai avec mon père. Il connaît tous les patrons des plus gros cabinets, ici...

Est-ce à cet instant que tout bascule ? Que je deviens un enculé, au moins en pensée ? Est-ce à ce moment que, alors qu'une idée émerge dans mon esprit, je me transforme en ordure ? Je me penche vers lui d'un air conspirateur :

— Tu sais, dis-je d'un ton un peu trop bas, un peu trop solennel, je ne suis pas sûr de vouloir passer ma vie dans un bureau...

Je reste un instant à contempler le cheval qui s'abreuve. Le *vaqueiro* semble à l'abri du vent : le voilà qui s'évente avec son chapeau de paille. Il se claque le cou plusieurs fois et observe sa main ouverte : par trente degrés, au bord d'un étang, les moustiques font probablement la taille des guêpes.

Je sens son regard posé sur moi.

— Je crois que j'aimerais mieux rester avec toi à Libânia. Cet endroit, dans quelques années, ce sera Saint-Tropez...

Il rit.

— Ewander parle trop...

Un puissant 4x4 gris sombre de la police militaire, surélevé, aux vitres teintées, pénètre dans l'enceinte. Les roues énormes et dentelées se bloquent net en dérapant d'un bon mètre, des cailloux volent. Un brun aux épaules larges, au corps musclé mais fatigué, intégralement vêtu de noir, saute du marchepied côté passager, talonné de près par Cactus.

En trois enjambées, le cousin Nilson est au bas des larges marches de bois qui mènent au porche. Son visage carré aux yeux creusés de cernes semble prématurément vieilli par le souci. Un léger gras, probablement dû aux excès d'alcool et de café, dépasse de son menton fendu d'une fossette.

— *Nossa*, dit Nilson en découvrant des dents éclatantes, l'œil sur mon bermuda, ça, c'est un gars de la plage !

Il chasse une mouche imaginaire de son visage et soupire :

— Mes amis, je suis cassé. Martim, tu lances le barbecue ? Je prends une douche et suis à vous.

Le bois sec enduit de cire de bougie s'enflamme en quelques secondes.

Lorsque Nilson nous rejoint, il a troqué sa chemise noire pour la même, en propre, devenue grise à force de lavages : des traces blanches de sel auréolent ses aisselles.

Un arrosage automatique se met en marche autour de la maison. Alors que le ciel est encore bleu, ce sont les nuages qui, les premiers, s'habillent des couleurs du soir. La ligne d'horizon rouille, se teinte de safran, une palette de corail remonte et s'empare peu à peu du ciel entier. Le halo entourant la cime des *juazeiros* et des *cajazeiras* au loin s'affine avant de disparaître. Les arbres s'assombrissent, se transforment en silhouettes qui se détachent, nettes, au bord du ciel pur. Je distingue tout autour de leur tête un ballet de chauves-souris. Les oiseaux diurnes cèdent la place aux chouettes dont les hululements résonnent dans le lointain.

Nous passons la soirée sous l'arcade de bois surélevée, où Nilson nous sert une *picanha* grillée, fondante et grasse, qui provient de bœufs élevés sur le domaine.

L'explosion de senteurs fraîches qui remontent en touffe, du jardin, l'ivoire lisse et doux du manche de couteau forgé, la table de bois noueux poli ou peut-être simplement les vapeurs de l'alcool, tout m'évoque la volupté de ma liberté nouvelle, vertigineuse et enivrante. Je suis pourtant ici dépendant de Martim, de sa maison, de sa voiture… Ma carte bancaire et mon compte plein ne me sont d'aucune utilité ou presque. Et pourtant, je suis plus libre que jamais, dépouillé de tout : du confort, des regards, des injonctions d'un monde lointain dont l'emprise ne s'étend pas jusqu'aux rivages du Ceara. Un coup de vent soulève le tissu, le décolle de ma peau ; je n'ai rien ici qui me retienne, me ralentisse ou m'emprisonne.

Le vent retombe et, avec lui, le silence envahit la nature alentour. Quelques secondes, quelques minutes, puis je perçois à nouveau le cri-cri des insectes, le frottement des arbres à l'écorce asséchée…

Nilson me raconte les *vaquejadas*, cet art sportif entre rodéo et corrida qui consiste, pour un cavalier, à renverser une vachette en tirant sa queue vers le haut d'un coup sec.

— C'est une question de végétation, dit-il, la *caatinga* est parfois trop dense, trop pleine d'arbres bas et touffus d'épines, même durant la sécheresse : ce ne sont pas les plaines du Montana, on ne peut pas capturer les vaches avec un lasso, ici.

De temps en temps, un hennissement interrompt son récit. Nilson se révèle d'un ascétisme particulier, en même temps brouillon et très méticuleux, doté d'une vision du monde à la fois pragmatique et inquiétante, peu scrupuleux dès lors que l'on n'appartient pas à sa famille : à ses yeux, seuls les siens semblent bénéficier du statut d'être humain, toute autre personne ayant au mieux une fonction de chose mobilière, mouvante et vaguement douée d'autonomie. Comme tous les pessimistes hyperboliques, Nilson est frappé de vertige dans son sens le plus littéral : la fascination du vide.

Après le dîner, nous faisons quelques pas vers l'étang, avec nos verres à pied et une bouteille de vin chilien.

– Martim, dit Nilson en jetant un petit caillou à plat qui ricoche trois fois sur l'eau, sans me regarder, tu as parlé à Ewander, pour la *baraca* ? Je pense accepter...

— On lui vend chacun la moitié de nos parts ? demande Martim. Mais j'ai l'impression qu'il aimerait intégrer un quatrième associé pour la gérer à deux...

Je réprime une grimace. Nilson a un mouvement étrange, comme s'il me prenait à partie, puis il hausse les épaules avec mépris :

— Je n'aime pas l'idée qu'on soit quatre là-dessus. Ewander, passe encore, malgré mes réserves tu sembles lui faire confiance. Mais un quatrième, quand même pas !

Pendant quelques instants, Nilson tire sur son cigare, le regard concentré sur l'ombre de l'étang, puis au loin, vers la plaine, il fait non de la tête une bonne dizaine de fois, toujours dans le vide, écrase la fin de son cigare sous son talon, le jette à l'eau et remonte vers le patio.

Sous ses airs besogneux et bourrus d'homme du terroir, il se révèle tout au long de la soirée d'une douceur, d'une générosité surprenantes. Raffiné et cultivé, aussi, et je comprends mieux quel plaisir la présence d'un Occidental peut représenter, pour Martim et lui, ici, au milieu des *vaqueiros* muets et des surfeurs analphabètes.

Nous nous promenons toujours avec notre verre, de pièce en pièce, la fazenda est un véritable musée pour *gauchos* sud-américains. Devant l'immense bureau, Nilson me montre des photos de Getulio Vargas prises dans un cadre intime, probablement le *churrasco* familial d'un dimanche après-midi.

— C'est notre grand-père, là, à sa droite, commente-t-il.

Dans un coin, un poêle dont la fonction première n'est évidemment pas de réchauffer une pièce qui n'a jamais connu de températures inférieures à vingt-cinq degrés. Des cartes au mur dont certaines datent de plusieurs décennies. Mon regard se pose sur un vaisselier vitré, contre le mur : un arsenal.

— Ces armes fonctionnent ?

— Le plomb pour protéger l'argent, lâche le maître des lieux sur le seuil de la porte, probablement amusé par mes coups d'œil inquiets en direction des armes et des lourds objets de bronze et d'argent massif. Comme beaucoup de Nordestins aisés, Nilson se méfie de la monnaie nationale, le real, et achète autant de métaux et de pierres précieuses qu'il peut dans le Minas Gerais.

Cette fazenda ne semble pourtant pas si sécurisée… L'image de Cactus me traverse l'esprit ; ce qui protège le mieux des trésors presque exhibés dans un ranch isolé du Nordeste, ce ne sont ni le droit ni les murs en béton, mais la peur fascinée que l'on réserve au diable.

En nous raccompagnant à la voiture, Nilson me met la main sur l'épaule.

— Tu vas vite t'ennuyer, ici, si tu n'as pas un projet précis.

— Je sais… Ma décision n'était pas très réfléchie.

— Tu voudrais travailler un peu sur la plage, en attendant d'avoir les idées claires ? Histoire de rester actif…

Je n'ose rien répondre. Pas à lui. Pas maintenant. Je devrais bien, pourtant…

Ewander ne lui a pas encore parlé.

Lorsque la lourde portière se referme sur moi, je jette un dernier regard dans le rétroviseur vers la silhouette de Nilson qui disparaît dans la nuit, me racle la gorge et murmure :

— Tu sais, pour ce qui est de travailler ici…

— Tu as une idée ?

— Eh bien, mens-je, j'ai réfléchi pendant le dîner… Nilson n'a pas l'air d'apprécier beaucoup Ewander. Si vous ne les vendez pas à Ewander, je me verrais bien racheter des parts de cette *ba*…

Aussitôt prononcées, je regrette mes paroles. Mais lui sourit en silence, rouvre sa portière, part au petit trot en direction de Nilson, lui glisse deux mots, revient, s'assied et démarre sans commentaires.

Au bout du chemin de terre qui mène à la route, n'y tenant plus, je tente de me rétracter maladroitement :

— Je disais ça comme ça...

— C'est fait, dit-il, laconique, et ne t'inquiète pas : Ewander n'a pas à le savoir... je lui dirai que c'était prévu depuis le début.

— Mais... tu ne penses pas qu'il faudrait lui avouer que... ?

Il secoue la tête en passant la cinquième, dans un vrombissement de moteur, met un CD de rock américain dans le lecteur et, lorsque les premières mesures ont retenti, ajoute d'une voix grave et nette :

— Tu as le nez creux. Le lagon devant la *baraca* fait partie d'un projet qui vient d'être voté par la préfecture. Elle vaudra vingt fois plus cher à la fin de l'année...

Je tends la main vers le tableau de bord, éteins le lecteur, entrouvre la fenêtre.

— Bien évidemment, ce n'est pas une raison pour te faire payer un prix délirant. C'est une cabane, ça reste une cabane, je n'ai pas besoin de fric et je suis heureux qu'elle te revienne. Cela te fera une entrée en matière. Peut-être qu'après tout, nous pourrons effectivement penser à un petit agrandissement – léger, ajoute-t-il avec un geste de la main pour calmer mon enthousiasme. Nous aurons tout le temps de reparler de ça...

Je perds mon regard dans la nuit déserte, vers les clignotements des pylônes électriques au loin. Tout bas, porté par les airs chauds d'un vent salé lointain, la voix du monde arrive, comme un murmure épais qui s'adresse à mon âme : « choisis », dit-il dans un soupir à mon oreille, « ce moment est le tien, et tu lui appartiens ».

Cher Saul,

Rien de neuf au cabinet. Lionel s'est installé à ta place. Je ne sais pas combien de temps je pourrai supporter ses airs supérieurs et ses regards en biais. Il se croit charmant. Ce grand con doit passer la moitié de son temps à étudier de pseudo-méthodes de séduction… Si tu l'avais entendu hier, à se vanter de ses conquêtes en faisant semblant de parler à un ami, je suis presque sûre que son téléphone était éteint ! Les vacances deviennent urgentes.

C'est incroyable que tu aies si vite racheté et transformé ce restaurant ! Je me projette chaque jour un peu plus loin dans les perspectives, les ruelles et la plage de Libânia que j'ai désormais l'impression de connaître comme si j'y vivais moi-même… Parfois, je rêve à mon tour de « m'évaporer dans la maresia » …(je sais, « ça ne veut rien dire, ça, cara ».)

Je crois que je pourrais reconnaître Douglas, Martim ou Damasio si je les croisais au coin d'une rue ; même ce Cactus à l'air sévère, j'ai envie de le rencontrer.

Prends soin de toi,

Bises,

Claire

Le soleil n'a pas commencé à chauffer la persienne quand je l'entrouvre pour contempler les dunes de Libânia. J'observe mes bras gonflés par l'effort des pompes, la veine proéminente qui sillonne mon biceps. Ma transpiration ne sent plus rien : une nouvelle alimentation, un nouveau rythme ont enfin débarrassé mon corps des toxines accumulées dans le confort citadin. C'est comme un symbole, à l'heure où l'horizon ici est plus clair que jamais.

Un grand vent nouveau souffle sur les nuages qui assombrissaient mon existence. C'est la *maresia*, ce délicieux air salé qui embellit la vue, la vie et jusqu'à mon enveloppe. Dans la *maresia*, tout est transformé. Grâce à elle, je deviens beau.

On peut accuser la malchance, le sort ou les autres ; on peut se trouver des excuses, quand on tombe. On ne peut pas le faire quand on est descendu, soi-même, avec patience, au fond de l'abîme.

Surtout si l'on y reste vautré.

Depuis les profondeurs du cloaque où je m'étais couché, complu depuis vingt ans peut-être, par confort et par lâcheté, mon cœur hurlait les psaumes de la haine du monde vers le démiurge qui avait enfermé mon esprit superbe dans cette matière informe : « Ô Yahvé, pourquoi m'infliges-tu tant de souffrances, moi dont l'esprit glorieux surpasse toute matière ? »

La complainte de ce surmoi replet tout bouffi de son rien résonne encore entre les parois de ma fosse puante. Ce puits sans fonds, où je m'étais enfoncé paisiblement, embrassant l'attitude détestable des lavettes que je méprise, j'en ressors à présent à la force du poignet, mais pas le mien : celui de Martim, qui me porte sur son dos hors de l'immonde foutoir de ma vie, de mon petit ego blessé.

Je peux remercier la fortune que j'accusais hier : pour la première fois depuis bien longtemps – peut-être depuis la puberté –, les circonstances ont commencé à tourner en ma faveur. Je n'ai pas eu besoin de jouer un double jeu périlleux avec Ewander, jeu dans lequel je me serais d'ailleurs vite trahi.

Dès le lundi matin suivant notre entrevue avec Nilson à la fazenda, alors que je prenais sur la terrasse un pamplemousse pressé et un café serré, épuisé par ma séance de pompes quotidienne, Douglas est venu, tout penaud, la main crispée sur un ridicule morceau de papier kraft :

— *Oi* Saul… Martim m'a laissé entrer en quittant la maison…, dit-il, embarrassé.

— Ne t'en fais pas, mon gars.

Je hoche la tête en direction de la cuisine.

— Va te chercher une tasse, il reste du café.

Mon gars reste là.

— Eh bien ? demandé-je d'un ton sec, sans transition.

— Saul, c'est urgent, et je ne peux pas quitter la *baraca* longtemps, c'est Jônidep, le musicien, qui gère mais il y a du monde…

— De quoi parles-tu ? Ma… La *baraca* de Martim est vide ? Et tu y travailles ? Et Ewander n'est pas… ?

Pour toute réponse, il me tend, l'air gêné, le morceau de papier. Une écriture sophistiquée m'indique en mots concis, signés de la main d'Ewander, qu'il doit partir pour une durée indéterminée. Il a embauché Douglas pour suppléer, me demande de prévenir Nilson et Martim, et me fait confiance pour m'occuper de…

— Qu'est-ce que c'est que ces conneries ? bondis-je, renversant le transat.

L'inexplicable abandon d'Ewander me rend un service inespéré à moyen terme et fournit un prétexte idéal à Nilson et Martim pour le licencier.

Sur le coup, bien sûr, je ne me suis méfié de rien.

Cependant, dans l'immédiat, la pilule est difficile à avaler : avant même d'avoir pu fêter mon nouveau statut d'associé, avant que nous n'ayons discuté de prix de cession, me voilà dans l'urgence au four et au moulin. Je descends les ruelles à la suite d'un Douglas survolté, traverse le centre en quatrième vitesse. Arrivés sur la *beira mar*, nous courons presque.

La journée passe en accéléré, tant bien que mal. Douglas, habitué des petits boulots et des extras au bar, me sauve la mise en permanence. Je découvre pêle-mêle, en quelques heures, la gestion, le bar, les clients, les soucis. Enfin, vers le soir, éreinté, alors que la *baraca* se vide :

— Douglas, dis-je, je dois remonter à la maison m'occuper de…

Quel mensonge inventer ?

— …de l'inventaire. Il n'y a pas grand-monde, tu veilles au grain, je… Martim enverra Cactus pour la recette. Tu fermeras derrière lui.

Focalisé sur lui, je ne vois pas le mouvement dans l'angle opposé.

Cette nuit-là
02 h 03

Ce soir, je serai mort, je me répète ça en boucle, on en est là, ça vacille, ça tangue, je n'ai pas dit au revoir à Maman, je n'ai pas parlé à Maman depuis que je suis au Brésil, Maman croit que je suis à Paris avec Sarah, c'est la seule pensée cohérente qui parvienne à jaillir de mon cerveau, ma tête, ils vont sûrement tirer dans ma tête, nous enterrer dans le *sertão*, là-bas... Ma jambe tremble, mon genou tambourine le sol très vite, ça fait un léger bruit, si léger, tout est léger, amorti, un instant j'arrive à percevoir le regard de Martim, déterminé, je sens qu'il va faire une connerie, jouer les héros mais il ne peut pas, ce serait...

Le tableau d'art naïf danse devant mes yeux embués. C'est une de ces représentations colorées de la favela, sans doute peintes en série par des artistes qui n'y ont jamais habité et se contentent de décliner l'original à l'infini.

Nilson arrive dans le salon mal éclairé, fulminant, alors que Douglas me tend des glaçons enroulés dans un torchon que je presse contre ma pommette. Il dégage une forte odeur de transpiration froide, celle du stress.

J'essaie de me redresser dans le fauteuil, le seul grincement de l'osier suffit à me faire frissonner, ou bien c'est le glaçon sur ma joue engourdie...

— Ils t'ont cogné, ces fils de pute ?

— Juste un coup de crosse, au début... Je n'ai pas résisté.

Le regard de mon agresseur... il semblait presque plus effrayé que moi, comme s'il n'avait aucune idée de ce qu'il faisait. Son haleine de cachaça frelatée trahissait la beuverie du courage.

— Combien étaient-ils ?

— J'en ai vu deux.

— Et Ewander... ?

— Aucune nouvelle, je pense qu'ils ont attendu son départ...

Nilson réprime un rictus de surprise, fronce les sourcils :

— Son départ où ?

— Il ne t'en a pas parlé ? C'est pour cette raison qu'il a pris Douglas en extra…

Je hoche la tête vers ce dernier, qui esquisse un faible signe de la main en guise de présentation.

Nilson ne le regarde pas, ses maxillaires contractés renforcent l'angle de sa mâchoire.

— Il m'a dit qu'il t'avait informé ! mens-je précipitamment.

Il semble surpris de la présence de Douglas à la *baraca* et reste quelques instants sans rien dire, songeur. En signe d'apaisement, il me tapote l'épaule et fait enfin un geste de bienvenue à mon jeune acolyte.

Personne ne semble s'inquiéter de mon état, du fait que j'ai été menacé avec une arme pour la première fois de ma vie, moi qui n'ai jamais porté la main sur qui que ce soit…

J'essaie de calmer ma jambe, décidée à battre seule une mesure frénétique.

Une moto cross pétarade dans la ruelle derrière et c'est Martim qui enchaîne :

— Ils ont volé de l'alcool ou juste la recette ?

— Juste la recette.

— Et les clients ?

— Ils ne leur ont rien pris. Pas eu le temps… Ils ne semblaient pas trop habitués. Je ne pense pas qu'ils étaient majeurs et…

— Tu pourrais les reconnaître ? coupe Nilson.

Bien sûr, j'aurais préféré rester en dehors de tout cela, donner un descriptif assez précis pour ne pas m'incriminer mais relativement vague pour ne pas prendre de risques inutiles. Nilson m'inquiète avec ses suspicions.

— Je ferai mon possible pour t'aider.

— Merci, Saul. Un instant, j'ai failli croire que tu étais de mèche avec Ewander. Heureusement que Martim est là…

À peine soixante-douze heures plus tard, Nilson débarque chez nous de bon matin, les dents serrées, empli d'une colère froide et nous dit de monter dans sa voiture.

La chaleur étouffante de la rue laisse instantanément place au froid glacial de la climatisation. Lorsque je referme la lourde portière dans un choc amorti, lové dans la pénombre de ce bunker roulant, j'oublie un court instant où nous allons et pourquoi.

Nilson nous donne un pistolet à chacun. Lorsqu'il le lâche dans ma main, je manque de le laisser tomber : c'est plus lourd que je ne pensais.

La mort au bout du bras...

Je balbutie :

— Il est chargé ?

Pour toute réponse, Nilson s'en saisit, tire la culasse en arrière, penche l'arme vers moi ; j'aperçois le petit tube de mort en laiton poli calé dans la chambre. Un léger mouvement de tête, comme pour dire « Tais-toi, maintenant », il me le rend, se retourne sur son volant d'un geste brusque et redémarre aussitôt.

Aspiré par mon fauteuil, je tiens mon arme d'une main craintive, ferme et figée. Je repense à une phrase que m'avait dite mon père, il y a bien longtemps : les gens qui ont le vertige n'ont pas peur de tomber : ils ont peur de sauter. L'idée me terrifie. Un mauvais geste, une mauvaise pensée et le coup part…

Martim a-t-il deviné les pensées qui m'inquiètent, ressent-il mon aversion pour ce lourd engin qui n'a rien à faire dans mes mains ? Un bref instant, je perçois son regard dans le rétroviseur. La mort, la mort que je contrôle… Comme elle était puérile, cette idée formulée lors de mon arrivée : « Mourir ici, ce n'est pas vraiment mourir. » Maintenant, projeté dans la violence aveugle du Nordeste, une question bouscule toutes les autres dans mon esprit fragile : tuer ici, est-ce vraiment tuer ? Est-ce un meurtre, si l'on a mis de force une arme dans ma main ? Et suis-je vraiment libre, alors, tétanisé de peur et perdu dans mon corps ?

Le monde réel, moite et inconfortable, me manque soudainement. Ce fauteuil de cuir crème dans lequel je m'enfonce m'a trop vite ramené à cette vie que j'ai fuie. Derrière les vitres blindées, fumées, pas un son, pas une couleur ne transperce. Le vaisseau spatial, lancé dans les ruelles à une allure folle, fait s'envoler les poules et bondir les passants qui, reconnaissant son propriétaire, étouffent bien vite les jurons fleuris qui leur venaient aux tripes.

Lorsque nous arrivons vers le bas de la favela, à un angle de rue, Cactus nous attend, immobile, adossé contre le mur, une jambe pliée sous lui. Il fait un petit signe de la tête et, fermant les yeux, désigne une cabane de béton blanc et de tôle rouillée.

Sur le seuil, un petit gros d'une cinquantaine d'années avec une tête de mouche, les yeux exorbités, nous attend. Je reconnais le vieux qui avait interpellé Martim, un soir, au *Libertador.* Son nez luisant de gras est tapissé de points noirs assez larges pour accueillir un coton-tige. Il s'efface pour nous laisser entrer, Cactus ferme la marche et se cale dans l'embrasure de la porte, en obstruant complètement la sortie.

L'insecte décontenancé, toujours muet, fait un geste maladroit en direction d'une table de plastique qui trône au milieu de la pièce, à côté des hamacs. Elle semble y avoir été installée à la hâte, pour l'occasion.

Nilson s'assied, toujours sans rien dire, tend la main, paume ouverte au-dessus de la table, lui ordonne de s'asseoir.

— Appelle ton fils.

Un gamin de quinze ou seize ans en marcel sale, l'œil encore jaune, apparaît. Je ne le reconnais pas tout de suite.

— Prépare-nous du café.

— Seu Nilson, commence le père, je…

— Tais-toi un instant.

Nilson tire un lourd pistolet chromé, brillant, d'une pochette sous sa chemise, le pose à sa droite sur la table. Le fracas pesant du métal fait sursauter le père, aux aguets.

L'adolescent revient, convulsif, sert un café à Nilson, en renverse sur la table, sur le sol, pose précipitamment la cafetière, fonce vers la pièce de derrière, toujours le dos à moitié courbé, revient, les yeux rouges et embués, le visage figé dans une grimace, éponge la table, Nilson en boit quelques gorgées, ferme les yeux, soupire. Pendant quelques secondes plus personne ne bouge, Nilson paraît réfléchir.

Dans la maison d'à côté, une émission télévisée beugle ses applaudissements, ponctués d'interjections d'une vieille qui semble déjà saoule.

— Sers le café à ton père, dit enfin Nilson.

— Seu Nilson, quelle que soit la…, commence le père.

— Il y a une cabane tout au bout de la plage, coupe Nilson. Au bord du lagon, une *baraca* tenue par Ewander. Tu connais cette *baraca* ?

— Oui, je la connais, Seu Nilson, et j'y…

— Cette *baraca*, elle m'appartient. C'est mon bien. L'autre soir, sur les coups de minuit, Saul a été attaqué par deux adolescents.

Le gamin sanglote, piteux, et j'ai vraiment du mal à revoir dans ses yeux le braqueur qui, trois soirs plus tôt, m'a fait craindre pour ma vie.

Sans un regard pour lui, Nilson reprend en direction du jeune :

— Comment avez-vous fait pour vous débarrasser des policiers ?

— Quels policiers ?

Nilson incline légèrement la tête, comme s'il fixait une miette de pain sur sa poitrine. À ce signal, Cactus qui s'était avancé au fur et à mesure de la conversation, décoche une claque retentissante au jeune sous les gémissements douloureux du père.

— Les flics qui patrouillent le long de la *beira mar* tous les soirs, petit con. Tu sais très bien qu'ils sont là.

— Il n'y avait personne, je vous jure! répond-il précipitamment. Je sais qu'il y en a d'habitude, mais ce soir-là, au bout, il n'y avait personne, *verdade, juro!*

— Je crois qu'il dit la vérité, intervient Martim, Cactus m'a dit la même chose. Et puis, ça expliquerait l'attaque, si les policiers étaient absents ces derniers temps…

Le visage du vieux, déjà tordu, se gonfle, ses yeux doublent de volume.

— Je… je rembourserai tout. Je vous en supplie, Seu Nilson.

Nilson tend encore la main :

— Tais-toi. (Puis, désignant le jeune du doigt.) *Moço*, tu es jeune, dit-il, et tu n'as que ton père pour t'éduquer. Ta mère est une putain qui a abandonné ton brave père. Denisio a toujours travaillé dur, il ne t'a jamais battu, il n'a jamais volé, pas même de quoi manger lorsque vous aviez faim. Denisio, ton fils est un vagabond, mais toi, tu es un homme bon. Les bons arbres méritent qu'on laisse une seconde chance à leur mauvais fruit. (Son regard se tourne à nouveau vers l'adolescent.) Tu as fait une erreur, je vois bien que c'était ta première fois (Cactus revient de la petite pièce arrière avec un sac plastique dans lequel je devine des billets en vrac.) D'ailleurs, un vrai *vagabundo* se serait enfui ou aurait au minimum caché l'argent. C'était la seule erreur autorisée de ta vie. À la prochaine bêtise, Cactus viendra chez toi la nuit et t'emmènera dans une des décharges derrière la dune de l'autoroute. Il te mettra la tête dans un sac en plastique et cognera dedans de toutes ses forces. Il te fera brûler sur un tas de déchets, jettera tes restes dans un trou et, malgré tout le respect que j'ai pour ton père, Seu Denisio ne saura jamais où aller pour se recueillir. Tu disparaîtras et tu ne manqueras qu'à ton père, personne ne te pleurera, *menino*, pas tes soi-disant amis qui se fondent dans la nature et te laissent assumer, personne d'autre que Denisio que tu auras laissé seul pour affronter la vie, et je peux dire qu'il ne mérite pas ça.

Il se lève, finit son café d'un trait et ajoute :

— C'est un bon café. Tu es fait pour faire le café, *filho*, pas pour braquer les commerçants. Tu trouveras un boulot dans un bar du centre. Si tu travailles bien, si tu ne commets plus d'erreurs, quand tu auras dix-huit ans, Cactus viendra te proposer un vrai travail.

Ces derniers temps, je n'ai pas trop eu l'occasion de m'inquiéter de la désertion d'Ewander : très vite, Martim étant toujours pris par ses affaires, j'ai dû gérer la *baraca* seul, bien aidé il est vrai par Douglas, trop heureux de trouver un boulot stable auprès de *gringos* fiables.

Les idées nous viennent au jour le jour, les petites bricoles fermentent dans nos esprits fertiles en grands projets, à mesure que ces derniers se révèlent irréalisables.

Sans le vouloir, nous répliquons le principe directeur de la *comunidade*, bricolant et recyclant côté décoration ; côté restauration : crêpes, quiches lorraines, gaufres sont au menu. Faciles à faire, elles me permettent d'exploiter la réputation de la cuisine française à peu de frais. Martim a racheté du matériel professionnel pour presque rien à un pâtissier lessivé d'un village très au sud de l'État, un comptable qui a brûlé toutes ses économies dans une reconversion bancale après son second divorce. Mon agression, le braquage de la *baraca* m'ont persuadé que, dans un premier temps du moins, il était hasardeux de vouloir la transformer en restaurant haut de gamme. Les abords du lagon changeront nécessairement lorsque les autorités auront démonté les cabanes sauvages et nettoyé le coin. Martim sera ravi de me croire rangé à son idée…

Les journées commencent de plus en plus tôt, finissent de plus en plus tard ; les problèmes, eux, ne cessent pas : ainsi, un matin, alors que les *jangadas* étaient rentrées de course dans la nuit, Douglas vient me voir pour m'informer du refus des pêcheurs d'honorer leur livraison pour la *baraca* :

— Je ne comprends pas, *chefe,* ils ont du poisson en abondance mais personne n'accepte de m'en vendre…

— Ont-ils essayé de te faire payer plus cher ?

— Aucun n'a parlé de prix… Bien sûr, j'ai proposé plus cher, je savais que tu accepterais, mais ils ont tous sorti une excuse différente : une grosse livraison, un nouveau restaurant avec lequel ils se sont engagés, il y en a même un, un neveu de Damasio, qui m'a dit que son poisson était pourri et qu'il allait l'utiliser comme appât pour pêcher le thon… *Chefe*, j'ai vu l'intérieur de sa *jangada*, son poisson était plus frais qu'une goyave, ils mentent, c'est un coup d'Ewander ! Il est derrière tout ça, il veut…

— Ne commence pas, Douglas, *porra*, pas toi !

Depuis le départ d'Ewander, Martim et Nilson semblent persuadés que celui-ci est derrière tout ce qui arrive à la *baraca*. J'essaie d'évacuer cette sombre idée, me réfugie dans le déni, tente de me persuader qu'il a simplement disparu, sans avoir pris conscience de ma trahison, et surtout qu'il n'a plus aucune influence ici.

— Pour aujourd'hui, retire les poissons et les crustacés de la carte et annonce-le aux clients, je vais voir avec Martim comment réagir.

En rentrant ce soir-là, je retrouve Martim dans la cuisine.

— Toujours pas de nouvelles d'Ewander, dis-je, cela devient inquiétant… Douglas est persuadé qu'il est derrière ce nouveau couac.

— Peut-être pas pour ce coup-ci…

— Qui est-ce, si ce n'est pas lui ?

— Pourquoi tout serait-il forcément planifié ? Ne commençons pas à spéculer… Entre ceux qui veulent simplement nous emmerder parce qu'ils nous tiennent pour responsables des problèmes de la favela, ceux qui croient que je vais vendre à un groupe immobilier, voire, au contraire, des promoteurs qui veulent me dégoûter pour me forcer à vendre… et puis, tu as tous ceux qui n'apprécient tout simplement pas les *gringos* qui viennent faire des affaires ici. Quand ils sont satisfaits de ce que je fais pour eux, je suis l'enfant du pays, un *cearense* pur jus, le digne héritier de mon grand-père. Quand ils ont des craintes, que quelque chose a foiré ou qu'ils sont de mauvaise humeur, je suis un *filho da puta*, un *gringo* du sud qui est venu leur ôter le pain de la bouche. Et puis, je pense de plus en plus que certains veulent simplement s'en prendre à ma famille. Soit parce qu'ils sont persuadés que nous croulons sous le pognon, soit par jalousie, parce qu'ils croient que nous nous sommes gavés en prétendant aider les autres…

Devant mon mouvement de surprise, il désigne la terrasse d'un signe de tête, prend deux bières dans le frigo et me suit dehors.

Il prend le temps de savourer l'air frais du vent de mer qui balaie la colline, puis s'étire lentement.

— João et Vinicius, le grand-père et le père de ma mère, ont fait de belles et grandes choses dans le Ceara. Ici, tout le monde les admirait.

Il tire un de ses cigarillos d'une boîte en papier et, quittant ses bottes poussiéreuses, s'étend dans son transat en regardant la mer.

— Lors de l'année de la grande sécheresse, en 1915, les parents de Vinicius, pourtant peu éduqués, étaient à peu près les seuls à pouvoir survivre grâce à leur système d'irrigation des sols.

Il l'allume lentement, savoure la première bouffée avant de reprendre :

— Nous aurions pu devenir la famille la plus riche du Ceara, voire de tout le Nordeste. À cette époque, la plupart des *cearenses* ont émigré en direction de l'Amazonie ou du sud pour fuir la misère qui s'est abattue d'un coup sur la région. En s'entassant dans les *morros* environnant Rio de Janeiro, les Nordestins ont, malgré eux, contribué à créer les plus gros bidonvilles d'Amérique latine. Les *vaqueiros* les plus pauvres, encombrés de familles nombreuses, d'enfants en bas âge ou de vieillards, incapables de se déplacer, ont dû se réfugier dans des camps de fortune autour de Fortaleza. Après avoir cédé tout ce qu'ils possédaient contre un peu d'eau ou de viande de chèvre, la plupart sont devenus des quasi-esclaves en échange de miettes.

Il semble deviner ma perplexité car, s'interrompant, il esquisse un geste m'intimant la patience.

— Plutôt que de racheter toutes leurs terres à prix modique ou de rétablir une forme de servage en exploitant les réfugiés comme de nombreux *coronels* l'ont alors fait, João, le père de Vinicius, décide de leur ouvrir ses portes et met tout en œuvre pour qu'ils conservent leurs terres…

Comme pour ménager son effet, mon ami s'interrompt encore :

— Dans les camps, les enfants de pauvres sont devenus des cibles : de nombreuses familles bourgeoises sans scrupules, toujours à l'affût d'une combine pour contourner la loi d'or, font alors mine d'adopter des gamins du nord, les cloîtrent chez eux, les transforment en esclaves de maison. Jusque dans les années quatre-vingt, on a régulièrement découvert des cadavres de vieux inconnus, décharnés, abandonnés dans les décharges de la *zona sul* de Rio. Mon aïeul João a tué de ses mains un voyou qui tentait d'enlever des gosses de paysans afin de les revendre dans le sud… Mes aïeux ont passé la décennie suivante à aider les familles, au risque de tout perdre. Menacé de mort par les industriels de la ville, João est devenu peu à peu un défenseur des pauvres et des paysans, convaincu par une forme de christianisme social dénué de toute transcendance et très éloigné de la religion bourgeoise pratiquée par les grandes familles du Nordeste. Je crois que c'est ça, plus que tout le reste, qui a attisé la haine de certains politiciens et hommes d'affaires.

— Comment cela ? l'interromps-je. Il leur enlevait une épine du pied…

Il contemple la nuit en buvant une gorgée, pose la bière sous son transat, cherche ses mots.

— L'animosité des pouvoirs publics envers ma famille ressemble un peu à celle qu'il y a toujours eu, en Europe, entre la République et l'Église : si tu veux vendre du pain, tu n'as pas intérêt à ce que ton voisin le distribue gratuitement... Nous sommes devenus des cibles. João puis Vinicius, son fils, financent alors leurs œuvres sociales avec les bénéfices juteux de leurs entreprises de Fortaleza. Les riches n'appréciaient pas de payer indirectement pour des pauvres qui les détestaient ! Cela a continué d'attiser les tensions. Tous les événements suivants semblent contribuer à polariser la rivalité entre les politiciens, alliés de la haute bourgeoisie, et ma famille : au milieu des années trente, lorsque les premiers fermiers rescapés de 1915 sont morts, João découvre qu'il est légataire d'un grand nombre d'agriculteurs qu'il a sauvés. En dix ans, il devient l'un des plus gros propriétaires terriens du district. Ce qui était un cercle vicieux pour les uns devint vertueux pour les autres : en retour, il est devenu une espèce de bienfaiteur. Lorsque les premières cabanes en matériaux de récupération commencent à fleurir sur son *morro*, João, qui, au cours de ses voyages dans le sud, a vu se développer une *comunidade* carioca et le crime s'y installer sous l'impulsion d'un voyou portugais, fait construire ici de vraies maisons en dur. Au passage, il devient ainsi le principal employeur du district. Des contremaîtres venus de la ville forment les jeunes locaux. Par la suite, Vinicius et lui font même installer toutes les infrastructures possibles afin de prévenir une recrudescence du choléra. Au milieu de tout ça, bien sûr, les autres le désignent comme leur ennemi mortel, et son fils après lui. Écoles, eau potable, emploi… ma famille a donné à ces gens tout ce que les politiciens leur refusaient.

Un léger vent salé m'emplit les poumons d'iode.

— Les politiques n'ont jamais tenté de reprendre le contrôle en aidant la population ?

— Au contraire ! Les préfets successifs, obnubilés par cette haine, ont fait sombrer l'institution dans les pires magouilles, soutenu les malfrats les plus dangereux, afin de nuire à ma famille. De nombreux intellectuels de Fortaleza, épris de théories fumeuses, ont même appuyé nos ennemis, qualifiant les voyous de *cangaceiros* blancs qui luttaient contre le puissant João. Tu sais, ils ont même tout fait pour détruire nos écoles, décourager les familles d'y amener leurs enfants…

— Quel intérêt pour eux ?

— S'il devait vraiment y avoir une explication rationnelle, je dirais que l'éducation et l'indépendance économique ne mettront jamais un démiurge au pouvoir et ne l'y maintiendront pas non plus. Regarde l'élection de Lula, il y a vingt ans : sans *bolsa familia*, pas de Lula. Mais sans misère, pas de *bolsa familia*…

Il tire sur son cigarillo, pensif, le regard perdu dans l'océan au large, puis, comme reparti dans son voyage généalogique, reprend :

— À l'époque, des mafieux harcèlent ma famille, sans jamais laisser paraître au grand jour leur entente avec la grande bourgeoisie et les politiciens qui, de leur côté, proposent régulièrement des accords à mon grand-père. Après chaque coup bas des uns, les autres débarquent, le regard embué et la main sur le cœur, pour proposer un contrat léonin ou une association foireuse. Vinicius a presque tout perdu parce que, jusqu'au bout, il a voulu protéger la population. Sans le mariage de mes parents et l'argent de mon père, qui sait ce que…

Ces histoires du siècle dernier font rejaillir dans mon esprit les graffitis étranges accompagnés de formules militantes.

— Ce João, il a fait quelque chose de particulier en 1928?

Ses yeux se plissent et ses dents brillent:

— Pas que je sache. Et ce n'est pas non plus l'année de sa mort…

La main, un peu tremblante, laisse tomber le mégot qu'il écrase lentement, avant de conclure:

— Je suis très fier de notre grand-père Von Manstein et toute mon enfance a été bercée par le récit de ses combats, mais ils ont été de courte durée. Quand ses amis de fac se sont fait décapiter par les SS et qu'il a fui la montée du nazisme, il s'est juré de ne plus jamais s'engager dans quoi que ce soit de subversif. Comme dirait l'autre, il a fait l'Europe buissonnière… Mes aïeux brésiliens, eux, ont consacré toute leur vie à protéger les faibles.

Le sentant gagné par l'émotion, je décide de changer de sujet:

— Quand vais-je enfin pouvoir te payer mes parts de la *baraca* ?

Il évacue d'un revers de main :

— Ne t'en fais pas, on verra plus tard... Tu as les cartes en main, maintenant ! Je te présenterai les policiers.

Je ne relève pas tout de suite, absorbé par le manège d'un minuscule *bem te vi*, un petit oiseau gris au ventre jaune typique du Ceara, venu picorer les restes d'un cocotier emportés par une rafale de vent.

— Quels policiers ?

Il rit.

— Ceux qui protègent les commerçants et les restaurateurs de la *beira mar*, ils protègent aussi la *baraca*. Ewander a cessé de les payer, dernièrement...

Cher Saul,

Ils ont entamé une « réorganisation horizontale des tâches » : en clair, je perds des dossiers intéressants, dans lesquels je suis compétente, et récupère toutes les merdes dont personne ne veut : litiges de consommation ou d'assurance-emprunteur (je n'ai même jamais ouvert un Code des assurances), et même un vieux contentieux de propriété intellectuelle qui date d'il y a cinq ans…

Le cabinet me semble chaque jour se transformer davantage en une gigantesque machine à café où s'échangent les plus désolantes platitudes avec un zèle écœurant. L'uniformité acharnée qu'ils s'infligent m'étouffe. Chacune de leurs conversations part du postulat tacite que nous sommes tous du même avis. Ils n'interrompent leurs diatribes mielleuses et leur gentillesse gluante que pour manifester un mépris de classe préfabriqué qui leur permet, enfin, de rejoindre le camp des prétentieux. Vautré dans ses certitudes, chacun tour à tour déroule ses poncifs, persuadé qu'il a donné son avis…

Tu m'as fait peur avec tes braqueurs. Te battre ! N'importe quoi, tu aurais dû leur laisser la caisse au lieu de jouer les héros ! Tu as de la chance qu'ils aient fui sans rien faire… enfin, de la chance. Ils peuvent aussi bien revenir… C'est vraiment inconscient !

En revanche, ton projet est sain : « S'enrichir juste un peu sans pourrir le village. » Je ne te connaissais pas cette âme d'entrepreneur social. L'air du Brésil te fait du bien…

Prends soin de toi !

Je t'embrasse,

Claire

Les pêcheurs n'étaient pas seulement des fournisseurs : ils étaient aussi nos consommateurs les plus réguliers. Leur défection, ajoutée à la disparition d'Ewander, me force à réinventer la *baraca* pour attirer l'attention de nouveaux clients.

Les projets de grande échelle attendront : je dois composer avec l'urgence du moment, assurer la transition et tenter de gagner un peu d'argent avant d'espérer investir. D'autant que Martim et Nilson sont très loin d'accepter mon idée de montée en gamme.

Je décide, en plus de la carte, de modifier l'apparence de la *baraca* et me mets en tête de fabriquer des parasols avec des troncs de cocotier de deux mètres de haut coiffés d'une armature de bois et d'un éventail de palmes séchées. Le vent constant, incessant de la plage, m'empêche de sentir la brûlure trop violente du soleil.

— C'est bien de rajouter du bois et de la palme, ça va attirer les surfeurs, commente Douglas.

— Ça ne sera pas suffisant pour renouveler la clientèle, répliqué-je, abattu.

— On pourrait vendre de la peinture ?

— Quel intérêt ?

— Eh, regarde leurs *jangadas*, rutilantes, ils les repeignent sans arrêt... Ce serait un bon moyen de les faire revenir !

Je n'avais encore jamais remarqué à quel point leurs embarcations étaient soignées, attirantes comme des fleurs aux couleurs vives ou des poissons tropicaux, vernies, étincelantes sous le soleil de midi...

J'envoie Douglas chercher des bouteilles de Coca fraîches chez Satanas. Il part en sautillant, léger et enthousiaste, pendant que je lie entre elles quelques palmes. Une voix familière m'interpelle :

— N'en fais pas piège à touristes, dit Damasio, pas virer les locaux ! J'ai soif, à plus tard.

Avant que j'aie pu me retourner, il est déjà reparti.

En le suivant des yeux, je croise le regard d'un homme d'âge mûr en costume beige, qui déjeune seul à une petite table de la *baraca* voisine. Je l'ai souvent aperçu sur la plage, toujours très chic et solitaire.

Un costaud à l'air sévère s'approche de lui, presque au garde-à-vous, et se plie pour lui chuchoter à l'oreille. Le patriarche, sans ouvrir la bouche, se contente d'un léger signe de tête, auquel l'autre répond en se raidissant davantage encore, avant de tourner les talons d'un élan décidé.

— C'est le patron, dit Douglas en me tendant une bouteille au verre embué.

— Le patron d'où ?

— Eh... le patron d'ici, de là-bas... de tout ! Il dirige *l'união* des patrons de la plage. Très puissant !

On l'appelle *Jacaré*, « crocodile ».

Les rumeurs à son sujet sont délirantes, comme toujours ici : adolescent, une nuit de pleine lune, incapable de dormir à cause des aboiements d'un chien, d'énervement, il se serait rendu chez la voisine et aurait décapité le doberman. C'est la vieille qui, le lendemain, a découvert le corps sans tête. Horrifiée, elle a suivi l'énorme traînée de sang mêlée d'empreintes de tongs, et s'est retrouvée en peignoir sur le palier de la grand-mère de Jacaré, à tambouriner sur la porte. Les deux femmes ont retrouvé l'adolescent qui dormait comme un bienheureux, la tête du chien serrée contre son visage comme une peluche, un grand sourire aux lèvres…

— Il paraît qu'après cela, les chiens les plus hargneux ressentaient de la peur face à lui : une fois, il se serait même accroupi, le visage et la gorge comme offerts, à quelques centimètres d'un énorme rottweiler qui aboyait si fort qu'il faisait peur aux mômes et la bête s'est mise à couiner comme un chiot…

J'ai appris à ne plus trop prêter d'attention aux racontars de la favela, la *fofoca*, malgré la portion de vérité – parfois clandestine – qu'ils véhiculent, comme la montre d'Ewander qui donnait l'heure juste deux fois par jour, bien que cassée.

Martim, ce soir-là, me donne d'ailleurs raison.

— C'est lui-même qui s'est donné ce surnom, quand il était jeune. Les surnoms d'animaux, c'est assez fréquent, ici. Avec ses yeux très espacés, on l'appelait *formiga*, la fourmi. Je pense qu'il a milité activement pour un surnom plus viril et s'est inventé un mythe autour d'une bagarre où, seul contre trois, il se serait agrippé à l'un des assaillants d'une main pour le cogner de l'autre, sans jamais lâcher prise malgré les coups. Comme un crocodile. Nilson était enfant quand Jacaré a acheté son premier bar de plage. Jusqu'alors, il s'était surtout fait connaître par sa capacité à organiser des combats clandestins.

— De boxe ?

— De coqs, d'abord. Puis de chiens, et puis… On dit qu'une fois, pour se divertir, il a même payé des toxicos qui se disputaient entre eux. Les parieurs se sont tellement emballés qu'il en a fait une activité à part entière. Il proposait une dose ou de l'argent au vainqueur. Puis il a fait venir des mendiants dans son arène…

Heureusement, depuis, Jacaré s'est calmé. On dit qu'il a beaucoup lutté contre les trafiquants, et que, touché par les légendes autour de la famille de Martim, il aurait décidé d'œuvrer plus pacifiquement et d'aider les familles pauvres de la favela. C'est un fait de sociologie indéniable : une fois qu'ils ont atteint la notoriété et gagné suffisamment d'argent grâce au vice, les voyous font commerce de vertu…

Entre deux plantations de *coqueiros*, j'en repeins le tronc en blanc puis pars avec ma planche juste en face, le temps de prendre une vague – *salgar a bunda*, dit-on ici, se saler les fesses. Il faut d'autant plus de couches de peinture que le vent y colle vite des paquets de sable.

Douglas devient de plus en plus volubile et de moins en moins productif à mesure que la journée avance. Il me parle de Wendila avec gourmandise, secouant ses trois mentons pour exprimer son enthousiasme :

— *Chefe*, me dit-il un jour d'un air malicieux, tu as besoin d'une coupe de cheveux, je t'emmènerai au *salão* de Wendila, dans le *morro*, ce sera une excellente occasion d'aller la voir.

J'apprends à ne plus dire « favela », dont la connotation méprisante vexe les habitants. Douglas me parle du *morro*, son amie Jussara, la petite socialiste amoureuse de Martim, n'autorise à ses interlocuteurs que le terme de *comunidade*.

Au bout de quelques jours, Martim débarque avec Cactus, la carriole pleine de cocos. Je manque de m'amputer les doigts avec la machette en coupant chaque extrémité de ma première noix sur le petit tronc de palmier que nous avons placé à l'entrée, côté plage, devant le comptoir, et je dois m'y prendre à deux fois pour planter le pic creux jusqu'au cœur de la coco :

— Si t'avais pas sans cesse la main agrippée à ton maillot..., sourit Martim.

— Je n'y peux rien, j'ai l'impression qu'il tombe sans arrêt !

— Tu m'étonnes, tu as perdu deux tailles ! Je t'en prêterai.

Désireux de faire pardonner les erreurs de son fils, le vieux Denisio, reconnaissant de la clémence de Nilson et Martim, s'est empressé de promouvoir notre *baraca* auprès de ses amis du village. Très vite, un petit groupe d'habitués s'est constitué autour de lui : les coéquipiers de son ancienne équipe de *futebôl*, aujourd'hui ouvriers pour la plupart, parfois rejoints par des surfeurs dont certains sont leurs fils et leurs neveux, et Satanas qui nous fournit désormais de manière régulière.

Ils font ici ce qu'ils font partout ailleurs, à chaque carrefour de la favela, sur chaque perron, devant chaque boutique ouverte sur la rue sans vitrine : ils devisent en jouant aux cartes, ils *fofoquent*, ils débattent, les générations s'écharpent en comparant les avants-centres de *futebôl* de leur époque respective.

Les avis inspirés des vieux qui puent et des jeunes fauchés se rejoignent toujours sur la cruauté des jeunes femmes de la *comunidade* :

— Je crois que ça les amuse, glisse l'un d'eux : moins elles sont disponibles, plus elles sont aguicheuses. *Piranhas.*

Comme pour les détromper, à cet instant, alors que je sors sur le sable, une femme entre deux âges, peu apprêtée mais très jolie, me propose un *brigadeiro.*

— Je n'ai pas d'argent, refusé-je d'un air faussement contrit.

— Je n'en ai pas demandé, sourit-elle, *é um presente.*

J'accepte et, par politesse, en mange un morceau sous son air plein d'espoir. Je souris à mon tour, d'un sourire sincère : c'est délicieux. Elle me répond par un clin d'œil ravi et s'en va en trottinant, son immense plateau d'osier chargé de fruits et de gâteaux en équilibre sur la tête avec une grâce espiègle.

— Mon objectif est simple, expliqué-je à Martim, plus tard ce soir-là, au *Libertador* : les patrons de la plage méprisent la *comunidade* et les gens de la favela. Pour eux, ce sont des pouilleux qui ne leur feront jamais gagner d'argent. Ils n'ont pas tort : avec leurs plats compliqués, leurs ingrédients coûteux, ils n'ont rien à espérer de quelqu'un qui vit avec six cents réals par mois. Leur intérêt, ce sont les touristes.

Je fais semblant de ne pas attendre de réponse, tripotant le polystyrène recouvrant ma bouteille de bière glacée.

Les joueurs de billard d'à côté s'engueulent pour changer, la gentille tenancière du *Libertador* se recoiffe d'un geste théâtral. Un des lampadaires clignote. C'est le seul, sur la place, qui projette encore une de ces vieilles lumières jaunes comme il y en avait avant, au temps où l'hygiène ne tenait pas lieu de religion.

Il se caresse les joues en regardant les miennes.

— Ça te va bien !

— Merci… Je n'ai plus de mousse à raser, justifié-je, sans être vraiment sûr s'il commente ma barbe naissante ou ma nouvelle situation d'entrepreneur.

Il semble approuver les deux, ainsi que mon abandon apparent de mes ambitions luxueuses. Patience, me dis-je, il suffira d'opérer une montée en gamme très progressive, de légères mais régulières augmentations de prix, des changements de carte discrets. Bien sûr, je ne ferai rien tant que le lagon ne sera pas sécurisé. Qui sait si les autres patrons de la plage n'ont pas déjà le même projet ? Si l'environnement change et rend mes projets indispensables à la survie de l'affaire, Nilson et Martim n'auront qu'à s'incliner… Lorsque j'aurai mis assez de côté, je commencerai lentement à faire de petits travaux d'amélioration.

Notre *baraca*, notre « ponto » comme on dit parfois ici, est petite, tout y est optimisé. Nous avons usé pour la carte de la même méthode que celle utilisée pour la rénovation : de la matière première peu chère et des recettes simples. Les fruits, les gaufres, les crêpes, la tapioca… tout ça coûte peu ; si nos prix suivent, les clients viendront. Ceux de la favela s'identifieront à la débrouille qui régit l'existence et la gestion du lieu et m'assureront un revenu régulier. J'aurai le temps de prendre des responsabilités pour peser sur les projets de Martim concernant les abords de l'ancienne épicerie, et le rallier à ma cause concernant la plage.

— Pour les inciter davantage, il faudra les impliquer, devenir leurs clients à notre tour, aussi souvent que nous le pourrons. Douglas devrait pouvoir nous aider.

Pour couronner ce nouveau départ, je décide de rebaptiser la *baraca*, qui s'appellera désormais *Ponto da Maresia*.

— La connotation est mauvaise, pour les gens d'ici, soupire Martim.

Je balaie sa remarque d'un revers de main inspiré.

— La *maresia*, c'est de la poésie pure.

En lui consacrant mon bar comme un sacrifice impie, je veux faire honneur à ce nuage onirique flottant au-dessus de la plage, cette nébuleuse de volupté et de fraîcheur qui caresse les *biquínis*. C'est le cadre parfait pour profiter avec harmonie de la vue des *bumbums* de béton à la peau veloutée de nos petites morènes.

— Tu sais, les fesses, je crois qu'on appelle ça la lune parce qu'une *bunda* parfaite, c'est rond comme deux planètes entrechoquées.

J'ai encore du mal à discerner les raisons pour lesquelles je vois dans la *maresia* un symbole, comme un appel à renaître. Peut-être est-ce parce qu'elle est l'équivalent dans la réalité du filtre photographique : à travers elle, tout paraît bien plus beau, plus vaste, plus excitant aussi… Elle rend floues les frontières trop nettes du désir, nimbant d'ambiguïté l'objet de nos regards, détournant de nos yeux l'essentiel, le détail, pour nous plonger dans l'ivresse tropicale d'une plage infinie, d'un soleil inépuisable et, en quelque sorte, d'une jeunesse éternelle…

Cher Saul,

J'ai enfin pris mes billets d'avion et posé mes vacances, dont j'ai l'intuition qu'elles couronneront, comme les tiennes, mes derniers instants à supporter les crétins du cabinet… Sybille semblait rassurée que j'impose une destination. Je me demande si ce n'est pas ce qu'elle attendait depuis le début !

Merci pour le dépaysement de ces tranches de vie locale. J'ai l'impression d'entendre le fourmillement de la favela, le bruit des vagues depuis ton restaurant, de sentir l'iode aussi !

C'est probablement ce que je préfère en voyage : « prendre la température », me mêler à la population, ressentir les vibrations d'un lieu, les odeurs, contempler les couleurs, faire fonctionner mes cinq sens… Sans doute une obsession snob de Parisienne. J'ai regardé des images de plages brésiliennes : tu as raison, la maresia se distingue à l'œil nu ! C'est fascinant, ce nuage par trente degrés…

C'est une excellente idée, les cours de surf pour les enfants. Qui sait si un de vos petits élèves ne deviendra pas un jour professionnel… Au moins, vous les tenez éloignés des rues. J'ai l'impression que tu grandis là-bas, c'est beau à « voir ». Pardon pour ma franchise : jamais je n'aurais imaginé que le Saul qui partageait mon bureau, semblait en vouloir au monde entier et ne rêver que d'argent, mettrait un jour ses ambitions de côté à ce point !

Prends soin de toi,

Je t'embrasse

Claire

Le centre bas du *cortiço* – un autre nom pour désigner le pied du morne, de la favela – annonce la couleur, et il y est bien question de couleurs justement. Si l'on devait définir l'esprit de la favela avec le moins de mots possibles, on pourrait se contenter de récupération, ingéniosité et pigmentation.

Toute la joie qu'ils n'ont pas de raisons d'éprouver à cause de leur quotidien rude et dangereux, les habitants la font venir dans leur vie en peignant tout : les murs, les escaliers, les poteaux électriques... Le bas du *cortiço* se découvre à moi comme une hallucination, explosion sensorielle aux confins oniriques.

Ils récupèrent tout, le décorent de couleurs vives, du rose bonbon, du bleu électrique, du jaune poussin... Certains endroits ressemblent à la salle de jeux des enfants d'une famille bourgeoise du Midwest américain.

Douglas, qui a retrouvé ma gentille cuisinière d'après la description que je lui en ai faite, m'emmène la trouver au cœur de ce petit village dans le village.

En bas d'un carrefour où des gens se disputent, agglutinés dans un joyeux tintamarre de jerricans de plastique blanc s'entrechoquant, une rigole d'eau claire se forme en plein milieu de la ruelle.

Devant une file de motos-taxis jaunes à l'arrêt, sur lesquelles des chauffeurs avachis font la sieste, torse nu sous leurs gilets de nylon fluorescent, nous croisons une tête connue : Jussara, « l'amoureuse de Martim, c'est officiel », chuchote Douglas lorsqu'elle s'est éloignée.

— Bien sûr, on n'ira pas en haut, sourit-il de ses dents de nacre, même pas jusqu'à la frontière.

— La frontière ?

— La limite. Les gens qui vivent en dessous de la frontière ont des papiers, un travail, paient des factures… au pire, ils touchent la *bolsa familia*. Mais au-dessus, les pionniers… Passé un certain niveau, il n'y a plus trop de visibilité. Disons que c'est l'économie de la *comunidade*, ajoute-t-il, laconique.

Je lis dans son regard tous les trafics possibles.

Nous arrivons à un endroit où les ruelles étroites sont pavées et d'où partent de vrais escaliers de béton.

Des hommes, presque tous torse nu, certains avec leur t-shirt sur l'épaule, se reposent dans des transats installés au pied des trottoirs défoncés, au niveau du carrefour. Ils parlent bas, leur conciliabule est parfois ponctué d'un fort éclat de rire.

— Attends-moi là, dit Douglas devant une boutique vieillotte aux souvenirs bariolés, je reviens.

Et il monte vers la droite, contourne un petit bar donnant sur la rue, donne une tape sur l'épaule de l'unique client à son tabouret haut et sort de mon champ de vision.

Un grincement de ferraille attire mon attention : une berline basse, flambant neuve, est garée sur le bas-côté.

Son conducteur en a ouvert le capot et peste, penché au-dessus du radiateur. Depuis ma position, j'entrevois un moteur qui semble avoir trente ans, marron, rongé de rouille, fumant.

Un des gars des transats interpelle le propriétaire du véhicule en s'approchant :

— *Oi,* Edi, elle a quoi, ta merveille ?

— *Porra,* répond le conducteur, le moteur est foutu…

— C'est bien la peine de traiter la carrosserie tous les mois… Eh ! Pourquoi tu n'as pas mis d'antirouille, là ?

— Quoi, à l'intérieur, sur la culasse ? Tu veux rire ?

— *Nossa, cara,* des amateurs qui débarquent sur le littoral, j'en connais, mais des comme toi…, conclut le commentateur qui retourne en riant à sa chaise longue, à côté d'une glacière hors d'âge.

J'observe mes types à la dérobée. Jônidep, le jeune surfeur au corps sec et noueux que j'avais déjà rencontré avec Douglas se lève brusquement, entre dans une maison, ressort presque aussitôt avec une espèce de banjo dont il se met à jouer comme d'une mandoline.

— Respecte le *cavaquinho*, *porra* ! grogne un vieux.

Un autre jeune sort une guitare de sous son transat et gratte quelques accords lents, tandis que Jônidep entonne une ballade d'une voix rauque et suave.

Alors qu'ils s'interrompent pour échanger leurs instruments, un crachement d'eau suivi d'un écoulement vif détourne mon attention : dans le fond d'une ruelle étroite, à un croisement, une jeune fille se douche en maillot de bain sous un jet de fortune.

L'eau savonneuse coule vers moi, j'en aurai bientôt à mes pieds.

À côté des musiciens, un petit gros, pieds nus, triture un barbecue, cogne sa tige de bois contre le demi-cylindre de métal pour en faire tomber la cendre; les musiciens s'interrompent et la délicieuse odeur de manioc grillé s'échappe des relents gras d'huile et de la fumée noirâtre.

Tout à coup, au bout d'une venelle, la vue d'une silhouette familière m'inquiète, j'hésite un instant: fuir, me cacher? Il ne semble pas m'avoir repéré. Je me rapproche d'une échoppe dont les ballons de *futebôl* et autres accessoires de plage, suspendus à hauteur de ma tête, m'offrent une bonne dissimulation… Lorsque, enfin, j'ose pencher la tête et regarder en direction de la petite rue, il a disparu. Je m'arrête, haletant, appuyé au mur de craie de la maison brûlante, le pied contre un petit promontoire de pierre, pas sûr d'avoir bien vu: était-ce lui? Ewander a disparu depuis plusieurs jours maintenant… et je le vois partout. Il hante mes nuits et accompagne mes jours, et avec lui une vague culpabilité, comme si c'était moi le coupable, comme si je l'avais trahi.

— Mais c'est toi, le salaud, dis-je en français, les yeux rivés au sol.

Une petite grosse entre deux âges, les bras chargés de boîtes d'œufs, sursaute. Elle me regarde un instant, interdite, et tourne les talons.

Bien sûr, que ce n'était pas lui, me dis-je en repensant à la silhouette trop grande, mal assurée, qui n'avait en définitive qu'un air de vague ressemblance… Agacé de m'être emballé pour rien, la main sur le mur, penché en avant au-dessus de mes pieds sales, je crache un peu d'une bile acide qui me ronge l'estomac.

Douglas reparaît, me fait un geste du pouce en arrivant vers moi.

— Elle peut, vraiment ? dis-je avec espoir.

— Oui, elle cuisinera avec ses belles-sœurs et la voisine, elle peut nous livrer à partir de demain, le prix demandé, tout comme tu veux, et elle peut faire tes recettes !

Je pousse un soupir de soulagement : la *baraca* redevient un restaurant.

Je désigne le jeune d'un doigt discret :

— Il pourrait jouer à la *baraca*, lui, non ?

Douglas rayonne.

— Jônidep ? Le guitariste ? Je t'aurai un bon prix. Je suis son agent, tu sais…

Comme par hasard.

— Douglas, murmuré-je, Ewander pourrait se cacher dans la favela, ces jours-ci… ?

Il grimace à l'évocation de ce mot détesté, puis sa moue se transforme en sourire goguenard.

— Tu ne voudrais pas l'y croiser, pas vrai ? Eh, rassure-toi, *cara*.

C'est la première fois qu'il ne m'appelle pas « *chefe* » ou « patron ».

— Rassure-toi, répète-t-il, péremptoire, s'il y en a bien un qui n'a aucun intérêt à venir ici, dans le *morro* (il insiste sur le terme), c'est lui. Il a beaucoup d'ennemis, ici. Les proches de son ex-petite amie, à qui il a fait du mal, beaucoup de maris cocus… Il a une maison dans l'intérieur des terres, pas très loin. Mais tu ne le verras plus ici. Je pense même qu'il a quitté cette maison-là.

Penser à me renseigner sur cette maison. Discrètement. Et à lui rendre visite. Ou plutôt : penser à y envoyer Cactus. Mieux encore : demander à Martim d'y envoyer Cactus. Et en profiter pour me faire greffer une paire de…

— Tu as le temps de prendre une vague, *chefe* ?

Je sors des vagues en titubant. L'eau coulant du nez de ma planche forme de minuscules cratères sur le sable presque sec, comme de la pâte brisée dans un puits de farine.

La *baraca* est encore vide, à part Martim, assis sous la petite voile de *jangada* taillée comme une fortune carrée, les coudes posés sur l'immense bobine de câble qui fait office de table basse. Face à lui, un homme d'âge mûr en marcel vert anis, assis sur le bord de sa chaise, s'exprime en faisant de grands gestes avec ses bras.

En arrivant au niveau des premiers parasols, je reconnais…

— Damasio ?

— Presque, dit Martim en se levant, Saul, je te présente Mario, le demi-frère de Damasio. Mario, Saul.

Avec une telle pilosité, il doit se laver le corps au shampooing. Il se lève à son tour :

— Prazer !

On dirait Damasio avec quinze ans de moins, le nez ratatiné, des dents propres mais irrégulières, l'air profondément gentil.

— Le plaisir est mien, dis-je en souriant.

Je sors un quartier de pastèque du petit frigo sous le bar et reviens vers eux pour capter la fin de la phrase de Martim :

— … et vous avez pris une décision ?

— Pas tant que Polvinho est chez sa grand-mère : il y est pour la semaine, répond Mario, on attend son retour pour choisir tous ensemble.

Le couteau glisse sur la chair et fait craquer l'écorce verte dans un crépitement frais.

— Mario me disait qu'il devait trouver une salle de boxe, continue Martim à mon intention.

Son regard passe de Mario à moi, revient vers lui ; l'autre complète, comme pour se justifier :

— Ils nous ont coupé l'eau, en haut, à la salle, et comme…

Je l'interromps :

— Vous avez l'eau courante, à cet endroit ?

Ça m'a échappé. Il ne paraît pas vexé, comprend ce que je veux dire : sa salle est au milieu des occupations sauvages.

— On s'est débrouillés, oui. Mais là, ils disent qu'il y a un risque sanitaire, alors ils ont fait boucher les arrivées…

Il laisse sa phrase en suspens dans l'espoir d'être coupé et reprend :

— Il y a déjà des gens qui ont commencé à squatter les terrains du haut. Mais moi, je suis honnête, Seu Martim, je me suis dit que j'allais vous parler directement.

— Pourquoi n'iriez-vous pas à l'ancienne épicerie du grand-père de Martim ? interviens-je, avant de me tourner vers ce dernier. Elle n'est pas en très bon état, mais ce sera toujours mieux pour eux que de passer leur temps à monter des seaux pour se doucher. Et puis, en contrepartie d'une petite franchise de loyer les premières semaines, Mario et ses gars peuvent peut-être rénover les locaux…

J'espère n'avoir pas mis Martim en porte-à-faux.

Sans rien dire, mon ami hoche la tête avec l'air heureux de celui qui s'apprêtait à faire la même proposition, tire un cigarillo et murmure à Mario :

— Si c'est bon pour toi, c'est bon pour moi.

— Mario, dis-je, tu as goûté notre crêpe jambon-fromage ?

— Peut-être une autre fois, jubile-t-il, les gars m'attendent, je vais leur donner la bonne nouvelle !

La rénovation de l'épicerie sera donc gratuite. Et avec ces boxeurs, je viens de m'acquérir une protection en béton contre Ewander.

Martim se tourne vers moi :

— Les boxeurs… Impressionnante, leur cohésion. Ils sont toujours soudés : quand l'un d'eux est à la traîne dans la vie, ils interrompent tout pour l'aider. Une fois, un de ces gars, un cousin de Douglas, s'est fait attaquer par des dealers : trois jours après, la bande de voyous qui tenait le pavé depuis des mois a été visitée par l'équipe de Mario, trois d'entre eux ont fini à l'hôpital, salement amochés. On a plus revu cette bande. Ils habitent tous au même endroit, là-haut…

Les soucis de Mario et des siens n'ont rien à voir avec mes préoccupations. Je suis l'Européen, infiniment petit, bercé par les soucis d'assurance et d'emprunt, d'abonnements. Mario cherche l'eau courante. J'ai les moyens de mener dix vies comme celle de Mario, et pourtant, je le jalouse. Mario entraîne des boxeurs au cuir mat, au teint dur, qui cognent dans un sac de frappe pendant des heures sous trente degrés et dans une humidité digne d'un hammam. Je repense aux fils de bourges de l'avenue Kléber qui roulent dans la Porsche payée par la société de Papa : qu'aurais-je à leur dire, aujourd'hui, quand je parle avec Mario ? Comment les respecter ? Et comment m'aimer moi-même, moi qui rêvais si fort d'être un jour à leur place ?

« Ceux qui paient des factures » ... Alors je pense à quelque chose qui m'a manqué depuis la naissance, quelque chose qu'il m'est difficile de formuler parce que ça n'a plus cours en Occident depuis si longtemps : le sentiment d'appartenance. Ces gars déterminés, vainqueurs ou bien perdants mais toujours ensemble, violents même quand ils aiment, qui ne possèdent rien que l'amitié des autres. Je n'appartiens à rien, à personne, et personne ne m'appartient. Aucun groupe, aucune bande, aucune équipe n'a jamais dit « on attend que Saul arrive » ou « rien ne se passera si Saul n'est pas là ».

D'ailleurs, ici, je n'ai aucun nouvel ami. Douglas n'est rien pour moi, et moi si peu pour lui. Un patron, un banquier, peut-être un peu un père, rien de tangible au fond. Satanas ? Son client. Qui d'autre, alors ?

Je repense à Mario, à son gars, Polvinho, qui est parti depuis une petite semaine et dont lui et ses camarades boxeurs attendent déjà le retour. Qui m'attend à Paris ? Qui même a remarqué que je n'étais plus là ? Personne, là-bas, ne subit les conséquences de mon absence. Parce que je n'ai rien donné ? Si je ne fais rien de bien, mon absence n'est un mal pour personne.

Regarde-toi, petit con, misérable parasite : tu n'as plus ces traits tirés, ces yeux cernés qui se reflétaient dans la vitre du métro ; tu as la peau tendue, bon teint, les bras épais, mais tu restes minable et tu n'es toujours rien. À qui donnerais-tu quoi que ce soit, pour qui sacrifierais-tu ta vie ? Tu n'es là que pour prendre, disposer, et si tu n'as pas davantage entre les mains c'est que tu n'as pas réussi à saisir. Tout ce que tu n'as pas, c'est ce que tu aurais aimé qu'on te donne, ou ce que tu aurais voulu arracher par la force. Tout ce que tu possèdes, tu aurais rêvé d'avoir l'audace de le voler. Tu aurais pris ça pour de la puissance... Mais tu es inoffensif. Non par bonté ni grandeur d'âme, mais par manque d'audace et d'opportunités. Avec le physique d'un des boxeurs de Mario, tu aurais les mains pleines.

Parce que tu n'as d'identité pour personne, que tu n'appartiens à aucun groupe, parce que tu ne veux rien représenter, présenter au billot ta tête abandonnée : tu vis comme un lâche.

La *comunidade* est comme un corps humain, avec pour cœur le petit centre du haut. Elle est alimentée par le commérage et, de ce point de vue, le salon de Wendila pourrait être considéré comme l'une des artères, la jugulaire en quelque sorte. Le *Libertador* en serait alors l'artère fémorale.

Sans la *fofoca*, la favela ne vit pas : au salon, les vieilles parlent de morale, les jeunes de mœurs, au fond, toutes parlent de sexe. Les gars, au *Libertador* comme ailleurs, discutent *futebôl*, *bundas*, argent, travail… Ils fanfaronnent, bien sûr, ce sont des hommes.

Tout autour de son *salão*, Wendila a fait peindre les murs et le sol en rose malabar. C'est un salon typique, dans le style des boutiques d'ici : un plafond bas, de grandes dalles de carrelage blanc, les murs en béton brut recouverts d'épaisse peinture criarde, les câbles électriques pendent sans gaine, joignant entre eux des tubes de néons blancs au-dessus de miroirs dépareillés.

Tout ici a été récupéré, bricolé, personnalisé. Dans le fond, elle entrepose des produits en vrac, une montagne de papier toilette, du riz, du lait et du manioc pilé : comme beaucoup d'échoppes d'ici, Wendila vend aussi des produits de première nécessité. Tout est bon pour assurer la fréquentation du salon ; elle loue aussi sa boîte aux lettres à des habitants du haut de la favela, là où la poste ne se rend pas et où, de toute façon, les rues n'ont aucune existence officielle.

En ce moment, elle économise pour acheter du matériel de tatouage et de piercing : un de ses amis, un cousin de Douglas, est employé dans un salon à une heure d'ici. Il pourrait venir travailler plus tôt, s'épargner les contraintes de *l'ônibus*…

Quand nous arrivons, elle se rengorge un peu. Elle est en train de prendre la coupe d'une cliente en photo pour la coller sur l'immense panneau « avant / après » qu'elle affiche devant l'entrée, bien visible dans la ruelle, à côté de la table en plastique et des fauteuils où elle se repose lorsqu'il n'y a pas de clients.

Toutes les filles du salon semblent amoureuses de Martim ; Wendila fait comme s'ils se connaissaient bien, lui tripote les cheveux :

— Je n'ai jamais coiffé des boucles comme ça, Martim. Un jour, s'il te plaît…

— C'est réservé à ma maman ou ma femme, répond-il en riant.

— Tu as une femme, *filho* ? réagit une grosse entre deux âges. *Nossa*, qui qu'elle soit, tu perds ton temps avec elle : je sais qui est la femme de ta vie !

— C'est toi, peut-être, Conceição ? rit Wendila.

— Eh non, bien sûr, je suis déjà prise. Mais c'est une jolie plante, une morène, elle est très intelligente, elle étudie la littérature et la sociologie, c'est déjà une princesse…

— Arrête de vendre ta fille à tout le monde, vieille maquerelle ! intervient une autre, aux mèches recouvertes de papier d'aluminium, la pauvre mourrait de honte si elle t'entendait…

Ça peut durer longtemps. Wendila me regarde en coin, je regarde mes pieds, Martim me pousse dans le dos jusqu'à une place libre, un fauteuil de bureau à roulettes.

— Que fait-on ? demande-t-elle à Martim comme si j'étais incapable de m'exprimer.

— On rase à blanc, répond Martim.

Les mots mettent quelques secondes à monter à mon cerveau.

— Quoi ? Pas question ! Je n'en ai déjà pas beaucoup…

— Justement, assume-le ! Les femmes détestent les calvities mais elles adorent les crânes rasés. Pas vrai, Wendila ?

Elle rougit.

— Eh… mais c'est vrai, ça fait viril…

Comme s'il avait deviné mon débat intérieur, Martim s'empare de la tondeuse pendue à un clou sur le mur et, très vite, me fait un trou au milieu de la tempe.

Je feins de m'insurger, joue le jeu, c'est trop tard, maintenant…

De ma place, j'observe la petite échoppe d'en face : une grande ouverture rectangulaire dans le mur, sur laquelle une planche a été fixée pour faire un petit comptoir sur la rue, comme la favela en est pleine.

De petits paquets de chips multicolores sont pendus par des pinces à linge à des fils au-dessus de la tête du patron, qui bricole une télévision à tube cathodique orientée sur l'extérieur.

— Je vais le racheter, un de ces jours, me glisse Wendila en mouillant mes tempes.

Le grésillement de la tondeuse sale me râpe le crâne sans ménagement. Un quart d'heure plus tard, après qu'elle m'a frotté le cuir chevelu avec une brosse à poils durs, je passe à mon tour la main sur la tête en un geste rassurant et viril qui m'inspire une idée curieuse : cette coupe rend à mon esprit la rugosité dont le confort l'a émasculé.

Ça ne veut rien dire, ça, cara.

Je conduis le vieux pick-up de Martim dans les rues défoncées du village voisin afin d'aller me racheter des vêtements incognito.

Qui eût cru, il y a seulement quelques semaines, que mes pantalons seraient si vite trop larges et mes t-shirts trop petits aux épaules ? Je savoure ce qui, à mes yeux, constitue la preuve la plus tangible de ma victoire sur la fatalité : une transformation physique amplement méritée. La matière suit l'esprit, ce n'est un secret pour personne.

Profitant des feux rouges pour observer des endroits où je ne me rendrai jamais à pied, j'essaie de projeter mon regard autant que possible, de visiter en profondeur les perspectives. Cette fois-ci, pas besoin de regarder bien loin : alors que la radio postillonne *A garota de Ipanema* d'une voix plate et nasillarde, j'aperçois dans le caniveau, au niveau du pare-chocs miroir d'une Coccinelle antique et décolorée, un immense vautour urubu qui déchiquette avec une énergie surprenante les entrailles d'une petite poule blanche coupée en deux.

Il mâche même les plumes.

Les puissants coups de bec du charognard, comme des coups de boutoir, secouent la carcasse avec une telle violence qu'elle paraît se débattre. Un coup de vent lève les restes de plumeau rosés du petit gallinacé dont l'agresseur – le fossoyeur ? – paraît un goéland zombie, un sombre oiseau damné, vieux chasseur d'odeurs rances, éventreur de poubelles. Toute la brutalité aveugle du Nordeste se concentre ici, transcendée dans cette scène macabre. Je réalise comme cette férocité *cearense* m'a façonné, peu à peu. Chaque épisode de ma découverte de ce nouvel univers, dans lequel les temps sauvages secouent la terre des hommes, m'a un peu plus accoutumé au mal et endurci.

L'immonde volatile s'arrête brusquement, comme s'il se savait observé, recule en sautillant, et tend vers moi son cou musclé à la peau épaisse et aux rides profondes comme des sillons, d'un anthracite presque aussi noir que son plumage de jais crasseux, me scrute de ses petits yeux marron, presque rouges. Par réflexe, je détourne le regard et fixe mon volant, en l'observant du coin de l'œil. Il penche la tête à l'horizontale, toujours tourné vers moi, menaçant, continue de mastiquer un bout de duvet collé au coin de son bec. Il semble attendre que je m'éloigne pour reprendre sa besogne.

Le feu passe au vert et j'enfonce l'accélérateur, me demandant au fond si les urubus s'en prennent aux humains ; j'ignore pourquoi j'ai le souffle coupé, le pouls qui cogne aux tempes.

Le *forro junino* est enfin arrivé : toute la *comunidade* le prépare depuis des semaines. Au moins de juin, les *festas* battent leur plein.

Ils ont bien fait les choses, pour une fête de village : au milieu d'un champ, derrière l'autre versant du morne, un immense espace a été dégagé, tondu, pas trop loin de la route. Un impressionnant mur de son crache un *pagode* joué sous une pergola par des types en costume à carreaux ; plus loin, des jeunes avinés, déguisés en taureaux, semblent improviser une chorégraphie de *bumba-meu-boi*, on ne s'entend plus et, rapidement, mon rythme cardiaque prend la cadence des basses. Une flamme jaillissant d'un nuage de friture attire mon attention : deux cuisiniers en toque, armés de pinceaux, badigeonnent des épis de maïs à tour de bras, retournent des grillades sur une enfilade de braseros cylindriques.

Nous arrivons au bar improvisé, mon bras dérape sur un comptoir ruisselant, ça y est, je vais empester la bière.

Un des serveurs est un ami de Douglas :

— On joue au *futebôl* ensemble ! crie Douglas, tout fier.

— Tu veux dire que je te mets des branlées ! rectifie l'autre en nous offrant une tournée de bon cœur.

Nous nous éloignons des relents de graillon en tentant de conserver un angle de vue maximum sur les danseurs.

— Ce soir, pouffe Douglas, toutes les filles de la *comunidade* qui ne sont pas tombées enceintes au dernier carnaval vont se faire…

Il mime un ventre arrondi avec sa main.

— Et toi, braillé-je, amusé, combien d'orphelins as-tu sur la conscience ?

Il fait non de la tête d'un air supérieur, et me sort fièrement de sa poche une guirlande de préservatifs.

À mon côté, Martim commente en français :

— C'est là qu'ils vont organiser les *vaquejadas*, désormais. Nilson est furieux.

Je n'ai pas le temps de lui demander pourquoi Nilson est furieux qu'une crinière soyeuse me saute au cou ; pour un peu je me croirais attaqué par un lion mais le lion a des bras fins et musclés recouverts d'anneaux de cuivre qui me tintent aux oreilles et des doigts qui me caressent la nuque.

Des lèvres moelleuses s'écrasent sur ma joue.

— Bonne fête de la Saint-Jean ! me crie Wendila.

Sa bouche m'effleure le lobe de l'oreille, elle a déjà dû bien boire mais son haleine ne sent pas l'alcool.

Ce n'est pas la Wendila besogneuse et concentrée du salon ; elle porte une robe dentelée d'épais coton blanc, des boucles d'oreilles créoles et de hauts talons, exhale un parfum d'agrumes frais, peut-être du pamplemousse avec une note de bergamote.

Le diable au corps.

— C'est fini, les chemisettes à carreaux ? dit-elle en tirant sur mon t-shirt blanc, au niveau du plexus. C'était pourtant le moment ou jamais…

Je n'ai plus porté ces chemisettes depuis un moment.

— Malheureusement, je ne rentre plus dedans…

— On dirait plutôt que tu as maigri !

— Oui, un peu, mais j'ai aussi pris du haut, à cause du surf…

Elle approuve, pose la main sur mon épaule.

— Et toi, alors, qu'est-ce que tu as fait de tes claquettes mauves, petite ? reprends-je de ma voix la plus masculine.

— Je ne comprends pas le français, idiot, tu le sais très bien. Arrête de faire exprès !

Elle me tient encore le haut du bras et tape dans la main de Martim et Douglas.

— *Boa noite*, Martim, j'étais sûre qu'il ne viendrait pas, ton fantôme !

— Détrompe-toi, rit Martim, en pointant le menton vers un arbre à l'écart, où Cactus se tient debout avec un jeune de la *fazenda* qui lui parle à l'oreille.

Un instant, je crois reconnaître, dans l'ombre, à quelques pas d'eux, la silhouette… Mais non. Ewander est parti, il n'a rien à faire ici, dans cette fête populaire dont il dirait certainement qu'elle est la honte de sa culture. Je ravale cette lâcheté que je m'efforce de ne communiquer à personne.

Martim semble avoir deviné mon inquiétude et me presse le bras d'un geste rassurant.

— Cactus est là, souffle-t-il en français pour me rappeler que je ne risque rien, il n'est jamais loin.

Je sens qu'il s'est retenu d'ajouter « de toi ».

Wendila se tourne à nouveau vers moi.

— On a bien bossé, *né*? dit-elle en embrassant la clairière illuminée d'un large revers de bras.

Les lampions, le petit kiosque au milieu où transpirent les accordéonistes, les tables aux nappes à carreaux... Décidément, le vichy rouge leur appartient davantage encore qu'aux brasseries parisiennes des années cinquante. Martim et Douglas s'éloignent à pas de loup.

Elle me prend la main et m'emmène sur la piste de terre battue.

— Viens, fais-moi danser.

Je n'avais pas vraiment regardé Wendila jusqu'ici. J'aime ses sourcils d'un noir épais et net, ses yeux lumineux.

Sa main glisse un peu dans la mienne, je plaque l'autre dans son dos, contre sa robe de coton pelucheux humide de transpiration, je ne sais pas combien de temps nous restons à danser comme ça, son cou brille et se creuse à la base de sa gorge.

— Je reviens, lui glissé-je à l'oreille alors qu'elle me donne un baiser entre la joue et la commissure des lèvres, zone indécise qui peut tout à la fois être un accident, ou une invitation, à chacun de décider – j'ai déjà dit ce que je pensais du libre arbitre.

En allant uriner contre une souche loin de la fête, alors que mes oreilles bourdonnent encore sous le ciel bas de nuit et chargé d'étoiles, je m'apprête à prendre la seule décision que puisse prendre un garçon à moitié saoul qui vient d'enchaîner les danses lascives avec une jeune fille désirable et pulpeuse.

Il me faut quelques secondes pour réaliser que j'urine sur un pigeon. Mort, semble-t-il, à moins que… Il secoue la tête de gauche à droite, au ralenti : il est sans doute malade. Ou alors drogué, c'est possible ici, un tas de toxicomanes se finissent dans le coin.

Je retourne à la fête, persuadé que Wendila a rejoint ses amies et changé d'avis. Mais en traversant le parking improvisé je l'aperçois au loin qui m'attend, les mains jointes sur la chaîne de son minuscule sac à main. Elle a l'air fragile et docile, presque mal à l'aise, je marche vers elle d'une démarche que je veux assurée, son visage s'illumine lorsqu'elle me reconnaît dans la pénombre et alors…

Tôt ce matin, plus tôt encore que d'habitude, je suis parti surfer. Je voulais oublier Ewander. Pourquoi reproduis-je sans cesse ce même schéma, dans lequel l'immobilité laisse petit à petit les dominateurs m'étouffer ?

Les rues étaient désertes, bien sûr, et, mis à part les quelques bruits de moteurs et de percussions charriés en tourbillon par le vent sauvage (impossible de savoir où se trouvait le chantier dont émanaient ces fracas), j'aurais pu croire, une fois encore, que j'évoluais au milieu d'une photographie minimaliste. Il faisait déjà trop chaud pour que le moindre animal pointe le bout de son nez. Le raclement de quelques épaisses feuilles mortes dérangées par un coup de vent me sort de ma rêverie. D'instinct, je me rapproche du mur d'une maison, le rase, presque plaqué contre la paroi blanche : je me sens observé.

Cette angoisse tenace ne me quitte que lorsque je rame de toutes mes forces pour rattraper une vague ou quand je reprends mon souffle, loin du bord, assis sur l'arrière de ma planche dont le nez pointe hors de l'eau comme un obélisque.

Partir ? Encore ? Mais alors, combien de temps… avant qu'un nouveau fauve ne me pisse dessus parce que je suis sur son territoire ? Et puis, c'est idiot. Ewander est parti, il est peut-être mort, qui sait, dans ce pays de fous où le coup de grâce peut tomber à n'importe quel coin de rue. Quand bien même, s'il était là ? Je ne lui ai rien fait de mal, il comprendrait très bien ma position. Je n'y suis pour rien, je ne lui ai pas réellement pris sa place…

Si ça te rassure de te mentir comme ça, cara.

Une vague plus haute, plus puissante que les autres me porte, me pousse sur quelques mètres, je rame à toute force ; enfin le frisson dans mon échine distille la joie de sentir que je suis pris, porté, emporté, je me redresse sur la planche d'un geste rapide, en m'appuyant un bref instant sur mon genou arrière pour me stabiliser, glisse sur cette pente délicieuse dans un moment d'éternité qui me dépose sur le sable…

En me rinçant à l'eau douce, sous la pomme rouillée et calcaire de la douche entre les *baracas*, j'ai les idées claires : c'est décidé, je ne partirai pas. Je ne fuirai plus. Je me surprends maintenant à apprécier ce silence qui me déstabilisait tant à mon arrivée. Nous sommes une génération de bruit, de rumeur, de tumulte, parce que nous croyons au vide et que nous avons peur. Et au fond, c'est logique : lorsque j'avais peur, là-bas, à Paris, alors que j'étais mort, j'aimais le vacarme qui me dissimulait à moi-même. Maintenant que ma peur est tout entière monopolisée par Ewander, je ne crains plus le silence. J'ai appris à m'y déployer sans chercher à le rompre par les artifices de la parole ou de la musique.

Profitant du calme avant l'éveil de la plage, je me promène le long du rivage, dépasse notre *baraca* et m'avance vers les *jangadas* aux mâts effilés courbés par le vent. Deux adolescents jouent à se poursuivre entre les embarcations, le garçon décide de grimper sur l'une d'elles aux couleurs vives, à la coque vernie d'un vert pur et sylvestre. En s'agrippant au bord pour se hisser dedans, il arrache un morceau du bois et tombe à la renverse, sous les imprécations de la fille qui, sans attendre qu'il se relève, s'enfuit en courant vers la *beira mar*, suivie de près par son ami.

Je m'approche de la barque, intrigué par cette étrange fragilité, et inspecte le morceau de bois abandonné sur le sable : sa face intérieure, non traitée, est vermoulue, presque entièrement moisie. Malgré sa peinture fraîche, ce bateau ne doit pas, ne peut pas avoir navigué depuis bien longtemps…

Cette nuit-là
02 h 56

— Où est le café ? demande le premier, le plus proche de moi, interrompant le flot de mes pensées.

— Sous l'évier.

— Tu as de la cachaça ?

— Du whisky, dans le…

— C'est bon.

Le néon grésille.

Rester lucide, concentré.

Je profite de cette bribe de conversation pour tenter de les émouvoir.

— S'il vous plaît, faites attention à elle, dis-je en la désignant, toute tremblante, entre Martim et moi, elle est enceinte !

— Tu me fais un café aussi, *cara* ! pépie une voix derrière moi.

J'essaie de distinguer son reflet dans la vitre du four.

Son ombre prend toute la largeur de la porte.

— Éteins la lumière, maintenant.

Voilà près d'une heure que Mario, l'entraîneur de boxe, s'épanche, agrippé à mon comptoir comme un chat sur une branche trop haute.

Passé une certaine heure, dans un bar, un homme a tous les attributs d'une plante grimpante.

— La modernité, j'aime de moins en moins... balbutie-t-il. Avant, quand tu ne savais pas quelque chose, tu demandais à tes parents ou à tes grands-parents. Maintenant, tu regardes sur Internet. Résultat : ma fille n'a plus rien à me dire et mes petits-enfants non plus.

— Peut-être du lierre, murmuré-je, ou de la glycine...

— Pardon ?

— Aucun rapport. Quel monde, pas vrai ?

Je ne le ressers pas : il n'a plus un réal en poche.

Tous les autres clients sont partis, Douglas raccompagne une *menina* jusque chez elle, persuadé qu'il dormira là-bas.

Quand un client commence à se plaindre de tout et de tout le monde, je sais qu'il est à un stade d'alcoolémie qui fera obstacle à toute forme de souvenir. Je décide, malgré sa présence, de sortir la recette de la soirée.

C'est une nouvelle précaution destinée à minimiser l'impact financier d'un éventuel braquage: nous plaçons régulièrement les billets dans un sac au milieu des déchets, simplement noué d'un ruban de plastique coloré. De temps en temps, lorsque la recette est exceptionnelle, Cactus ou Martim viennent récupérer le butin en début de soirée. Quoi qu'il arrive, Cactus passe toutes les nuits, après que j'ai quitté la *baraca*: le lendemain, les déchets n'ont pas bougé mais le sac est parti.

Lorsque je sors les poubelles, au milieu desquelles se trouve le sac plastique banalisé, un coureur du soir manque de me renverser, sous les jurons du boxeur appuyé sur mon épaule, qui tire de l'incident un regain de vigueur.

Je suis le gars du regard, Mario reprend son leitmotiv habituel:

— J'aimais déjà pas bien la morale des curés mais cette nouvelle religion du bien-être m'emmerde encore davantage. Nous, la boxe, on fait ça pour le jeu et les copains. Tous ces gars solitaires, à l'esprit vide, qui tournent en rond, focalisés sur leur chrono, leur performance et leur nombril...

— Le monde est un peu comme cette poubelle, Mario, commenté-je, mesquin, pointant du doigt la benne dans l'espoir de relancer une de ses diatribes aléatoires.

À ma grande déception, il ne relève pas, et s'éloigne en bougonnant. Les ravages de l'alcool...

La gorge prise par l'odeur lourde et âcre des déchets qui ont cuit au soleil, je retiens mon souffle ; peut-être est-ce pour cela que mon rythme cardiaque s'accélère.

Malgré la visibilité réduite, je reconnais instantanément la silhouette qui m'observe, là-bas, en bordure du halo de lumière projeté par le lampadaire. Il s'avance à pas lents, les pouces glissés dans les poches de son pantalon, manches de chemise roulées au milieu des biceps :

— *Oi, moço*… Tu m'offres un verre ?

— Bien sûr, *cara, à vontade*, réponds-je, anxieux.

Ewander a maigri – lui qui n'était pas gros –, et ses traits sont tirés, ses yeux cerclés de rouge comme ceux d'un insomniaque.

Je dévisse le bouchon de la bouteille de mezcal d'un coup sec du pouce, il vole, je tends le pied, il rebondit dessus et termine dans le bac.

— Tu n'as plus rien à apprendre de moi…, dit-il, secouant la tête d'un air blasé.

Posée sur le comptoir, la radio crache un *pagode* bien connu du Grupo Revelação : « *Assim, você mata o papai.* »

Ce poste est quasi neuf et paraît déjà mort. Je tends la main pour mettre fin au supplice grésillant, il m'arrête d'un geste.

— Ironique, n'est-ce pas ? Décidément, ce groupe s'y connaît en révélations…

Je n'ose pas lâcher l'éponge trempée qui me ramollit la peau. Je crois qu'elle me rassure, comme le doudou d'un enfant.

Il jette un regard tout autour, admire les vieilles affiches de compagnies aériennes, les bougies fichées dans des bouteilles de gin bleues en rang serré au-dessus du bar, décolle les bras comme pour saisir une immense baudruche, siffle d'un air admiratif et les laisse retomber sur ses cuisses dans un claquement sec, se retourne :

— Dis-donc, tout te sourit, toi ! Depuis que Nilson t'a vendu ses parts…

Je réprime un mouvement de surprise, bien décidé à ne rien laisser transparaître, mais mon cœur tombe au fond de ma poitrine. Je me ressaisis vite, il ne m'aura pas comme ça : je sais qu'il plaide le faux pour avoir le vrai.

Il hoche la tête en silence, comme s'il attendait que j'ouvre la bouche pour me rentrer dedans. Pendant quelques instants, son visage détendu affiche un sourire neutre, entre l'amusement et le mépris. Les crachats continus du poste de radio n'ont pas faibli.

Puis ses traits changent peu à peu, ses rides s'affaissent, son sourire devient mou, son regard se fait glacial, ses lèvres descendent, la bouche en demi-lune et le menton froncé, l'éponge s'essore dans ma main, des gouttes ruissellent à mes pieds, et malgré la chaleur ambiante, je perds quelques degrés.

— T'aurais pu devenir quelqu'un à mes côtés… mais il a fallu que tu me piques mes idées. Nilson a dû bien rire quand il m'a vu arriver, plein d'espoir, alors qu'il comptait te vendre ses parts…

— Ewander, réponds-je, le souffle raccourci, en espérant que mon air de soumission calmera son courroux, je te jure que je n'ai…

— Ta gueule ! Ferme-la, petit con. Je t'avais mal jugé : je te prenais pour un de ces rémoras, ces petits poissons qui nagent dans le sillage des gros pour boulotter leurs restes sans jamais chasser quoi que ce soit d'autre que les miettes ; un de ces médiocres, tellement peureux qu'ils disent amen à tout, incapables de se faire des ennemis… Tu me diras, jusque-là, je ne m'étais pas trompé. Là où tu m'as surpris (il éclate d'un petit rire nerveux) là où tu m'as bien eu, en fait, c'est sur l'ordure qui se cachait derrière ce petit air fragile. Aujourd'hui, tu joues les cadors, tu fais des coups bas à tes amis, tu te prends pour un dur, mais n'oublie pas, *menino* : tu n'as pas toujours été un enculé. Tu as d'abord été un lâche. La lâcheté t'a marqué au fer rouge, peu importent les couches d'agressivité dont tu tenteras de badigeonner ta vie, rien n'effacera ce que tu es au fond : une petite chose, une merde. Et rien de ce que tu fais, les pires saloperies, les coups que tu donneras, rien, tu m'entends ? rien ne transforme un lâche en homme. Tu vis comme un faible, tu mourras comme un faible, même si tu joues les cadors.

Il s'est rapproché de moi, son visage à quelques centimètres au-dessus du mien, le regard haut, implacable, et si je ne bouge pas ce n'est pas par défi : je suis paralysé. Il le sent et lève un poing crispé juste devant ma gorge, déploie vers moi sa main aux doigts longs et crochus, comme une serre, comme pour me dire qu'il a le pouvoir de faire de moi ce qu'il veut, il va faire quelque chose et je ne bouge pas. Tout à coup, un mouvement derrière moi attire son regard, qui devient narquois, peut-être satisfait, il ajoute en reculant d'un pas :

— Je n'ai plus qu'à attendre, maintenant. Bientôt, vous serez essorés. Les coupures d'eau et le reste… Je récupérerai le bar pour rien. Il va falloir tenir la distance, *menino*…

Puis il tourne les talons et part par la réserve.

Douglas, les pieds dans le sable à l'entrée, pétrifié, me regarde… son admiration meurt quand je respire enfin. Je me baisse au ralenti, fourbu, ramasse l'éponge dégoulinante à côté de mes pieds ; il croit peut-être que cette flaque est de moi.

À cet instant, je comprends tout à la fois que Douglas ne travaillait pas que pour l'argent, qu'il avait foi en moi, que le charme est rompu, qu'il va m'abandonner.

Le narcissisme est comme une montagne à conquérir. On veut être vénéré de ceux que l'on vénère. On cherche partout l'amour absolu, total, de quelqu'un qui nous connaîtrait autant que nous nous connaissons nous-mêmes, quelqu'un à qui donner, se donner sans mesure… Mais ce besoin despotique est insatiable par nature ; il nous fait mépriser les gens qui nous admirent, et détester les autres parce qu'ils nous dédaignent…

Dans ma course frénétique aux sommets de l'ego, toutes les personnes que j'ai rencontrées ou presque m'ont déçu. Ce que je réalise, à présent que Douglas s'éloigne de moi, c'est que j'ai dû moi aussi décevoir toutes les personnes que j'ai rencontrées.

Un concert de cigales accompagne la montée du soir. Je remue légèrement sur le transat de notre terrasse... chez nous. Chez moi.

Même le souffle tiède du vent qui m'effleure l'arrière de la tête est frissonnant. J'y passe une main, caresse la bosse du crâne et la nuque, rugueuse comme du papier de verre ; ce geste me donne du courage. Cette caresse à moi-même, rassurante, se prolonge. Absorbé par la contemplation du manteau noir de la nuit, je passe une main sous mon t-shirt, sans réfléchir, toujours surpris par ce corps sec et sculpté que la vie d'aventurier m'a donné pour remplacer ce début de bedaine confortable de sédentaire.

Martim me rejoint sur la terrasse éteinte, face au bleu profond et infini de l'océan bombé qui, là-bas, reflète la lumière d'un disque pâle. Il me tend une bouteille de bière glacée, déjà ouverte, décapsule la sienne.

— Tu ne m'as jamais demandé pourquoi on avait rompu..., dis-je, lorsque le silence est devenu assez long pour accueillir un sujet de fond.

Il sort la petite lame de rasoir de son pendentif de cuir, coupe le bout d'un cigare ; je m'éclaircis la voix :

— Pourquoi Sarah m'a largué, rectifié-je, avant qu'on se retrouve, toi et moi.

Dit comme cela, on peut croire au destin… Je réalise alors que j'ai cessé de regretter Sarah.

Il allume sa vitole avec le briquet à mèche d'amadou.

— Mmmfhh, fait-il alors que le cigare tourne sur son axe, au fur et à mesure qu'il braise, je me suis dit que ça t'appartenait…

Un nuage de fumée l'enveloppe un instant, il s'assied sur la chaise de métal au dossier torsadé, renverse la tête en arrière.

— … et que tu m'en parlerais quand tu serais prêt.

Il me tend le cigare après seulement une bouffée.

— Je n'ai jamais vraiment été un homme, pour elle.

Je n'ai jamais été un homme, tout court.

Je tente un rond de fumée imprécis.

— Ou alors, peut-être qu'au bout de la léthargie de l'esprit, du confort bourgeois, j'ai juste cessé de l'être…

Une voiture démarre dans la rue derrière nous. Pendant quelques instants, Martim reste silencieux. Je ne distingue que la moitié de son profil, illuminée par l'éclairage de la maison, à quelques mètres. Ses yeux brillent. Il semble froncer les sourcils, et s'éclaircit la voix :

— Elle n'est sûrement pas sans responsabilités… Quand tu vis aussi longtemps avec quelqu'un, tu ne peux pas lui reprocher ce qu'il est devenu car c'est la personne que tu en as fait. Un vrai homme a besoin d'une femme, d'une vraie femme pour se révéler.

J'attendrai donc qu'une vraie femme me donne le courage d'avouer l'humiliation subie de la part d'Ewander.

— Douglas m'a dit, pour Ewander…, murmure-t-il, comme s'il lisait dans mes pensées. Je te dois des excuses.

— Comment cela, des excuses ? Mais c'est moi qui…

— Ewander est venu voir Nilson, l'autre jour, pour lui faire une proposition…

— Et Nilson lui a dit que je prenais sa place ?

— Non, ça, il l'aura deviné tout seul. Nilson a simplement refusé. Mais c'était à prévoir et j'aurais dû t'en avertir.

Les dernières paroles d'Ewander me reviennent à l'esprit.

— Je crois que je sais d'où viennent les coupures d'eau.

— Des amis d'Ewander ?

— Oui. Il m'a fait une remarque, en partant.

Dans la pénombre, je vois ses dents briller : il rit silencieusement.

— Saul, je sais depuis le début d'où viennent les problèmes. Les intimidations, les emmerdes dans la favela… Jussara me tient au courant. Je doute qu'il ait l'initiative, il se vante à peu de frais : il connaît simplement quelques instigateurs ! Les promoteurs aiment distribuer les pots-de-vin pour voir où ça mord…

— Pourquoi ne m'en as-tu rien dit ?

— Au début, tu n'étais là que pour deux semaines, je n'ai pas voulu t'inquiéter, puis… Il y a beaucoup de choses que je dois t'avouer. Peut-être est-ce le moment…

Il pose sa bière, prend une longue inspiration ; je sens toute la difficulté qu'il a de confier tout ce qu'il y a d'intime, alors, peut-être un peu vite, je l'interromps :

— Cactus t'a trahi ?

Il pouffe.

— Quoi ? Non ! Qu'est-ce que…

— J'ai remarqué qu'il était moins proche de toi, ces derniers temps…, fais-je, déçu et un peu honteux. Et puis, nul ne sait où il va ni d'où il vient, qui peut dire qu'il ne t'a pas trahi ?

Martim fait non de la tête, les yeux vers la mer et laisse s'échapper de longues secondes pour marquer la solennité de son discours.

— J'étais en vacances ici, quand Nilson nous l'a ramené pour la première fois de la Guaramiranga, la montagne noire du fond du Ceara. Je devais avoir huit ou neuf ans. Il est un peu… autiste. Il refusait de dormir dans une vraie chambre, à la *fazenda*, alors on l'a installé au-dessus des écuries…

Absorbé par le concert de grésillements du crépuscule et le goût du houblon frais dans sa gorge asséchée, il laisse sa phrase en suspens quelques secondes, comme pour tester mon attention avant une longue histoire. Puis il reprend :

— Son vrai nom est João Guimarães Diadorim, il est né pendant la veillée de Noël, dans le *morro* le plus pauvre, le plus humide et le plus sale de Manaus. Mais ça, comme son vrai prénom, la plupart des gens l'ignorent. Il était très secret, alors, Nilson a enquêté… Sa mère Janeila et sa grand-mère étaient des marginales, à Manaus. On les traitait de sorcières. Le père, personne n'a jamais su qui c'était. Elle n'avait pas d'amoureux, c'est sûr. C'était peut-être un rapport pas tout à fait consenti pour elle… Ce qui est sûr, aussi, c'est qu'en le voyant si laid sortir de ses entrailles, Janeila a pris peur et s'est enfuie. Les gens aiment les rumeurs, alors la *fofoca* s'est emparée de cette histoire. On a dit qu'il était le fils du diable. C'est la grand-mère qui l'a élevé, lui a appris l'art des potions : où trouver les bons cactus aux vertus médicinales et comment préparer la *jurema*, la substance hallucinogène des chamanes amazoniens. Quand elle est morte, il est parti sur les routes desséchées, a traversé le *sertão* à l'arrière d'un vieux camion, et s'est retrouvé près de chez nous… Il ne parlait pas, même pas pour dire son prénom… Je sais qu'il est un peu bizarre, mais il est d'une loyauté sans faille. Alors j'essaie de le lui rendre comme je peux. Il est comme un frère…

Ce que Martim n'a pas besoin de me dire, c'est que Cactus lui est dévoué corps et âme : il mourrait pour Martim, et je pense que Martim en ferait autant pour lui.

Vite, changer de sujet.

— Il faut qu'on parle de prix, pour ces fameuses parts…

Il a l'air apaisé, soulagé maintenant.

— Rien ne presse. Lorsque la *baraca* tournera toute seule, nous pourrons nous attaquer ensemble aux choses sérieuses.

Je balaie d'un geste les hauteurs de la favela, là-bas, le quartier de l'ancienne épicerie, la petite place au loin et les bâtiments environnants.

— J'ai des économies. Je peux t'aider à financer la rénovation des maisons…

— Tu pourrais bien m'aider. L'arrivée d'un nouvel investisseur permettrait peut-être de convaincre enfin mon père de s'intéresser au projet. Dans ce cas, tu aurais également des parts de l'épicerie, ou de logements dans cette zone…

Il se lève, me presse l'épaule d'une main confiante et marche à pas lents en direction de la maison. Les choses sérieuses : l'épicerie, là-haut. Les habitations alentour. Les terrains de la famille.

Alors qu'il s'éloigne, une phrase implacable me revient, comme un écho glacial étouffant dans mon cœur la joie qui se fait jour :

Tu n'as pas toujours été un enculé. Tu as d'abord été un lâche…

Qu'est-ce, au fond, qu'être un homme aujourd'hui ? Qu'est-ce qu'en être un… tout court ? Je sais à cet instant que je n'en suis pas un, je le comprends une nouvelle fois à ce moment, à cause d'Ewander – ou peut-être grâce à lui. Il me livre aux pensées qui m'étouffaient là-bas : je n'en suis pas un. Peut-être à cause du confort qui castre celui qui s'y abandonne. La modernité m'appelle, m'amollit, m'émascule. Je n'ai jamais connu le froid, la faim, la guerre, agi avec violence ni montré de courage. Je n'ai rien décidé ni jamais rien choisi. Peut-être est-ce cela, que d'être un homme, au fond : décider. Assumer. Fier, responsable et droit. Car enfin, quoi que j'écrive à Claire, quoi que je me dise à moi-même, rien de ce qui a mené mes pas jusqu'ici ne fut le fruit d'un choix de ma part : je n'ai fait que passer par des portes ouvertes. Prendre enfin des décisions, plus radicales, plus fortes, qui effaceront d'un coup mes errances passées... Et quitter le confort qui engourdit mon âme et alanguit mon corps.

— Comment ça, toujours pas venu ? Voilà deux jours qu'il est censé nous livrer…

— Il dit qu'il n'en a même plus pour lui, *chefe*, répond Douglas en se tortillant les doigts.

Les Brésiliens et leur respect des délais…

— Rassure-moi, tu avais versé un acompte ?

— Bien sûr, comme à chaque fois…

Satanas ne m'a jamais fait défaut. S'il ne fournit plus d'alcool, aujourd'hui, à trois jours de la soirée qui célèbre mon entrée au capital…

— Il a dû lui arriver quelque chose, murmuré-je.

— *Chefe*, tu sais très bien ce qui est arrivé…

— Que veux-tu dire ?

— Eh, Saul, tu sais bien que c'est un coup d'Ewander, il a le bras long, tu le sais ! Il a *l'união* dans la poche, il peut contrôler les débits…

— Bien sûr que non. Il a disparu, il a peur de Nilson, de Cactus… Et alors, quand bien même ce serait lui, que veux-tu que j'y fasse ? Je n'en aurai jamais la preuve. Dans deux, trois jours au plus, nous serons à sec…

Satanas aura ma peau à force de me stresser comme ça.

— Qu'en dit Seu Martim ?

— Je l'ignore. Il est très pris en ce moment.

— Jussara et lui sont très proches…

— *Talvez*, oui.

Douglas me regarde avec insistance.

— J'irai voir Satanas après le déjeuner.

Pour la forme. Bien sûr que Satanas n'y peut rien. Si je n'ai plus que des jus de fruits à servir, autant mettre la clé sous la porte. Après la défection des pêcheurs, c'est le coup de grâce. Au bout de quelques semaines, quand la *baraca* nous coûtera trop cher, Ewander réapparaîtra en position de force, nous fera une proposition dérisoire. Il aura gagné.

Je décide de passer le reste de la journée chez Wendila, dans ses bras sucrés où le flot de mes pensées s'interrompt. Je n'écoute pas pour autant ses espoirs post coïtum, ce besoin d'affection, comme une supplique. Je ne lui réponds pas. *Non je ne t'emmènerai pas en Europe, non je ne te ferai pas d'enfants blonds… D'ailleurs, tes gènes seront trop forts pour ma blondeur perdue : le seul moment où ils me ressembleront, c'est lorsqu'ils seront chauves. Et pourquoi parler au futur ?*

Ewander avait raison : j'ai beau être devenu un enculé, je suis resté un lâche, un pleutre qui se délasse en enlaçant sans jamais embrasser avec le cœur – d'ailleurs, en ai-je un ?

Je regarde le plafond de la chambre de Wendila, tout sale, tout laid. Il me fait repenser à tout ce qu'on maquille ici, les *jangadas* moisies repeintes et revernies, les voitures rutilantes aux moteurs déglingués… L'extérieur de la maison passe encore, mais dedans… Ça ne coûterait pas grand-chose d'envoyer un gars de Martim lui refaire l'endroit à neuf, quelques centaines de réals, vu l'état du bouge, un rien le transformerait, seulement voilà, cela sonnerait pour ainsi dire la fin de ma licence de célibataire, et, pire encore, je ne pourrais plus…

— Saul ! *Chefe ! Tem problema na baraca !*

— Douglas, bordel, débrouille-toi ! grogné-je à travers le mur de briques rouges.

— *Vem*, s'il te plaît *chefe*, le problème est bien grand !

Wendila me dévisage, l'air inquiet mais résigné. Ses yeux me disent d'aller voir ce qu'il veut. Elle ne bougera pas, ne bougera même *jamais*, ce qui décuple mon agacement.

Les lattes du mauvais sommier craquent lorsque je me lève, après avoir, d'un geste bien trop amoureux pour mes vagues sentiments, embrassé l'épaule lascive d'une Wendila offerte, déterminée à m'attendre pour l'éternité sur ce petit lit d'une chambre étriquée d'un taudis riquiqui d'un village minuscule.

Une brise légère et surprenante me fait frissonner :

— De quoi s'agit-il ? Et qui tient le bar, en ton absence ?

Il ne répond rien, dessine un geste d'impuissance et me fait signe que le temps presse.

— Je suis entouré d'incapables, dis-je en enfilant mon t-shirt, soupirant sur le seuil de la porte de fer rongée.

Il me laisse marcher devant et me suit de droite et de gauche dans la ruelle pisseuse sans jamais me dépasser, toujours sur mes talons comme un chien qui aurait aperçu un morceau de viande dans mes mains, muet comme si le problème était trop complexe à expliquer. Le morne est silencieux comme souvent le soir, le sifflement du vent à peine interrompu par l'explosion de maigres feux d'artifice dans le haut de la favela, lancés par les dealers pour indiquer à leurs clients qu'ils ont reçu une nouvelle cargaison.

Dans l'obscurité, je distingue mes pieds nus dans mes claquettes informes, sur les mauvais pavés du bas de la favela, vers le centre, là où les soirées arrosées laissent les rues jonchées de morceaux de verre coupants et de capotes usagées.

Nous prenons la *beira mar* et, dès que je quitte l'abri des murets, le vent fort de la plage me fait presque perdre l'équilibre.

— Alors, hurlé-je à mi-parcours, pour couvrir le souffle du vent furieux, dis-moi, *fala, porra*!

— Beh, ce sont deux… un jeune type qui n'est pas d'ici. Il accompagne Ewander…

Mon cœur tombe au fond de ma poitrine.

Il a juste eu le temps de prononcer ces mots à voix basse alors que nous passions au large de la benne sous le lampadaire, au bout du chemin vers le lagon.

Douglas, petit fumier: tu as attendu que je sois tout près du but pour me prévenir. Tu aurais pu me le dire là-haut, lorsque j'étais dans la maison, j'aurais trouvé une excuse pour te laisser seul avec lui… Si je tourne les talons maintenant, je perds la face.

La supérette de Satanas est fermée mais encore allumée, quelques bruits retentissent, des éclats de rire surtout. Les ruelles vides ont laissé l'intérieur des maisons abriter la vie, j'aimerais tant croiser une tête connue, un renfort…

Le souffle raccourci, j'emplis mes poumons dans une inspiration désordonnée, quitte la *beira mar* pour le sable, en tournant bien à gauche pour agrandir l'angle de vue sur l'ouverture de la *baraca* côté plage.

De l'endroit où je suis, caché dans la pénombre, j'aperçois Ewander dansant sous les lampions, avec un complice en maillot de bain, manifestement soûls. Ewander parle fort, la bouche à quelques centimètres de la tempe de Jônidep qui reste immobile, la guitare à la main, interdit, les yeux mi-clos.

— Ici, c'est chez moi, j'ai fait ce bar, crie-t-il aux oreilles de mon musicien qui ne comprend rien de ce qui lui arrive.

Son complice a arraché la guitare des mains du pauvre chanteur et tente quelques accords mais il est trop ivre, ou trop nul, ou les deux, je rebrousse chemin par la droite, retourne à quelques pas de la benne, dans l'ombre après le lampadaire, ils ne m'ont pas vu ; je les perds moi aussi de vue, cachés qu'ils sont par la *baraca* dont je distingue à peine l'affiche encore fraîche : *Ponto da Maresia*.

Prévenir Nilson ou aller chercher Martim ? Plus le temps.

Je reprends ma marche, déterminé, mon arrêt a duré une fraction de seconde, une hésitation, maintenant je sais où je vais en pilote automatique, j'entre dans la *baraca* par l'arrière, la réserve, les poubelles. Je sais ce que Nilson a laissé là après notre précédente mésaventure, dissimulé derrière les planches de surf, sous la pile de sacs de farine complète, dans un sachet de congélation.

Une bouffée d'air chaud m'assaille lorsque j'ouvre la porte. La réserve empeste l'encens que Douglas avait cru intelligent de faire brûler pour « tamiser le fond de l'air », comme il dit, et l'agacement produit par cette pensée pénible me donne, un court instant, un zeste de courage.

L'objet est plus lourd que dans mes souvenirs, ma main moite glisse sur le canon d'acier chromé qui contraste avec la crosse rugueuse, j'ai des remontées acides et la bouche en coton. Douglas ouvre grand les yeux mais ne dit rien, je longe le comptoir sur lequel la radio toussote un mauvais *samba*, avance jusqu'au bord du plancher surélevé qui donne sur le sable, face à la plage. Ils sont de dos, j'arrive vers les deux types, Ewander se retourne et lève la tête vers moi, un court instant ses yeux se plissent, les coins de sa bouche se relèvent et ses joues se rident mais son air victorieux s'éteint du même mouvement lorsqu'il voit dans mes yeux révulsés que j'ai peur, la peur du gars qui peut tirer par accident, que mon regard exprime cette angoisse instinctive de celui qui est sorti de sa zone de confort et ne sait plus ce qu'il fait, celui qui ne maîtrise plus rien, paniqué, et peut craquer d'une seconde à l'autre, et ce sont exactement les mots qui sortent de ma bouche tremblante et déformée :

— Je pète un câble à tout moment, je... je ne sais pas du tout, là...

J'ai balbutié avec la voix d'un autre, blanche et plate, Ewander ricane, éblouissant de maîtrise dans son ébriété, hésitant entre le triomphe et un sarcasme faux, les percussions se confondent avec le battement de mes tempes et l'autre, le jeune, lève les mains et s'arrête dans une position courbée comme s'il allait s'allonger à terre :

— On se barre, calme-toi, pardon, pardon ! dit-il très vite.

Mais une curiosité malsaine et démiurgique s'est emparée de moi, comme si une main invisible et puissante tirait les ficelles de mes articulations, comme si j'étais sa marionnette, une curiosi…

— Putain ! je te jure *cara*, on s'en va, promis ! hurle le type.

Il met un genou à terre. Ewander n'a pas bougé, il rit toujours plus fort. Son ami s'allonge, les doigts écartés, et même Jônidep lève les mains comme si je le tenais en joue, stupide et incrédule, toujours paralysé sur son haut tabouret. Mon index ne quittera pas cette détente sans l'avoir pressée le plus fort possible, comme si j'enfonçais un clou avec un seul doigt… Le coup part, affreux, traumatique, les oreilles sifflent. Je sursaute, je visais à côté de lui. La balle est partie se planter dans le sol derrière, soulevant une gerbe de sable. C'est passé juste au-dessus de sa tête.

Je crois que j'aurais pu tirer dans son front, posséder la vie, sa vie, ouvrir son cuir chevelu, pulper son crâne et toutes ses pensées, tous les souvenirs baignant dedans comme une salade de fruits rouges… Tout le sens d'une existence à la merci de mes empreintes digitales, de la pression la plus légère de l'index de ma main droite… Enfin Ewander semble avoir repris ses esprits.

Une main épaisse et calleuse se pose sur mon épaule, presse doucement mon trapèze en un geste apaisant, longe mon bras, attentive à ne jamais rompre le contact, comme si j'étais un fauve, « c'est moi, mon frère », glisse jusqu'au pistolet tremblant, le saisit. Il se place à côté de moi, tient le pistolet braqué sur Ewander. Je suis épuisé, vidé, l'œsophage brûlant.

— Quoi qu'il soit en train de se passer, ça prend fin ce soir, articule Martim d'une voix calme, froide et grave, détachant chaque mot.

— Tu veux jouer les voyous, petite salope, répond Ewander en me regardant droit dans les yeux, tu te donnes des airs, mais je te l'ai déjà dit : tu es trop lâche. Les gens te montrent du respect par crainte de Nilson et Martim, mais toi, toi tout seul, tu n'es rien. Tu ne tirerais pas sur un chien s'il menaçait ta femme. Enfin, ta femme… C'est la femme de tout le monde, te crois pas le premier, t'es passé après moi et pas mal d'autres ici !

— Ewander, reprend Martim qui s'est interposé, le patron du bar d'à côté m'a appelé, il y a quelques instants. Je sais tout.

— Tu m'étonnes que tu sais, connard !

Il tourne vers moi des yeux écarquillés, prêt à mordre.

Un instant de flottement, Martim a un mouvement de recul, son regard bouge très vite, puis :

— Tu as le droit de partir, libre, maintenant. Mais si tu remets les pieds à Libânia, Cactus te terminera.

Il n'a pas simplement dit « *vai te matar* », comme c'eût été logique, mais bien « *vai acabar com você* », « en finir avec toi », et si les mots sont moins forts, leur impact est plus grand. Un silence tendu s'installe, rythmé par le *samba* lointain et les vagues, tout près.

Après m'avoir craché dessus sans m'atteindre, Ewander s'en va par la plage et disparaît dans la nuit. Le jeune gars merdeux commence à se redresser mais Martim l'arrête net :

— Qui t'a dit que tu pouvais te relever, *muleque* ? Reste au sol.

— Je te jure, pardon, promis, c'était idiot, je ne suis même pas d'ici…

— Tu vas me dire où tu habites. Qui tu fréquentes. Où tu vas, ce que tu fais. Tu vas devoir me prouver tout ça, dit Martim en allumant un cigarillo de sa main libre. Il me faut une adresse, une famille, des gens qui peuvent endosser la responsabilité, tout ce qui permettra à mon cousin Nilson et à ses gars de te mettre dans un trou au moindre écart.

Et le complice fond en larmes, il donne un numéro de téléphone. C'est le frère du gars qui répond. Martim abaisse le chien du pistolet, le cliquettement mou n'est pas celui des films.

— Tu n'as pas compris : j'appellerai ta sœur, ta mère ou ta grand-mère. Si j'ai le moindre mec au bout du fil, les choses vont se terminer pour toi !

Et le type donne un autre numéro, Martim appelle et semble satisfait de la voix qui répond.

— Tu sais, *cara*, dit Martim après avoir raccroché, toujours calme, mon ami Saul est très curieux, très empressé de savoir ce que ça fait de foutre en l'air quelqu'un. Tu l'as vu toi aussi.

Les jambes frénétiques, les bras nerveux, le gars semble pris d'une crise d'épilepsie que seule dément l'expression figée de son visage tout blanc.

— Tu sais à qui appartient ce bar ? reprend Martim d'une voix aérienne.

Le type fait oui de la tête.

— Dis-le-moi.

— À toi et à lui… et à Seu Nilson.

— Bien. Ce n'est pas le bar d'Ewander. Ewander n'a jamais rien possédé de sa vie.

Il prend une profonde inspiration et c'est le moment que choisit Cactus pour faire son entrée. Il a dû s'assurer qu'aucun complice ne traînait aux abords de la *beira mar* et qu'Ewander était parti.

Il me jette un regard dédaigneux et s'approche de Martim, qui lui confie l'arme et va relever le gars. Dans l'autre main de Cactus, la machette qui sert à couper les noix de coco. Il a l'air d'avoir manié ce *facão* toute sa vie. Il ne tremble pas mais je sens que ça le démange, de temps en temps, ses petits yeux en olives noires se plissent et il frissonne, comme s'il visualisait les coups qu'il pourrait porter au gars.

— Je vais larguer ce connard chez sa grand-mère, j'emmène Douglas. Cactus reste dans les parages, du côté de la plage, et moi je reviendrai te chercher après, glisse Martim, paisible et conciliant comme si j'étais en deuil.

Je reste seul debout dans ce bar qui jusqu'ici était un rêve. Les vagues se fracassent de plus en plus fort sur le sable.

La vue de Jacaré au bord du plancher de bois me tire de mon voyage immobile.

— Il va falloir que nous réglions ces problèmes de voisinage..., dit-il d'un air malicieux, alors que je me redresse d'instinct, presque au garde-à-vous.

— Tout va bien, cher ami, je viens en allié !

Il porte un costume de coton gaufré à rayures bleues, retire son chapeau mou de Panama et s'accoude au comptoir.

— Ewander m'a souvent parlé de ce nouveau mezcal fumé qu'il ne sert à personne...

Toujours incapable de dire le moindre mot, je contourne le bar et saisis la bouteille.

— Vous n'allez tout de même pas me laisser boire seul ? dit-il en désignant le verre que je tiens à la main. Allons, vous en avez bien besoin, mon ami. Saul, c'est bien ça ? Du Portugal ou bien de France ?

— Eh bien, commencé-je d'un ton fragile, toussotant avant de reprendre d'une voix un peu plus grave et assurée, ma famille est du Douro, mais j'ai toujours vécu à Paris...

— Jusqu'à présent. Ça vous manque ?

— Pas tant... mais je vais sûrement rentrer bientôt, m'empressé-je d'ajouter comme une supplique.

— Rien ne presse, et encore moins maintenant que tes problèmes vont enfin se terminer.

Bien sûr, je ne comprends pas, relève à peine ce tutoiement soudain, j'ai envie de lui répondre que mes problèmes ne font que commencer, qu'Ewander ne me lâchera jamais mais les mots restent bloqués, pas dans ma gorge, peut-être même pas dans ma tête car je ne suis plus assez lucide pour formuler une pensée et Jacaré, qui a maintenant compris qu'il devrait faire les questions et les réponses, n'en attend pas plus de ma part.

— Quand tu es arrivé, ou plutôt, quand tu as pris la place d'Ewander, je pensais que tu ne tiendrais pas deux jours. Ewander m'a très vite informé qu'il comptait vous faire mettre la clé sous la porte en un rien de temps. Et même sans ça, un *gringo* égaré d'une ville européenne... Ici, tu n'avais aucune chance. Mais tu as réussi...

— Ewander vous a dit ça? demandé-je, libéré, comme si son apparente bénédiction sur ma présence ici m'autorisait enfin à répondre.

— Ewander...

Il semble méditer, fait tourner le chaton d'une affreuse chevalière autour de son annulaire et reprend :

— Ewander nous a fait beaucoup de promesses, à l'*união* et à moi-même... beaucoup de promesses. Maintenant, j'ai compris qu'il ne les tiendra pas.

Il se tait encore, espérant sans doute que je l'interroge, mais ma confiance ne va pas jusque-là, aussi finit-il sans encouragements :

— Tu pourrais peut-être les tenir à sa place...

— Je pourrais, c'est possible... mais Ewander va s'opposer à ...

— Ewander va s'opposer..., répète-t-il, souriant, toujours dans ses pensées. Je peux peut-être y remédier. J'ai peut-être une solution à ton... problème.

Il s'interrompt encore. J'ignore si, à ce moment, je reconnais en lui Méphistophélès ou si je suis simplement trop pétrifié pour prononcer un mot, mais il finit par accepter de faire seul tout le chemin.

— Vois-tu, à défaut d'avoir des parts dans un projet gigantesque – puisque ta *baraca* ne s'agrandira pas et que je devais en financer les travaux –, et tu n'as pas idée des espoirs que j'avais... Bref, je me retrouve avec une concurrence accrue. Je veux que tu me laisses les soirées de fin de semaine, les trois derniers jours : *sexta, sábado* et *domingo à noite*, tu fermes le bar. Tu peux ouvrir un bar en haut, dans le *morro*, là où Martim a des maisons, mes clients n'y viendront pas et mes bars sont trop chers pour les gens de là-haut. Tiens, je pourrai même t'aider à l'ouvrir. Et puis, d'une pierre deux coups : cela évitera à toute la favela de descendre, de traîner sur la plage et d'effrayer mes touristes... Le *morro, cara*, c'est l'avenir pour vous et Martim le sait. Je ne serai pas dans vos pattes, là-haut, ce sera votre royaume, vous pourrez rénover, prospérer...

Les paroles que je m'apprête à prononcer sont peut-être les plus difficiles que j'aie jamais dites. Pour la première fois de ma vie, je pousse mon avantage et ose :

— C'est-à-dire que... j'ai déjà organisé une soirée qui doit avoir lieu dans deux jours...

Il feint d'être surpris, pour bien me signifier le poids de cette concession, garder son avantage, et désigne le petit transistor qui laisse couler son *sam ba* faiblard :

— J'espère que tu as prévu un meilleur matériel de sono...

Il rit seul. Je plisse le menton, sourcils relevés, tendus. Devant mon air de mendiant, il lâche :

— Elle aura lieu, c'est d'accord. Mais après... (Il mime un coup de clé dans une serrure d'un geste du poignet.) Je sais aussi que tu n'as pas d'alcool pour cette soirée.

Il décèle la lueur d'espoir qui jaillit de mes yeux et fait un geste de la main comme pour chasser de la fumée, riant :

— Je ne vais pas non plus te donner mes réserves ! Et puis, mes bouteilles sont trop chères pour toi. Mais j'ai une solution alternative, en cas d'urgence, et...

Il se penche vers moi pour me tendre un petit papier déjà prêt qu'il tire de sa poche.

— Bien sûr, désormais... tes ennemis deviennent mes ennemis.

J'essaie de maîtriser mon tremblement.

Il conclut, sans que ce soit nécessaire, sur cette phrase qui pèse au-dessus de nos têtes depuis un long moment :

— J'ai une façon particulière de traiter mes ennemis.

Cette fois-ci, je n'y échapperai pas : il veut que je m'exprime. Avec des mots. Le bas de mon dos ruisselle de transpiration. Je passe la main sur mon crâne râpeux, laisse passer quelques instants, dans un état second, la cervelle engourdie et le cœur emballé.

— *Tá bom*, dis-je d'une voix sans timbre, si nos ennuis disparaissent... et puis on ne sait pas... peut-être qu'un grand projet se fera ici, peut-être que… vous pourriez y prendre part…

Nos verres s'entrechoquent plus fort qu'il ne faudrait, et mes doigts sont poisseux d'alcool.

Pas aussi poisseuse que ton âme, cara.

Cette nuit-là
03 h 04

Le tic-tac de l'aiguille qui frotte contre la vitre de l'horloge.

Des bruits de pas rapides, on piétine dans le salon à côté ; une troisième personne arrive, je distingue la silhouette dans l'embrasure de la porte, elle avance vers la lumière, les yeux sont des trous d'ombre mais je reconnais ce visage, ce n'est pas possible, ça ne peut pas…

Mon estomac se charge de béton, remonte jusque sous les côtes et me blinde le plexus, m'acidifie l'œsophage, me gonfle la gorge déjà encombrée de battements de cœur désordonnés tellement violents que ma tête résonne… Tout redescend plus bas, trop bas, je ne maîtrise rien, chaud le long de la jambe, entre les couilles, sur le sol.

— Porra, cette tapette s'est chié dessus !

Le gars du café rigole, la silhouette s'avance, je comprends pourquoi nous sommes là, ce soir je serai mort.

Parce que j'ai vécu comme un enculé, je mourrai comme un lâche.

Nous arrivons à l'entrée de la ville voisine. Les pneus dérapent sur le bitume encore frais, le casque de Douglas heurte l'arrière du mien.

— Prends à gauche, au prochain croisement ! crie-t-il pour couvrir le bruit de l'antique moto-cross.

Je peine à débrayer avec mes claquettes, il m'avait conseillé de les retirer ou de mettre des souliers – bien sûr, pour ne rien perdre de mon autorité, je ne suis jamais ses conseils, bons ou mauvais –, nous arrivons en vue de la poissonnerie tout de blanc carrelée qui fait l'angle avec le rôtisseur de poulets aux hormones ; elle est ouverte, avec ses glacières en polystyrène défoncé, je tourne à gauche.

La rue n'est pas goudronnée ni pavée, c'est maintenant de la terre battue gondolée de trous, un vrai tape-cul, je prends un malin plaisir à faire faire des bonds à Douglas derrière moi sur la selle. Heureusement qu'il y a un coffre arrière pour le retenir et l'empêcher de tomber à la renverse. Les maisonnettes s'espacent de plus en plus, d'abord séparées par d'étroits passages, puis par des ruelles, enfin ce sont de vraies habitations individuelles, qui deviennent de plus en plus rares au fur et à mesure que nous passons les intersections. Nous sommes maintenant en pleine nature, vers le bord du *sertão* aride et encombré. Enfin, la main de Douglas me presse l'épaule, au début je ne vois rien que des *juazeiros* au tronc frêle, un peu bas, puis j'aperçois un petit entrepôt qui semble à l'abandon, dont le rideau de fer a été abaissé.

Sur le fronton bleuâtre, je devine plus que je ne lis une inscription vert pomme à moitié effacée : *Matériel de construction.*

— Tu es sûr de toi ? demandé-je à Douglas en arrêtant la moto.

— Cent pour cent, c'est là !

Il enlève son casque et me le met entre les mains, descend de la moto trop haute, manque de trébucher sur une vieille caisse renversée et part faire le tour des lieux.

Il reparaît quelques minutes plus tard, l'air surpris, et fait non de la tête.

— Je ne comprends pas. Le gars de Jacaré m'a dit que c'était toujours ouvert, même le dimanche, même le soir de Noël, c'est même pour ça que sa femme s'est barrée avec son…

— Et là, il n'y a personne derrière ?

— Personne. La maison est fermée, volets, porte, rien qui traîne dehors, comme s'il n'y habitait plus.

Je réfléchis quelques instants.

— Jacaré n'a pas de raisons de me mentir… Essaie l'autre planque. Ce serait plus logique, elle est mieux dissimulée.

Nous repartons par un chemin de traverse, dépassons un hameau de cabanes indigènes comme on en voit de temps en temps dans la *caatinga*, sèches et isolées.

Des poules en liberté picorent les détritus au milieu de jouets de jardin en plastique pâle.

Au détour d'un sentier, Douglas me fait arrêter pour pisser contre un mur de briques en ruine. Je détourne le regard – il y en a que ça bloque.

De l'autre côté, vers la droite, tout au fond, un mouvement attire mon œil, vif et nerveux, qui se détache de l'inertie ambiante.

Je mets quelques secondes à réaliser qu'il s'agit d'une bagarre et quelques secondes encore pour comprendre qu'en fait de bagarre, c'est un passage à tabac : trois Indiens rachitiques, à moitié titubants, debout en demi-cercle contre un vieux cagibi, rouent de coups de pied un homme à terre. Recroquevillé, en position fœtale, l'homme tente de maintenir les coudes contre ses côtes et les mains sur son crâne.

Pas un son, pas un cri ne paraît passer leurs lèvres, les trois sont d'un calme religieux, concentrés sur leurs gestes. La victime aussi reste silencieuse, de loin je devine juste les râles et les expirations, les halètements.

Les trois redressent soudain la tête, comme s'ils avaient entendu un bruit dans la grange à côté. L'un d'eux tourne la tête vers moi, j'ignore s'il m'a repéré, son regard reste comme suspendu dans ma direction ; j'ouvre les mains, les paumes devant moi, pour dire que je n'ai rien à voir là-dedans et fais mine de regarder devant moi, mais je les garde dans le coin de l'œil.

Leur proie a profité de ce court répit pour ramper de quelques coudées, les gars se précipitent. L'un d'eux saisit un objet long, peut-être un râteau, et laboure le dos de la victime qui change de position, redresse le buste en se tenant le dos, l'un des bourreaux en profite pour asséner un énorme coup de pied, de tout son élan, dans le menton du gars. Il se raidit subitement, d'une rigidité tétanique, les bras droits comme un automate, et perd conscience, le nez dans la terre sèche.

— *Chefe. Chefe*? murmure une voix hésitante derrière moi, j'ai dit aux types qu'on arriverait dans dix minutes…

Sans rien dire, je remets mon casque et démarre la bécane d'un coup sec. Ils n'ont pas fait un mouvement vers nous.

Il l'a sûrement cherché.

Nous arrivons en vue d'un petit hangar bleu qui correspond bien à la description que m'en a faite Douglas. J'éteins le moteur, il descend.

— Tu attends quelque chose? demandé-je, impatient.

— Beh… tu ne viens pas?

— Non, il faut quelqu'un pour garder la moto, et ils auront sûrement davantage confiance si tu es seul.

Je mens, Douglas n'est pas dupe mais il part vers l'entrée en traînant les pieds.

Il reparaît au bout d'un long moment, avec sur le visage l'air embarrassé d'un joueur de *futebôl* qui vient de louper un tir inratable.

— *Chefe*, il y a un problème… ce n'est pas de l'alcool.

— Comment, pas de l'alcool? C'est quoi, alors?

— Eh, c'est… si, c'est de l'alcool, mais…

L'expression de mon visage trahit mon impatience. Mes doigts blanchissent sur le bord de mon casque, il comprend et enchaîne :

— *Chefe*, c'est juste qu'on ne peut pas, pas ça. C'est de l'éthanol, du carburant alcoolique, à peine distillé… on ne peut pas servir ça, les clients…

Je lève une main autoritaire et baisse les yeux sur le réservoir de la moto pour réfléchir en paix quelques instants. Il n'y a pas d'alcool à des kilomètres à la ronde. Sans alcool, pas de soirée. Nous avons absolument besoin de cette soirée pour attirer une nouvelle clientèle, remplacer tous ceux que l'on a perdus avec le départ d'Ewander. C'est ça ou rien. Après toutes ces galères, avec Ewander contre moi, les promoteurs et les habitants de la favela, derrière l'épaule de Martim, qui guettent un faux pas, nous n'aurons plus qu'à fermer la boutique, et puis après tout…

— Quelle quantité de sucre as-tu dans la réserve ? demandé-je sans détacher le regard du bouchon de plastique.

— De quoi tenir une semaine avec des cocktails classiques, mais…

— Et en fruits ?

Il sautille sur place comme s'il avait encore envie de pisser.

— L'équivalent de deux ou trois soirées, tout au plus.

— Et combien de glace as-tu commandé à Satanas ?

— La quantité habituelle, *chefe*, mais…

— Va leur dire que tu prends. Ton guitariste, là... Jônidep, il n'aura qu'à t'aider.

Il reste quelques instants à me regarder, peut-être va-t-il me dire que je n'ai pas compris. Je descends de la moto, me plante en face de lui et lui prends les épaules d'une main aussi amicale que possible.

— Douglas. J'ai des ennuis et, en ce moment, tu es le seul à le savoir et à pouvoir m'aider. Peut-être qu'après la soirée, si c'est une réussite, nous pourrons parler du fait que tu deviennes le gérant de la *baraca*...

Il baisse la tête et repart vers l'entrepôt.

Faust à son tour devient Méphistophélès.

C'est la quatrième allumette qui craque sans s'embraser.

— Laisse-moi faire, dit-elle en saisissant ma main tremblante.

Wendila n'a pas dormi, ne s'est pas maquillée et a déjà pris deux douches depuis ce matin.

Le bec de la gazinière s'enflamme dans un cercle bleu vif, et presque aussitôt le bas de la cafetière neuve se met à noircir.

— Je pensais que tu savais…, murmure-t-elle d'une voix à la fois cassée et haut perché.

J'essaie de contenir une déception dont je ne comprends pas l'intensité : bien sûr, elle a un passé, elle a connu des hommes avant moi, bien sûr, et puis, quoi, je débarque un matin et je voudrais qu'elle soit vierge ?

Ma blessure est d'orgueil. En séduisant Wendila que je croyais si unique, je me suis persuadé que j'avais braqué la banque. Je m'aperçois à présent que je suis simplement tombé sur la caisse du vendeur de plage ambulant…

Sans prêter attention, elle continue :

— Ce n'est arrivé qu'une ou deux fois, avec Ewander. Il a couché avec toutes les filles de la région. Et puis, il y a eu l'église évangélique… il y allait pour coucher avec les nanas du cercle de parole pour nymphomanes.

J'étouffe un rire nerveux qu'elle ne remarque pas. Je réalise enfin ce qui m'agace au plus profond: Alexandre, Ewander... ils me précéderont toujours, partout. Wendila poursuit, sans prêter attention à mon air distrait:

— Pour lui, j'étais à peine *ficante*, on n'a jamais été *namorados*, rien! Il ne m'a même jamais invitée chez lui...

Personne n'est jamais venu chez Ewander. Dans une tentative maladroite d'attirer l'attention, elle fait quelques pas vers l'armoire où s'entassent ses torchons et ses vêtements. Ce déhanchement exagéré, qui d'ordinaire m'attire, est pour l'heure si agaçant que je détourne le regard. Elle remarque mon geste et son visage s'assombrit encore.

— Je n'ai jamais aimé quelqu'un autant que..., ajoute-t-elle dans un murmure, d'un ton empli d'une contrition que je trouve mal placée.

Elle n'est pas désolée de l'avoir aimé, elle n'est même pas désolée de me l'avouer sans retenue: elle est désolée qu'il n'ait pas voulu d'elle. Et que je ne sois pas à la hauteur. Elle admet à demi-mot qu'elle n'éprouvera jamais pour moi ce qu'elle a éprouvé pour un type qui l'a baisée une ou deux fois... Elle est désolée qu'il soit parti. Elle est désolée que je n'aie jamais su l'effacer de sa mémoire à elle, de son corps, de son cœur. Je ne suis pas un homme, tout court, pour Wendila. Un être asexué, un bon ami avec qui elle couche, à la rigueur. Mais rien de viril, rien de...

Ça ne veut rien dire, ça, cara.

Le verre explose dans ma main, elle se précipite avec un torchon pour tamponner ma paume ensanglantée. Je fixe la cafetière qui siffle depuis quelques instants, son filet de vapeur fusant en diagonale.

— Quand on fait l'amour… dis-je en français quand je te baise, en fait… à ces moments-là, je te parle en français, tu l'as remarqué… C'est parce qu'à ces moments-là, ce n'est pas avec toi que je suis. Je fais l'amour à quelqu'un d'autre. Je fais l'amour à Claire.

Elle me serre le bras de toutes ses forces, le regard immobile et les yeux embués :

— Tu sais bien que je ne comprends pas… Je n'aime pas quand tu me parles en français…

Ce pouvoir qu'ont les Brésiliennes d'aimer, de se donner à un homme, et d'être néanmoins dévouées corps et âme à un autre. Malgré tous mes efforts, j'ai beau ne pas l'aimer, je ne suis que cet autre. Je sais aussi, maintenant, qu'elle fera ce que je veux. Si seulement tu étais Claire…

— Saulinho, *meu querido,* pardon de t'avoir blessé, pardon, je vais tout effacer, tu vas voir…

Elle me demande pardon d'avoir eu un amour avant moi, alors que je ne lui pardonne même pas de ne pas être cette petite fille fragile au corps suave qui me prend pour son frère, à six mille kilomètres d'ici. Pendant qu'elle parle, je pense à Claire, là-bas, à ce qu'elle peut bien faire à l'heure qu'il est… Pauvre Wendila.

— Je suis fatigué.

Elle me prend par la main et s'assied sur le lit, empressée, m'attire à elle d'un geste chaste qui appelle à l'intimité sans promettre autre chose.

— Viens, on se repose. Viens sur le lit, on dort. Ou on parle, on peut parler de tout ça… Un jour, je sens que je pourrai…

— Je crois qu'il n'y a plus rien à dire.

J'ai laissé Wendila dormir dans ses regrets. Certain que rien ne sera prêt pour la soirée, je file à la *baraca*.

— Tu te fous de moi ? m'écrié-je, courant vers le rivage, alors que Douglas sort de l'eau. T'as que ça à faire, là, tout de suite ?

— Ça va, *chefe*, tout est prêt, ne t'inquiète pas.

— Ce n'est pas une raison… Donne-moi cette planche, rince-toi vite et va mettre ton polo.

Je sais qu'il a raison, que personne n'arrivera avant plusieurs heures. J'ignore encore où se trouve Martim, Cactus n'est pas encore en place et…

— Douglas, ajouté-je avant qu'il n'arrive à la douche installée contre la *baraca* de Jacaré, tu as bien payé les… la protection ?

Il hausse les épaules, sourcils froncés d'un air condescendant, comme si j'étais un petit garçon.

— Ne t'inquiète pas, répète-t-il, tout est sous contrôle.

Il s'éloigne d'une démarche exagérée, fausse et pathétique, le dos droit et les épaules écartées.

Je dois paraître épuisé, car Jacaré m'interpelle :

— Tu vas faire une syncope, *garoto*, je ne sais pas si c'est le meilleur moment pour t'offrir ça…

Arrivé à ma hauteur, il me tend une bouteille :

— Voilà qui ne va pas arranger ton addiction au mezcal, ajoute-t-il, un doigt sur l'étiquette. Hélas, pour ce soir, quitte à fermer ma *baraca*, je préfère profiter d'une soirée loin de la plage. Garde-m'en un peu pour une autre fois !

Sans doute est-ce la surprise de cette aide inattendue qui me rend gauche et comme paralysé. Je lui adresse un regard plein de reconnaissance. Il rit.

— C'est la moindre des choses. Je ne perds pas tant à fermer ce soir… Après tout, à compter de demain, tu me laisses les *finais de semanas*… Prends soin de mes clients !

Il me donne une claque amicale dans le dos sous les regards de quelques baigneurs, curieux de voir le nouveau *gringo* si proche de Seu Jacaré et, un court instant, seule compte la complicité que nous affichons et la protection dont je devrais bénéficier, désormais, puisque, d'ici à demain, toute la favela saura que nous sommes liés. Un court instant, car très vite, cette manière de justifier la fleur qu'il m'a faite, comme pour vérifier que je n'ai pas oublié notre marché, m'inquiète : aurait-il, quant à lui, oublié de remplir sa part du contrat ?

À défaut de réponse, une vision rassurante me vient du côté de la *beira mar*, d'où un gyrophare rouge signale l'arrivée des policiers. Le 4x4 blanc manœuvre et se gare dans un coin : s'il vient, Ewander trouvera à qui parler. Une seconde inquiétude est en partie levée : Jônidep arrive enfin, en compagnie de ceux qui feront le service en extra, ce soir, aux côtés de Douglas qui pourra jouer le rôle du gérant. S'ils sont là, leurs amis viendront à la soirée.

Je vais à leur rencontre :

— Bienvenue, les gars ! Satanas arrive bientôt avec l'alcool, il n'y aura plus qu'à couper les fruits et préparer le sucre. Les gobelets sont dans la réserve…

La nuit tombe maintenant, la *baraca* est encore loin d'être remplie. Pianotant sur le bar, je me sers un grand verre, puis cache la bonne bouteille avant que Douglas ne la voie. Martim est parti chercher Jussara.

Lorsqu'ils arrivent enfin, la *baraca* commence à peine à s'animer. Jussara la studieuse est devenue coquette.

— Tu lui réussis plutôt bien, dis-je à Martim en français, les dents encore serrées dans un sourire forcé.

Elle, d'ordinaire vêtue de manière efficace et sportive, rayonne, maquillée juste ce qu'il faut, en ballerines et jupon à l'andalouse.

Ma soirée, mon bar, ma réussite, mais je n'en profite pas : Wendila, debout très droite à mes côtés en mini-short blanc au bord déchiré et bustier écarlate, se ronge les ongles et ne boit rien. Les percussions me donnent des haut-le-cœur, les cymbalettes des tambourins sont trop stridentes et me font siffler les oreilles. Je reste assis face à Martim, lui-même détendu comme toujours, et tente de profiter du calme encore quelques instants avant que le prochain problème ne survienne. J'ignore encore si les musiciens accompagnant Jônidep seront les premiers à m'en poser ou si la deuxième livraison aura lieu grâce aux employés de Satanas, comme nous l'avions prévu.

La surveillance conjointe de Cactus et de nos policiers devrait me prémunir contre toute agression d'Ewander… Je finirai par me détendre.

Douglas n'a pas voulu se charger de la confection des cocktails « arrangés », aussi ai-je promis un pourcentage de la recette à Satanas pour recevoir la livraison d'éthanol à mélanger aux kilos de glace sucrée. Ce faisant, j'ai condamné mes derniers espoirs de faire des bénéfices sur cette soirée mais Satanas est peut-être le seul *cearense* capable à la fois d'assurer des livraisons fiables de glace et de fruits, et de tenir sa langue.

— Fais-lui confiance, un peu, me dit Martim sans que je sache s'il parle de Douglas ou de Satanas, il est jeune mais il t'apprécie beaucoup…

Bien sûr. Martim n'a aucune idée de mes arrangements avec Satanas. Lorsque le concert de Jônidep et de ses acolytes se termine, il faut enchaîner avec la sono, et remplacer les lumières tamisées par des spots multicolores aveuglants.

Douglas a insisté pour conserver la maîtrise totale de la sonorisation. En d'autres termes, le *Ponto da Maresia* vibrera au son laxatif du *funk brasileiro* jusqu'à sa fermeture, gage de lascivité, d'enivrement des clients, presque d'ensauvagement de la soirée, et donc de réussite… mais aussi la garantie de maux de tête pour moi. Sans être déçu, j'accepte à grand-peine le fait que le bon déroulement de ma soirée ne puisse avoir lieu qu'en allant à l'encontre de mes propres goûts.

Le monde s'agite et les couples dansent des *sambas* qui ressemblent de plus en plus à des simulacres de coït, frénétiques et transpirants ; Martim et Jussara, assis face à nous, exhibent une complicité qui agrandit le malaise régnant entre Wendila et moi.

— Je vais faire un tour pour voir si tout va bien, lui dis-je en effleurant son oreille.

Elle ne bouge pas.

Sortant par la réserve, je découvre la foule festive qui se masse en petits groupes, au bout de la *beira mar*.

— C'est un succès, me crie un Douglas déchaîné.

Je passe un bras autour de son épaule : il a retrouvé l'enthousiasme qu'il avait perdu au retour d'Ewander.

— Même le vieux Damasio est venu fêter ça, ajoute-t-il en désignant sa silhouette frêle à quelques mètres.

J'approche l'ancêtre et lui tends mon verre de mezcal.

— Tiens, toi qui as toujours soif, tu m'en diras des nouvelles…

Sans le saisir, le vieux renifle le verre que je lui tends, fait non de la tête, marmonne d'un air déçu :

— Veux pas de ton vinaigre.

Je le bois d'un trait, étonné.

— Comme tu voudras, murmuré-je à part moi en français, si tu préfères t'assommer avec du carburant…

Il désigne un groupe de jeunes filles, à notre gauche.

— Sont belles, *cearenses*, pas vrai ?

— Sûr, *cara,* réponds-je avec tendresse, belles comme la *maresia*…

— Et vénéneuses comme elles ! Jolie enveloppe, mais intérieur moisi ! ajoute-t-il en désignant du coude la plus jolie, une jeunette tout juste sortie de l'adolescence, à la poitrine à peine formée tendue sous le polo vert pomme du collège de Libânia, dont Douglas m'a dit une fois qu'elle a refilé la gonorrhée à cinq garçons de sa classe.

Je n'ai pas le temps de répondre au vieillard qui prend la fuite lorsque quelques surfeurs m'abordent, extatiques :

— C'est fabuleux, ici, *Seu Saul* !

C'est la première fois qu'on me donne du *Seu.* Monsieur Saul.

— Et encore, réponds-je, vous n'avez pas vu le bar qui va ouvrir près de l'ancienne épicerie, en haut...

— Dans le *morro* ? Un bar à vous ?

— Absolument !

— Avec ces cocktails-ci ?

— Ils te plaisent ? L'alcool n'est pas trop fort ?

— Pas du tout, c'est très doux. Ce n'est pas de la *cachaça*... ?

— C'est une recette secrète !

Je lui lance un clin d'œil, retourne à l'intérieur pour esquiver le reste de cette conversation embarrassante et retrouve Wendila, enfin assise sur le canapé, en pleine discussion avec Jussara et Martim. Elle étreint Jussara avec affection, puis embrasse Martim. « Je suis si contente pour vous », l'entends-je dire en m'asseyant. Elle pose une main sur mon genou et, enfin, tout est redevenu normal entre nous, me dis-je, puis je comprends qu'elle veut simplement faire bonne figure devant son amie.

Les yeux pleins de reproche de Jussara me mettent mal à l'aise.

Vite, prononcer une phrase de gauchiste :

— J'adore les toxicos ! crié-je en montrant un type hébété près de nous.

Ce n'est pas sorti comme je le pensais, elle me fusille maintenant clairement du regard.

Douglas jaillit hors de la foule compacte des danseurs et se penche pour me murmurer quelques mots à l'oreille :

— Il va falloir payer la deuxième moitié aux flics…

Je grogne une forme d'assentiment, assorti d'un hochement de tête, il repart s'en charger et, grisé par ce statut social de vainqueur qui me va comme un gant, je crie en portugais en direction de Martim :

— J'ai réglé le problème une bonne fois pour toutes avec Ewander.

S'ensuit une discussion où, peut-être pour faire preuve de charisme devant Wendila, je tente de persuader Jussara d'user de ses contacts à la *Préfeitura* pour se renseigner sur les projets d'assainissement du lagon. Avant que j'aie le temps d'écouter sa réponse, Wendila se lève et prend congé, et Douglas reparaît à l'angle du bar, livide et immobile, les yeux écarquillés. Il me fait signe de venir avec lui. Il n'a pas besoin de mots pour que je vienne : je le suis avec docilité, sage, tel un automate, jusqu'à la sortie de la *baraca*.

Nous nous faufilons entre les corps disloqués et luisants des danseurs, les filles qui se trémoussent et se déhanchent, les gars qui bombent le torse et bandent leurs biceps l'air de rien, et je vois bien que, postée au bout de la *beira mar*, la police, qui a allumé son violent gyrophare rouge pour signaler sa présence aux badauds, inquiète mon acolyte.

Alors que la musique s'éloigne, Douglas se planque en avançant, plein de l'angoisse d'être visible, comme recroquevillé sur lui-même, lui qui, une heure plus tôt, voulait prendre tout l'espace; nous marchons droit sur le lagon, masse noire et inerte encore puante et purulente, et lorsque j'aperçois les cabanes sur pilotis, loin des lumières, au fond de moi une lueur prend forme et s'éteint: j'ai peur de savoir ce qui m'attend, là, derrière les feuillages pourris et les pneus défoncés.

Le corps est étendu sur le dos, désarticulé, et lorsque je l'aperçois je comprends qu'il n'est plus rien. Je pourrais l'appeler « ça » et parler d'une chose. Un gros garçon joufflu aux cheveux coupés ras. De son menton posé sur sa poitrine éteinte, deux vaguelettes de graisse débordent. Enserré, prisonnier de ses doigts boudinés, un gobelet de chez nous finit de déverser le combustible infâme de nos cocktails maison. Un amas semblable à des œufs brouillés dégouline de sa bouche, séchant sur son menton, perlant en petit tas sur le haut du t-shirt. La puanteur du lagon nous épargne au moins les relents du vomi.

Douglas ne dit rien. Il s'arrête et se tient là, immobile et tremblant devant le corps inerte. J'espère qu'il ne le connaît pas… Quant à moi, je ne l'ai jamais vu. Là encore, Douglas, interdit, pantelant, attend que j'aie le courage d'ouvrir la bouche. Il tremble comme un sèche-linge, sans bruit, et s'il faisait vingt-cinq degrés de moins je pourrais croire qu'il a froid.

Je ne parlerai pas le premier.

— C'est nous qui avons fait ça…, finit-il par lâcher d'une voix grasse et bleue, où pointe une note de soulagement : il est débarrassé du fardeau, et croit que je vais gérer tout seul. Prendre mes responsabilités.

— Il s'est fait ça lui-même, murmuré-je, étranglé.

La tête de Douglas pivote subitement sur son axe. Dans la pénombre, je distingue le blanc de ses yeux écarquillés, et sur son visage la grimace de quelqu'un qui voudrait dire, « tu ne vas quand même pas faire comme si de rien n'était ! »

Le jeu est terminé et nous l'avons perdu.

Je tente tant bien que mal de rassembler un peu de lucidité devant cette chose molle et froide qui n'a déjà plus grand-chose d'humain, et me demande si la matière informe a vraiment rendu l'esprit ou si l'esprit n'a pas plutôt refusé depuis toujours d'habiter cet amas adipeux.

— Il a dû picoler comme un trou pour en arriver là… Les autres, tous les autres, ils n'ont rien eu…

Mon inconscient s'agite au plus profond de moi, le surmoi jaillit, m'interroge : tu sais ce qui arrivera si les flics le voient ? Tu sais ce qu'il nous arrivera s'ils font une autopsie ? Prison. Viols. Suicide.

— Saul, ce n'est pas… Un gars est mort, *porra* ! Et nous l'avons tué…

— Nous ne l'avons pas tué, crétin ! Il s'est tué tout seul en buvant comme un trou. Peut-être qu'il a fait des mélanges, des médicaments, ou de la drogue, et puis… C'est fait, maintenant. Tu as voulu sa mort ? Bien sûr que non ! Et moi non plus ! Alors, tu ne crois pas qu'une vie perdue c'est déjà bien assez, tu veux encore foutre en l'air ta vie, la mienne, pour un incident que nous n'avons pas souhaité, ni recherché…

— Mais nous n'avons rien à voir avec ce… Les flics ne vont pas nous…

— Que crois-tu qu'il se passera quand ils découvriront que nous avons vendu de l'éthanol à des centaines de personnes ? C'est un crime, Douglas ! *Um homicídio do caralho !* Tu veux servir de pute à tous les taulards de la prison fédérale ?

J'essaie de respirer, de reprendre mon calme, d'apaiser la tension.

Les larmes qui coulent maintenant en abondance et font briller les joues de Douglas m'indiquent que cette scène absurde a enfin laissé place à la réalité pour lui.

Et toi, Saul, ordure, comment peux-tu être lucide en ce moment ?

J'ai envie de le secouer, de le gifler pour le réveiller.

— Écoute. C'est affreux, c'est terrifiant, mais nous ne pouvons plus rien pour lui. Nous faire incarcérer ne le ramènerait pas, n'aiderait personne, et puis, nous n'avons rien fait de mal... rien de grave, me reprends-je avant qu'il n'objecte.

Dans la nuit, je perçois son hochement de tête plus que je ne le vois.

— Que va-t-on faire, alors ?

Je ne réponds pas tout de suite, pour qu'il ressente à quel point ces mots sont durs à dire, qu'il croie que j'aurais aimé agir avec justice et me dénoncer.

— Il ne faut pas qu'on retrouve son corps... pas ici. C'est la seule solution. Il peut très bien être mort dans la favela, là où personne ne pose de questions. La police ne fera rien, là-haut...

Un instant, je crains qu'il ne décolle à nouveau dans un de ces sursauts de romantisme puéril. Il me lance un regard terrifié, je n'ai pas le choix, je dois terminer ma phrase :

— Pardon, mon frère, pardon... mais je dois encore te demander un dernier sacrifice. Je te promets que je saurai m'en souvenir. J'attirerais l'attention, moi, si j'allais là-haut, et puis, à la fête aussi, mon absence éveillerait les soupçons...

Un lâche. Bravo, *cara*, tu as enfin pris une décision dans ta putain de vie...

Et je sais, sans le voir – car il est évident que son regard est vide –, que l'immaturité, l'adolescence tardive, l'impudeur joyeuse de Douglas ont maintenant quitté son univers pour laisser place à l'âme grise et froide d'un homme qui n'en sera jamais tout à fait un, tout comme moi, mais pas pour les mêmes raisons.

Avec une lassitude extrême, alors que son tremblement a repris plus fort encore, il fait un pas de plus vers le cadavre. Je sais qu'il n'agit pas sur mon ordre, mais pour compenser mon inaction. Mon existence entière tient dans ses mains fragiles. Alors qu'il se penche, le coude en appui sur le haut de son genou, et tend l'autre main au ralenti jusqu'au bras du garçon, je murmure de l'air solennel d'un maréchal d'Empire récompensant un grognard :

— Tu sais, ce que je t'avais évoqué l'autre fois… je t'offre des parts dans la *baraca*. Tu es officiellement mon associé…

Un enculé.

Je conduis le vieux pick-up sur les chaussées défoncées qui rejoignent la CE-085.

Sur le fauteuil passager, Martim ferme les yeux, cheveux au vent, la tête penchée à l'extérieur malgré le soleil dur.

La lumière jaune du matin me donne envie de café. Mon regard porte loin sur la route goudronnée. Les illusions du soleil et de la chaleur me font voir la route inondée. La végétation qui la borde, calcinée par ces nombreux feux de broussaille et de déchets que les locaux déclenchent le soir, nous plonge dans une atmosphère apocalyptique qu'accentuent le ronflement du moteur et le bourdonnement sourd des pneus lorsque nous passons sur une partie pavée.

Au milieu des camions de gravats et des motos surchargées, une charrette tirée par une mule sur le terre-plein central nous rappelle que la modernité n'a pas encore conquis tout le Nordeste.

Au loin, j'aperçois l'image déformée des ouvriers de la voirie maniant des panneaux « Stop ». Sur le côté droit, la dune s'est effondrée, la chaussée envahie par le sable nous force à passer en alternance.

L'un d'eux retire son chapeau, découvre un crâne rasé, un cou gras, un instant je crois reconnaître le petit gros qui…

Je secoue la tête pour effacer l'image qui a hanté ma semaine.

Martim remonte sa vitre, silencieux, souriant.

— Tu ne m'en avais pas parlé…

— Je n'en étais pas sûr. Elle a décidé ça au tout dernier moment…

— Je parle de ta petite correspondance secrète !

Ce n'est pas un reproche, Martim ne fait pas de reproches.

— Et toi, relancé-je, pourquoi as-tu mis si longtemps à m'annoncer que…

— Jussara ? Il rit. Techniquement, je ne t'ai même rien dit.

— De fait…

— Nous voulions rester libres. Laisser grandir tout ça – ou que ça meure à l'ombre… Cela date d'avant ton arrivée. À vrai dire, ça a commencé par hasard…

— C'est adorable.

— Va te faire voir.

Il sourit.

Le type en combinaison de toile orange nous fait signe d'avancer. Le pick-up crache et redémarre, nous passons un arrêt de bus en béton blanc, seul au milieu de rien.

Me débarrasser de Wendila si vite, alors que Jussara, sa meilleure amie, ne quitte plus Martim d'une semelle, était une affaire assez compliquée. La découverte de ses liaisons passées m'a permis de lui faire tenir le mauvais rôle, surjouer l'amant transi blessé dans son amour. J'espère qu'elle n'aura pas la mauvaise idée de nous rendre visite, ces jours-ci, ou de tenter une réconciliation qui dévoilerait mon double jeu à...

Je reprends :

— Je ne te l'ai pas dit car, jusqu'à hier, je pensais qu'elle ne viendrait pas... qu'elle rejoindrait directement Rio depuis Jericoacoara.

— Il n'y a pas d'aéroport à Jéri...

— ... Elle aurait pu n'arriver à Fortaleza que pour prendre l'avion !

Cette dernière phrase, cinglante et sans espoir, trahit quelques réminiscences de ma vie d'autrefois. Bien sûr, je suis heureux de la voir. Cette visite est une preuve que notre rapprochement épistolaire n'était pas factice ou complaisant. Mais je crains tout autant que le passé ne revienne, que sa venue ne réveille cet ancien « moi », cet avocat perclus que je déteste tant, et que la mort d'avant ne me reprenne ici, maintenant que je suis vivant. On fuit parfois les gens qui nous ont vus souffrir, pour mieux oublier nos défaites. Le reflet d'un gros chauve qui se regarde dans la porte vitrée du métro parisien m'apparaît un instant à l'esprit. À ce moment, un homme au crâne rasé, au regard droit, au visage émacié, bronzé, l'air conquérant, me jauge dans le rétroviseur : aucun risque. Le lâche est enterré au plus profond de moi, et les femmes adorent les enculés.

J'aperçois la gare routière, je rétrograde en tremblant, un peu, juste un peu, mais c'est d'excitation. Claire est là, debout sur le parking en plein cagnard, au milieu d'une colline de valises et de sacs de randonnée.

Le claquement de ma portière la fait sursauter, elle tourne la tête vers nous un quart de seconde, puis détourne les yeux, soucieuse, l'air de chercher encore. Il faut que j'avance droit sur elle pour qu'enfin, à deux mètres, les yeux éberlués, elle me reconnaisse. Je ne dis rien, ravi, pose une main sur son épaule d'un air sûr de moi, et lui donne une bise douce et amortie.

L'espace de quelques secondes, elle me visite du regard, me dévisage, très vite ; elle tend la main comme pour vérifier que c'est bien moi, tâte mon épaule ronde et épaisse, je me garde de lui faire remarquer que nous n'avons jamais été tactiles, au temps du cabinet. Puis, de sa paume ouverte, elle effleure ma joue barbue, le dessus de mon crâne rasé, remue la tête de manière presque imperceptible, les lèvres gonflées en une moue satisfaite.

— C'est bien…, dit-elle d'une voix un peu étranglée, très aiguë.

Et je répète d'une voix grave et rauque :

— C'est bien.

Sa main reste, quelques secondes, posée au creux de mon coude.

Elle reprend ses esprits et se tourne vers une silhouette qui gesticule devant un employé du bus, sous le porche de la gare routière, appelle cette grande rousse sublime aux yeux d'émeraude et au cou gracile, qui nous rejoint.

— Saul, je te présente Sybille. Sybille, Saul, et voici son ami Martim.

— *Prazer. Fico muito feliz em te conhecer!*

— Tu parles portugais? dit Martim en français, enchanté.

— Oui, je l'ai appris avec mon… un ancien ami qui était brésilien.

Mon expression trahit une légère surprise: Sybille n'est pas le faire-valoir que j'imaginais lorsque Claire proposait de me la présenter. Cette dernière a compris mon étonnement et sourit. Je perçois dans son mouvement qu'à présent, c'est elle qui craint Sybille dont la beauté et la grâce risqueraient de l'éclipser à mes yeux.

J'attrape avec autorité la lanière du lourd sac qui lui scie l'épaule et leur dis à toutes deux de s'installer dans le pick-up. J'aurais souhaité que Douglas nous serve de chauffeur pour les impressionner, mais j'ai l'impression qu'il ne veut plus m'adresser la parole depuis quelques jours. Il a envoyé son ami Jônidep à la *baraca* pour le remplacer…

Sur le chemin, Martim et Sybille font la conversation. Le front appuyé contre la vitre, Claire contemple le paysage, sans doute assommée par sa nuit inconfortable dans un bus trop climatisé. De temps à autre, alors que je l'observe à la dérobée par le rétroviseur central, elle me rend mon sourire et détourne des yeux rieurs vers des dunes qu'elle ne regarde pas.

— Vous prendrez ma chambre, là-haut, leur dis-je.

— Et toi?

— Dans celle d'à côté, il y a un lit simple…

Claire cache une légère surprise. S'attendait-elle à ce que je propose une distribution différente ?

À peine installée, Sybille descend avec Martim visiter la maison, nous laissant seuls en haut, Claire et moi. Après un tour minutieux de la chambre, un œil sur les bouquins rapportés de la plage, elle se tient dos à moi, devant la persienne, effleurant de ses doigts le lin blanc des rideaux.

Ses cheveux, enroulés par le vent comme une tornade à la fois souple et statique, ont dégagé une nuque fragile et vulnérable. Je perçois une note de gingembre ; un instant, je me vois m'approcher au plus près, coller ma poitrine contre son dos, lui susurrer une bêtise, les lèvres collées contre le lobe de son oreille, puis caler le menton au creux de son épaule en passant mes bras sous les siens, qu'elle tient croisés contre elle…

Elle se retourne, interrompant mon rêve éveillé.

— C'est d'ici que tu écrivais… nos messages ?

Ce « nos » seul méritait d'abandonner Paris.

— Certains, oui… La plupart du temps, je t'écrivais de la plage.

Sa fossette se creuse, ses paupières s'abaissent face au contrevent de bois.

— J'ai relu le premier…

— Mince.

— Non ! Tu as changé, depuis, c'est tout… C'est bien, d'ailleurs ! Tu étais tellement en colère…

Elle ferme les yeux, secoue la tête, comme pour effacer tous ces souvenirs.

Il n'y a pas si longtemps, j'aurais pu tenter de me justifier pendant une heure, m'enfoncer… Je ne réponds pas tout de suite.

— Repose-toi, vous devez être épuisées. Tout à l'heure, nous descendrons sur la plage, je te montrerai notre *baraca*, dis-je en bombant le torse malgré moi.

Les événements sont dans ma main, plus rien ne m'échappe, je n'ai pas peur. J'ignore pourquoi j'ai poussé mon avantage jusqu'à déposer un baiser sur son front, grisé par le jeu dangereux. Rien dans sa réaction ne me donne tort.

— Ce doit être fatigant de rentrer ton ventre depuis des heures…, dit Martim à voix basse, goguenard, assis sur la serviette à côté de moi, les bras autour de ses genoux alors que Claire et Sybille sont à l'eau.

Je baisse le menton, hoche la tête :

— Tu exagères, j'ai presque tout perdu…

Les yeux d'un mort obèse au bord du lagon sale…

Il me claque l'épaule en guise d'assentiment, se lève et ajoute :

— Je dois rejoindre Jussara.

— Embrasse-la pour moi. Retrouvez-nous, ce soir, j'ai commandé des grillades de poisson et une *muquequa* à Satanas.

— Tu devrais l'embaucher, ici, pour la cuisine.

— C'est une idée… Nous verrons ce qu'en dit Douglas. Il a son mot à dire, maintenant.

Martim hausse les épaules, me fait un clin d'œil et s'enfuit vers le centre.

J'essaie de convoquer, aussi fort que je peux, en pensée, le souvenir d'Alexandre. Je l'imagine ici, nous voyant, Claire et moi… Pour la première fois peut-être, un de mes rêves éveillés le concernant n'est pas animé de la violence qui m'effraie moi-même et me force parfois à fermer les yeux. C'est comme si je n'avais plus de revanche à prendre, ou plutôt comme si, l'ayant prise, je n'avais plus de raisons de le lui montrer… Je le sais, désormais.

S'il était ici, Alexandre serait maintenant si vulnérable, si fragile dans ce monde qui le dépasse, dans cette langue à laquelle il n'entend rien et cette culture étrangère, qu'il se mettrait lui-même à ma merci. Et moi, grand seigneur, j'effacerais d'un geste nonchalant des années d'humiliations, le traiterais avec une bienveillante hauteur, rirais d'ailleurs sûrement de toutes ses maladresses. Claire nous verrait sous un regard nouveau, moi fort, lui… rien.

Mais ce désir-là, ce rêve est inutile. Je n'en ai pas besoin. Savourer cet instant sur la plage avec elle, savoir que, mis à part un léger nuage qui semble voué à disparaître de mon horizon, j'ai désormais atteint une plénitude, une stabilité nouvelles, une forme de gloire intérieure, personnelle ; toutes ces pensées-là m'affranchissent de mes anciens besoins de reconnaissance.

Et la venue de Claire consacre cet honneur.

Elle porte un maillot de bain une pièce en épais nid d'abeille de coton bleu marine, ne semble pas s'être maquillée depuis qu'elle a posé le pied sur le sol brésilien, attache négligemment ses cheveux en un chignon brouillon et, mis à part son léger hâle et ses cernes presque entièrement estompés, on pourrait croire qu'elle sort du métro.

Les Brésiliens les observent à la dérobée, elle et Sybille. Les Brésiliennes aussi. Je savoure l'attirance des uns, l'incompréhension des autres. De jeunes morènes au *bumbum* impeccable, aux cheveux huilés, aux corps parfaits, façonnés pour l'ivresse émolliente et la volupté tropicale, se sentent détrônées sur leur plage par deux *gringas* au corps blanc qui portent sur elles assez de tissu pour fournir dix filles d'ici en *biquínis*…

Dans le reste du monde, les femmes cherchent à être excitantes. Les Françaises font rêver avec cet air de s'en moquer. Dans le reste du monde, les femmes veulent être sexuelles ; les Françaises sont sensuelles sans même paraître conscientes de l'effet qu'elles produisent.

Claire remonte en courant jusqu'à sa serviette alors que deux types aux abdos contractés retiennent Sybille, à qui ils tentent d'enseigner le *frescobol*.

— Cesse donc de reluquer, vilain pervers ! rit Claire en s'asseyant.

Avant, j'aurais protesté. Je désigne les taches de rousseur sur le haut de sa joue :

— C'est joli.

— Le soleil les fait ressortir…

Elle esquisse un geste pour les recouvrir, je retiens sa main.

— Ça assaisonne ton sourire.

Elle rit. Quelle phrase idiote.

Nous commentons la démarche des plagistes qui longent le bord, les pieds dans l'eau. Sur une sangle suspendue entre le drapeau du Brésil et un poteau planté dans un bloc de béton, un jeune type fait le funambule. Il passe devant le soleil qui a commencé sa descente, les bras en croix, se laisse tomber dans une grande éclaboussure, réapparaît en riant, tout le monde l'applaudit.

Plus haut, sur le sable épais et poudreux dans lequel les pieds s'enfoncent à mi-cheville, des groupes de deux ou trois font des exercices de respiration dans une attitude quasi recueillie, s'asseyent en cercle en se tenant les mains, renversent la tête en arrière et inspirent bruyamment. L'un d'eux semble se retenir de pouffer.

Je raconte à Claire l'histoire du Ceara et la légende d'Iracema, la vierge aux lèvres de miel. Je ne lui parle pas du *sertão* occulte, de la *jurema*, de la Guaramiranga, la montagne noire au loin qui coiffe le désert et fait rêver les serviteurs du diable, ni des crânes de chèvre que l'on voit au linteau des portes de certaines maisons indigènes de l'intérieur.

Je me lève pour aller lui préparer une eau de coco. En me rasseyant, je la fais sursauter en lui collant la noix glacée entre les omoplates, puis je fais mine de m'appuyer sur son épaule et laisse ma main sur le haut de sa nuque, à la base des cheveux. Elle frissonne et se libère d'un geste :

— Ne fais pas ça…

Je retire ma main avec précipitation. Peut-être alors qu'elle me reconnaît dans ce geste, car son regard tendre semble dire qu'il n'était pas caché bien loin, le garçon maladroit du bureau d'à côté.

— *Moço* ! crie une voix, derrière nous, *é bom te ver assim !*

Le vieux Damasio, qui contemple Claire, semble attendre un commentaire ou une présentation.

— Jolie amie, dit-il en portugais, elle pas pourrie de l'intérieur, elle.

— Que dit-il ? demande Claire.

— Quelque chose à propos de toi… Je ne peux pas traduire.

Je ne désarme pas du regard, elle finit par baisser les yeux d'un air timide, sa joue se creuse d'une fossette malicieuse.

— C'est méchant ?

— Pas du tout.

Usant du prétexte de lui faire une place sur notre serviette pour me rapprocher d'elle en la frôlant, l'air de rien, j'invite Damasio à s'asseoir.

— Sans façons, dois partir. M'attend travail, je repeins la maison, dit-il dans son français approximatif.

— Encore ?

— Toujours, peinture. Corrosion, tu sais, à cause de…

— Damasio, je te présente Claire.

— Sais déjà bien qui elle est : *a graça finalmente caiu…*

— La grâce est finalement tombée… ? Ça ne veut rien dire, ça, *cara* !

Il éclate d'un rire excessif mais sincère et s'en va clopinant.

Nos avant-bras se touchent toujours, cela n'a plus rien de naturel, elle n'a pas bougé. Lorsqu'il s'est enfin éloigné, je me lève d'un bond, lui tends la main et tente, très vite :

— Viens, je vais te présenter Giacomo Puccini.

— Je connais déjà, merci.

— Je suis sûr que tu ne l'as jamais écouté, lu par un vieux gramophone, en buvant une caïpirinha maison, assise à une terrasse posée sur la houle de l'Atlantique sud…

Trop de mots dans ma phrase, j'aurais dû abréger. Je bouge un peu la main, ouvrant davantage la paume tendue vers elle en un geste censé inspirer confiance. Elle tourne la tête vers le rivage, jette un œil furtif vers Sybille qui, toujours aux prises avec ses joueurs de raquettes, semble avoir oublié jusqu'à notre existence, puis plonge au plus profond de moi un regard interrogateur.

J'arrive à peine à croire que nous en sommes là.

De l'air le plus convaincu du monde, je tente de lui dire en pensée qu'elle est déjà occupée, ajoutant très bas :

— Martim la retrouvera ici…

Elle saisit ma main du bout des doigts, s'appuie pour se lever ; j'ignore comment mes jambes parviennent à me porter vers cette dimension nouvelle où…

Je remonte la constellation de taches de rousseur, le long de son dos à l'épiderme brun et fruité, au léger duvet redressé, fasciné par la chair de poule que je m'enorgueillis de provoquer.

Dans l'instant suspendu, la passion passagère a fait vibrer en moi l'accord d'un chant nouveau. Passion car j'ai souffert, et passagère enfin car après cette étreinte, il ne restera rien de celui que j'étais.

Sa peau a la saveur salée de la *maresia* ; je souris, à cet instant, à l'idée qu'enfin mes deux rêves ont fusionné. Je pourrais passer ma vie à compter ces éphélides, ces astres de cannelle au goût d'iode, vivre une éternité dans cette voie lactée...

Les traces de bronzage du maillot de bain sont la plus douce frontière entre le monde extérieur et l'intime. Le sillon de ses vertèbres, au-dessus de cette diaphane démarcation, m'évoque un jardin de Messine où Hero et Claudio se rêvent éternels...

Ça ne veut rien dire, ça, *cara*...

Lorsqu'enfin elle sort de sa torpeur, ma chambre aux dimensions plus vastes, plus nettes, à la lumière plus forte, résonne du chant du monde, et de celui, fruité, des oiseaux tropicaux, des bruissements soudains d'insectes invisibles, exhale les senteurs qui remontent du jardin avec le crépuscule.

Tu me manquais déjà, avant de te connaître.

Ce lendemain matin n'est pas le jour suivant, il appartient à une autre vie, bien au-delà.

Pendant que les autres prennent le soleil, comme pour m'ancrer à nouveau dans la réalité, je tente de m'occuper au bar : voilà plus d'une heure que je m'échine sur cette foutue radio. Le cruciforme dérape sur le pas des vis oxydées.

— Un mois…, grommellé-je à part moi, cette camelote aura duré un mois.

Sur la petite balançoire installée depuis peu, au bord du sable, Claire goûte un jus d'açaï. Elle attend que Sybille remonte de sa baignade matinale pour lui proposer de prolonger leur séjour ici.

Je bénis Martim qui, au risque de s'attirer les foudres de Jussara, semble avoir décidé de prendre Sybille en charge par pure délicatesse, et cette dernière qui, hier soir, s'est retrouvée seule, sans rechigner, à dîner avec lui et Jussara en bas du village.

Du fond de la réserve, une silhouette en forme de poire s'avance.

Je lâche mon tournevis.

— *Oi, moço !* Ça faisait longtemps… Où étais-tu ?

Douglas ne répond pas. Son expression est aussi douloureuse que le soir où…

— Que se passe-t-il ?

Il tend la main vers le comptoir, y laisse tomber un trousseau de clés en secouant la tête, contrit. Les clés de la *baraca*.

— Douglas ? Pourquoi…

— *Chefe*, lâche-t-il d'une voix étranglée, je vais partir. Un ami m'a proposé du boulot dans le Piaui. Je te demande pardon, *chefe*, je pars. Ce que nous avons fait…

Je regarde tout autour, paniqué, lui fais signe de parler moins fort.

— Je n'arrive plus à dormir, je rêve de lui, je… Tu y penses, toi ?

Je ne réponds rien, chassant de mon esprit l'affreux corps pâle et mou. Si tu savais, mon pote. Je le vois partout : sur la plage, au bar, dans la favela… Mais je ne l'ai pas tué, putain. Ce gros con l'a voulu, s'est noyé dans un verre, il serait mort aussi avec de la vodka. Les yeux d'un mort obèse au bord d'un lagon sale…

— Mais…, reprends-je pour changer de sujet, et tes parts ?

— Donne-les à Jônidep. Il a su bien gérer quand je n'étais pas là, il sera content.

Tout cela me dépasse.

— *Chefe*, je n'ai parlé à personne. De rien. *Te juro*. Mais toi et moi, nous avons tué un gamin, une personne…

C'est à mon tour de répondre. Je retourne à mon transistor en jurant bas, tourne la molette, cela devrait fonctionner maintenant.

— Tu sais, finit-il par ajouter, ce type, personne ne le cherchera jamais. Il avait juste une grand-mère sénile. C'est… c'était un type agaçant qui ne jouait pas au *futebôl*, qui ne surfait pas, ne faisait jamais de *ferias*, beaucoup de gens l'évitaient, un bon à rien qui ne manquait à personne, et…

Je l'arrête d'un geste : je ne veux rien savoir. Rien qui rende humain ce tas de graisse et de vomi.

Il reprend :

— J'ai laissé courir le bruit qu'il était parti avec une fille l'autre soir – ça arrive souvent – et les gens pensent qu'il refera surface dans un mois, comme une fleur… Enfin. Ils ne penseront rien. Je te dis, tout le monde s'en fout, de ce pauvre type.

— *Porra !* Un mois, il est neuf ! répété-je en lâchant le transistor.

Sans rien dire, Douglas me prend le tournevis, le poste de radio, penche celui-ci et me désigne un angle de vue sur l'intérieur : un amas de rouille. Les circuits électriques ont fusionné, rongés, comme s'ils avaient passé un mois dans l'eau salée.

Je regarde, interdit, alors que Douglas me dit en se tournant vers la sortie :

— La *maresia*, *chefe*. Le nuage de sel… Elle pénètre tout, elle bouffe l'intérieur. La coque est en plastique alors on ne voit pas…. Aussi, je dois te dire : ta femme, Wendila, elle te cherche pour te parler.

Je sursaute. Un mouvement, dans mon angle de vue : Sybille, à deux pas de nous, regarde ses doigts de pied, son verre vide à la main, le pose d'un air gêné et repart vers Claire et Martim. J'ignore depuis combien de temps elle écoutait.

Elle a tout entendu.

Douglas repose le transistor foutu sur le comptoir, pousse les clés du revers de la main comme un dernier rappel, comme un adieu, me serre l'épaule, tourne les talons et disparaît par la porte de derrière.

De sa balançoire, Claire me fusille du regard. Je n'ose pas m'approcher. Sybille s'éloigne d'elle. Je sais qu'elle a tout vu, tout entendu de Sybille, je sais qu'elle a compris que Douglas me lâchait. Peut-être a-t-elle même senti que tout était ma faute.

Sur la plage, Sybille et Martim font la course jusqu'à l'eau.

Martim ne semble pas conscient de la beauté de Sybille, pas même attiré ; pas plus qu'il ne réalise l'effet qu'il peut avoir sur elle. Dans ces moments de jeu, il est comme un enfant, innocent et sauvage malgré la vie qu'il a...

J'observe mes lunettes aux verres gras. Je repense à la tringle à rideaux de ma chambre, le premier soir, rouillée de manière nette du côté extérieur, à la serrure aussi, à Damasio qui repeint sans arrêt sa maison, aux voitures neuves dont le moteur est mort... Je repense à ce rêve auquel j'ai tout donné, ce brouillard d'eau salée qui semblait embellir tout ce qu'il nimbait. Je rêvais d'avoir la beauté de Martim, la puissance de Nilson et l'aura d'Ewander et je rêvais des corps des joueuses de *vôlei*. Et je rêvais qu'enfin on me désire aussi. J'ai cru qu'en fusionnant dans la *maresia*, à mon tour, je serais beau comme un de ces songes. Mirage. Je repense à la gamine sublime de la fête qui, de ses entrailles venimeuses, a contaminé tous les garçons. À toutes ces jolies choses qui m'ont rongé dedans pendant qu'elles m'embellissaient, dehors.

Un bel enculé.

Maresia. Elle pénètre tout, elle bouffe de l'intérieur… *porra.*

Damasio marche dans ma direction, à présent, passe au large de la *baraca* de Jacaré, près du rivage, au milieu du sable dur. Lui saura bien me dire si c'est vraiment la *maresia* qui a détruit mon transistor.

— Martim ? demandé-je en français, que boit Damasio d'habitude, quand il vient ? Quel est son alcool préféré ?

— Damasio ? Il ne boit jamais rien…, me répond-il, essoufflé, en se rapprochant de moi.

Lorsqu'il est assez près, je reprends, tout bas :

— Tu plaisantes ? Il a toujours l'air saoul…

— C'est comme je te dis. Il n'a même jamais bu d'alcool de sa vie. Vu l'état de son frère, on peut le comprendre…

Damasio nous aperçoit de loin, répond à mon invitation par un signe joyeux de refus et bifurque à angle droit contre la *baraca*.

Le vent continue de s'engouffrer par la remise.

Je n'ai pas le temps d'aller fermer qu'apparaît Wendila, sur le seuil, maquillée et très digne, vêtue comme un dimanche.

Elle tient entre ses mains quelques objets à moi.

Ses lèvres, d'ordinaire si pulpeuses, sont serrées au point de n'être qu'une entaille mince et nette sur son visage dur, fermé, dédaigneux.

Elle laisse tomber sur le canapé d'angle mes affaires oubliées dans sa chambre, me dévisage avec mépris, passe un regard vertical et lent sur moi et repart à son tour par la réserve.

Je l'accompagne du regard, interdit, et me retourne : Claire est là, derrière moi, incrédule et silencieuse, son menton semble pris d'un léger tremblement. La scène n'est pas difficile à interpréter. D'abord, ses yeux s'agrandissent, dilatés, basculant dans les miens, de droite à gauche, comme s'ils cherchaient laquelle de mes pupilles lui dira qu'elle rêve, que je ne viens pas de me faire larguer par une autre, ses sourcils se rapprochent en s'élevant, inquiets, sa bouche forme un « o » d'une surprise qui se transforme vite en déception :

— Tous tes amis te quittent…

Mais ce n'est pas une parole de compassion, c'est un reproche profond, ontologique, implacable. Définitif. À cet instant, peut-être existe-t-il un mot dans l'univers que je pourrais prononcer, un seul, une phrase ou un geste qui me sauveraient… Mais je ne dis rien. De lassitude, elle laisse tomber son regard sur le sol, part rejoindre Sybille et Martim au bord de l'eau. En quelques secondes, je vois sur son visage rieur que j'ai cessé d'appartenir à ses pensées.

Ce soir-là, lorsqu'enfin je prends mon courage à deux mains et monte dans la chambre, Claire est en train de replier des vêtements sur le lit. Les draps n'ont pas été changés depuis que…

Son regard d'abord lointain se pose sur moi, tout chargé d'amertume et d'élégant dédain, loin de cette vulnérabilité simple qu'elle m'a abandonnée hier, puis me traverse. Ses gestes se font plus brusques, plus précis aussi, ses joues rosissent, une veine dans son cou gonfle et se met à battre. La tête toujours penchée sur sa valise, elle s'interrompt un instant, comme surprise par la sentence brutale qu'elle tente de refouler tout au fond de son âme. Le reste de ses gestes est flou, parce que, déjà, le vertige et la nausée m'envahissent.

Chaque mot qu'elle ne dit pas fait mouche.

Elle jette le maillot de bain bleu dans sa valise, et lève les yeux vers moi : un voile de tristesse a recouvert son visage et raidi ses traits, les rides euphoriques qui l'illuminaient depuis son arrivée ont quitté sa peau qui reste à présent lisse comme celle d'une poupée de porcelaine. Elle n'attend pas que je rompe le silence, saisit un livre sur la table de chevet et quitte la pièce en me contournant sans me toucher, dans un dernier effluve de gingembre.

Pendant tout le dîner, je fuis son regard. Je crois qu'elle fait de même.

Je suis effrayé par la rapidité avec laquelle j'ai cessé d'exister à ses yeux : de la voir, maintenant, tranquille et volubile, personne ne peut imaginer qu'elle a mis fin à notre avenir tacite à peine deux heures plus tôt.

Martim, Jussara et Sybille parviennent à donner le change avec une habileté admirable, Jussara s'essaie au français, corrige le portugais hésitant de Sybille, ils rient. Un instant, je me demande quelle soirée ils ont pu passer, hier, tous les trois.

Sybille pose le diamant sur le disque vinyle, la nuit s'anime alors des premières mesures de *Tosca*, Claire se lève brusquement, se rapproche de la platine, donne une pichenette au bras de lecture qui sort du plateau dans un crissement rond de fermeture Éclair et finit sa course dans le vide ; puis elle monte se coucher.

Tous trois restent silencieux, gênés, mes yeux vont de l'un à l'autre, compassion pour Martim, désintérêt pour Jussara... Le regard de Sybille est dur et implacable. Elle finit par sourire poliment et se lève, débarrasse les deux assiettes, le plat de résistance, puis prend congé. Jussara l'accompagne avec discrétion.

Martim reste avec moi.

Demain, je parlerai à Claire, je lui dirai tout.

J'entrouvre la bouche, perdu, lâche du bout des lèvres :

— Si je dois rentrer en France...

Il acquiesce avec douceur, sans rien dire, allume un de ses petits cigares, souffle un rond de fumée vers la lampe allumée :

— Ta place ici t'attendra toujours.

Je n'ai pas dormi ou presque. Comment le pourrais-je, quand je n'ai plus de rêves ? Ils se sont dissipés, ils m'ont abandonné, fui, je n'ai plus que la triste réalité, froide et nette… La logique est le pire ennemi du sommeil.

Lorsque enfin, au petit matin, j'ai fini par céder à la somnolence, des bruits, mélange de voix étouffées, de pas et de claquements de portes, visitent ma semi-léthargie. Seule une force profonde, une volonté tenace pourrait alors me faire quitter mon lit, courir après Claire, lui demander pardon… Un petit mensonge intérieur, dicté par le confort ou la lâcheté, me promet qu'elle n'est pas en train de partir, que ces bruits sont d'ailleurs.

Le ronflement d'un moteur qui démarre et s'éloigne me confirme ce que je craignais.

Dans la corbeille à papier de ma chambre vide, je trouve une lettre chiffonnée.

Saul,

Avant de partir, j'ai besoin de te dire tout ce que tu n'as pas compris ou entendu.

C'est vrai, ton départ impromptu au Brésil et surtout ton choix d'y rester ont produit en moi un étrange déclic. Tout ça m'a surprise, décontenancée.

À travers tes messages, j'ai découvert quelqu'un d'autre que le garçon à la fois effacé et vindicatif avec lequel je partageais mon bureau… Était-il déjà là, au fond, en puissance ? Il est vrai que je ressentais une forme d'affection pour toi, mais il s'agissait plutôt d'un sentiment platonique. Je ne crois pas avoir eu d'attirance pour toi avant cela.

Ta transformation physique n'a pas eu une importance aussi déterminante que tu le crois dans mes sentiments, du moins, je ne pense pas.

Dans nos échanges et ici, j'ai découvert un homme passionné, fort. Un homme qui recherche la beauté.

Je n'ai pas compris tout ce qu'a entendu Sybille. Elle-même n'est pas trop sûre. Mais j'en ai vu suffisamment. Et Douglas a dit que vous avez la mort de quelqu'un sur la conscience…

Cet épisode a encore modifié ma vision de toi, je ne sais plus qui tu es, qui est le vrai Saul… tout est encore trop flou. J'ai besoin de distance, de faire le point, de prendre du recul par rapport à ces trois Saul qui s'entrechoquent, s'opposent, s'emmêlent dans mon esprit.

Ce dernier Saul m'a paru si mauvais… Focalisé sur sa petite personne, utilisant les autres, manipulateur… J'ignore laquelle, de cette jeune femme ou de moi, a été ta putain, et laquelle ton amoureuse. Si d'ailleurs tu as vraiment aimé. Suis-je ici simplement parce qu'elle t'a éconduit ?

J'ignore aussi ce que tu as fait avec ce pauvre Douglas qui semblait bouleversé, presque brisé. Sybille a entendu parler d'un cadavre et, elle aussi, a eu un moment d'effarement.

Je ne me sens pas capable de rester ici. J'ai le sentiment d'avoir été utilisée pour satisfaire une insatiable soif d'être validé, valorisé. Je me sens sale, comme si je m'étais donnée à quelqu'un qui n'existe pas. Car oui, Saul, c'est cela que d'aimer. Tu ne sembles pas l'avoir réalisé. Et j'étais prête à me donner, je t'ai déjà beaucoup donné…

J'espère que tu trouveras un peu de paix.

Je t'embrasse

Claire

Je descends sans me presser, tout peut attendre désormais. Les reliefs d'un petit déjeuner pris sur le pouce, dans la cuisine, m'orientent directement vers la terrasse où Martim et Jussara m'attendent. Cette fois-ci, même elle semble désolée. Ses sourcils, relevés en une moue compassionnelle, me disent : « Wendila n'a qu'une plaie d'orgueil ; pour toi, c'est plus douloureux. »

— Elle est partie dans le Piaui…, finit-elle par lâcher sans prononcer le nom de Wendila, scellant ainsi le début d'une amitié entre nous.

Le Piaui… Douglas et Wendila. Je m'affale sur ma chaise face à une assiette déjà pleine.

— Merci pour les œufs, soupiré-je, las et enroué.

Avant que Martim n'ait eu le temps de se lever, Jussara bondit, contourne la table, me presse l'épaule d'une main pleine de tendresse et file dans la maison.

Il se sert un jus de fruits et des glaçons.

— Qu'a dit Claire ?
— Nous n'avons pas parlé.
Elle a pensé très fort les mots « lâche » et « enculé ».
— Ils ont raison, tous, reprends-je, Ewander, Claire, Douglas, et même Wendila… Oh, Martim, tu sais, je ne t'ai pas dit, si Douglas nous a quittés, c'est parce que…
— Je sais.
Sans surprise, ses mots ne contiennent pas le moindre reproche.
— L'éthanol… ?
— Cactus vous a suivis à l'entrepôt, il m'a tout raconté.
— Pourquoi m'a-t-il laissé faire ?
— Tu es libre, Saul. Tu l'as toujours été. Peut-être que tu t'en rends compte seulement maintenant…
J'ignore s'il est au courant pour le coma éthylique. Je le teste :
— Tu m'en veux ?
— C'est ma faute. Je t'ai laissé seul ici, ce n'était pas prévu…
Il s'interrompt, se penche en arrière sur sa chaise, jette un œil sur le salon :
— Moi aussi, j'ai des choses à te dire. Nous…
— … Jussara est enceinte.
Je l'ai coupé si vite qu'il a un mouvement de recul. Son air surpris me redonne une once d'entrain.
— Elle n'a pas bu une goutte d'alcool à la soirée, et cette façon que tu avais de lui caresser le ventre quand tu dansais derrière elle…

Un éclair de gaieté passe sur son visage mais il retrouve aussitôt l'air concentré qu'il a depuis hier soir. Il baisse les yeux, joue avec son briquet à mèche d'amadou en faisant lentement non de la tête, et reprend un ton plus fort :

— J'avais envie de te parler de…

Je le coupe encore.

— Tu as de la goyave ?

— Il n'y en a plus. Mais…

— Je reviens dans cinq minutes. Tu me diras tout ça ?

Ce n'est qu'à trois mètres de la porte, alors que le soleil brûlant du matin brésilien m'écrase contre le sol jonché de déchets de la rue, que je réalise, enfin, mon indélicatesse. Il semblait sur le point de me confier quelque chose…

J'hésite quelques instants à revenir, et décide de foncer à l'épicerie.

— Il n'est pas là, me dit le fils de Satanas avec sa tête d'ahuri. Je peux vous aider ?

— Deux goyaves bien mûres, s'il te plaît. Et dis-moi combien je te dois pour les dernières commandes.

— Ça, je ne sais pas, il faut voir sur le cahier.

Il se dandine jusqu'au comptoir, l'air pas bien dégourdi.

— Euh… vous vous appelez ?

— Pessoa. Saul Pessoa. Tu m'as vu cent fois ici.

— Je ne… je n'ai pas de Saul Pessoa.

— Mais enfin, dis-je avec un calme tibétain, des kilos de fruits, de sucre et de glaçons, une *muquequa* et des grillades l'autre soir, je dois avoir la plus grosse note du…

— *Baraca*, là ?

Il désigne une page du cahier.

Je le lui arrache des mains avec impatience.

— C'est ma commande, oui. Mais qu'est-ce qu'elle fait sur…

Le souffle coupé. Tout s'arrête : au fond de la boutique, au milieu des étals, un Indien, un *caboclo* discret au regard d'assassin tâte un paquet de riz en me fixant des yeux.

Les quelques mètres qui séparent l'épicerie de la maison sont avalés en une poignée de secondes. Pourquoi cette vision m'a-t-elle fait paniquer ? Je pénètre essoufflé dans la petite entrée, le salon, la terrasse, Martim encore à table et Jussara derrière…

Les jambes qui faseyent, je suis incapable d'articuler quoi que ce soit. Martim me regarde, prend mon silence et mon air concentré pour une invitation à reprendre la discussion où je l'ai interrompue.

— Assieds-toi, j'aimerais te parler, c'est important.

Je reste debout. Il répète, un peu plus bas, les paumes des mains vers moi :

— Assieds-toi…

Le cœur à cent à l'heure.

— Bien avant que ma sœur ne… les parents n'étaient déjà plus vraiment là pour nous. Papa la trompait trop, Maman pleurait souvent… Pauline était l'aînée, elle s'occupait de nous. Ta grand-mère aussi, mais tout le poids de notre éducation reposait sur ma sœur. Elle était si jeune, à peine une enfant. Elle a commencé à déraper…

Il s'interrompt un instant pour rassembler ses pensées. L'urgence de ma rencontre avec l'Indien déborde de mes lèvres :

— Martim, il faut que…

— Quand elle est morte, reprend-il, concentré, les parents ont sombré. Je n'avais plus personne. Pour toi, cela n'est peut-être rien, mais… tu m'as sauvé la vie. Ta présence, ton amitié ont été comme un pont entre deux rives, grâce à toi j'ai traversé l'enfer.

— Mais enfin, je n'ai rien fait qui…

— Beaucoup plus que tu ne le crois. Tu m'as donné ce que tu avais. Tout ce que tu avais. J'ai toujours été entouré de gens intéressés, mais toi, tu n'attendais rien en retour. Où que j'aille, toute mon existence, je n'ai vu que des gens qui commerçaient leur vie : tu resteras toujours le seul ami que j'ai. Je sais depuis longtemps qui m'en veut, et pourquoi…

Le visage de l'Indien rejaillit dans ma tête. Je le coupe, lâche ce que je pense être une bombe :

— J'ai croisé un *caboclo* dans la supérette de Satanas…

Il n'a pas l'air surpris.

— Martim, j'ai déjà vu ce mec, dans l'intérieur des terres, il tabassait un type avec des potes à lui ! Et là, il avait l'air de me surveiller…

Au lieu de réagir, il perd les yeux au loin, vers la *maresia*.

— Je les connais, ces gars… ne t'en fais pas pour eux. Saul, si je t'ai dit tout ça, c'est que… j'ai décidé de t'écouter un peu. D'investir avec toi dans un restau premium, en bas, dans le centre. Un seul, Saul, et peut-être une ou deux rénovations d'immeubles si cela fonctionne. À condition de ne jamais toucher à la *comunidade*. Il faudra qu'on soit malins…

C'est peut-être là, maintenant, que tout se joue : à cet instant précis, je découvre enfin que ma vie a toujours eu un sens. Pas celui que j'espère, pas celui dont je rêve : je ne suis pour personne une idole, un héros, mais je suis un ami pour quelqu'un qui me voit. Ici, j'ai quitté le confort en même temps que cette gangue adipeuse que j'appelais mon corps ; j'ai vu des gens mourir, j'ai vu la favela. Et je suis las, perdu, triste et embarrassé mais je ne vacille plus. La sombre pensée qui m'accompagnait toujours dans les moments d'isolement et me projetait, dos au mur, seul, ermite involontaire exilé dans la foule, l'amer regard de mon surmoi bouffi se fait plus lointain à mesure que je comprends cette règle universelle, humaine et pénétrante : qu'il est vain d'attendre, d'espérer recevoir, tant que l'on ne voudrait rien donner. Alors qu'encore enfant, loin des calculs adultes, j'ai donné sans compter ni d'ailleurs y penser, avec tout le naturel de l'innocence, sans le savoir, je faisais le plus bel investissement.

À ce moment précis où tout semblait me fuir, où l'écho de ma lâcheté résonnait au plus profond de la seule âme que je voulais faire mienne, je comprends aussi que cette âme ne sera jamais ma possession, que personne ne doit m'appartenir, que je dois m'abandonner, confiant, pour recevoir un jour, et que j'ai, autrefois, su donner simplement.

Les chiens de la voisine hurlent d'une peur blanche et tremblante. Des bruits de pas ouatés, la voix de Jussara.

Martim qui lui répond, son timbre grave m'enveloppe.

— Pas maintenant ! Tu vois bien que…

Elle insiste. Une phrase en sourdine.

Je reste là dix ans ou bien quelques secondes, le temps de me noyer à l'autre bout du monde et revenir, tremblant comme une feuille. Jussara, la main sur mon bras, me réveille.

Elle me glisse tout bas :

— On a retrouvé Ewander…

Je traverse le salon pour retrouver mon ami dans l'entrée, mon ami, je me répète ce mot incompréhensible en pensée ; dans l'embrasure de la porte d'entrée, j'aperçois Satanas qui parle à l'oreille de Martim, mon ami blêmit, Satanas lui tapote l'épaule, me fait un signe du pouce et disparaît en lui souhaitant bonne chance.

Martim se retourne, bras ballants, regard vide, et répète à son tour :

— On a retrouvé Ewander…

J'arrête net le pick-up à quelques centimètres du fossé qui borde la décharge du plateau surplombant le sud de la favela. Le plus grand amas de déchets à ciel ouvert de la région.

Martim, qui avait actionné sa portière avant mon coup de frein, se rue dehors, ouvre celle de Jussara, l'enlève du sol sans un mot, franchit d'un bond le fossé avec elle dans les bras, la dépose et part à vive allure dans le labyrinthe de déchets, alors que je tente de me frayer un chemin derrière eux, sautant d'un pied sur l'autre. Malgré la végétation basse, impossible de distinguer quoi que ce soit au milieu des ordures. Une pile de cartons mouillés, en bouillie, exhale une odeur d'égouts.

— Attendez-moi ! crié-je, plein d'angoisse et sans souffle.

Jussara se retourne en marchant :

— Tu crois que c'est le moment de jouer à la marelle ? lâche-t-elle par-dessus son épaule.

Je désigne mes claquettes, les bouteilles brisées, les morceaux de tôle rongés et acérés et, baissant les yeux à mon tour, me fige avec horreur : à quelques centimètres de mon pied nu, l'aiguille tordue d'une seringue affleure au milieu des brins d'herbe. Elle soupire, exaspérée.

— Rejoins-nous… C'est par là.

Elle désigne une carcasse de voiture marron roussi, à quelques dizaines de mètres, et file.

— Il a maigri…, fais-je, les yeux sur le corps flasque et désarticulé d'Ewander.

Seul son buste dépasse de sous le squelette rouillé de la bagnole. Martim tousse, un poing grelottant sur sa bouche. Ma gorge se gonfle: le soulagement, mêlé d'une pointe de dégoût, se dispute mon humeur avec la détresse qui me possède depuis le départ de Claire.

— Je ne comprends plus rien…

Je devrais culpabiliser. Je dois parler à Martim, tout lui avouer.

— Ce n'est pas Jacaré…, dit-il, comme s'il avait deviné.

Je prends un train en pleine figure.

— Comment ça… Qui, alors?

— Jacaré l'aurait fait disparaître. Il n'a aucun intérêt à ce que des corps refassent surface ici.

Martim me désigne la mâchoire cassée dans laquelle on a fiché une noix de coco:

— Ça ressemble à une punition…

Malgré le vent violent et saumâtre, j'ose à peine respirer, me demandant un instant si le sel de la *maresia* peut désinfecter l'air toxique qui se dégage du corps au visage figé, d'un vert moisi. Le contour de ses lèvres sèches et boursouflées est recouvert d'une croûte de cristaux blanchâtres.

Un fouillis de papier me fait sursauter: derrière la porte défoncée d'un frigidaire, une tête noire et fripée de goéland zombie projette à travers moi le regard de la mort. Un sifflement furieux jaillit des narines qui lui traversent le bec de part en part. Les poils de mes avant-bras se dressent, mon biceps se contracte.

— Cela doit faire peu de temps, les urubus n'ont pas encore commencé, dis-je, pour regagner un peu de maîtrise sur moi-même.

Le son de ma propre voix ne m'a pas rassuré autant que je l'aurais voulu. La danse macabre des vautours qui planent en ronde, à quelques mètres au-dessus de nos têtes, me donne le vertige. Martim et Jussara n'ont toujours pas bougé, comme hypnotisés par le corps. Tous deux semblent terrorisés. Jussara murmure quelques mots à l'oreille de Martim, sans quitter Ewander des yeux, et il répond en butant sur ses mots :

— Ça va dégénérer… Il faut partir. Demain.

Un instant, je crois qu'il parle des urubus qui se sont posés, maintenant, en cercle autour de nous, espacés de quelques mètres les uns des autres.

— Où partez-vous demain… ?

Il atterrit enfin, s'agite, fouille dans ses poches, tourne la tête à gauche et à droite, finit par sortir les clés, jette un regard circulaire au-dessus des vautours qui se rapprochent :

— Toi aussi. Je ne sais pas encore où, peut-être São Paulo ou Paris…

— Tu plaisantes ? Martim. Explique-moi, bon sang !

Indifférent au cercle des volatiles maudits qui se referme sur nous, il serre le poing à s'en blanchir les phalanges.

— Saul, il faut qu'on se barre d'ici. Les gens de la *comunidade* sont déjà à cran. Ewander qui se fait buter et finit sur un terrain à moi, les promoteurs autour, prêts à tout défoncer... Ça va finir par se retourner contre nous, d'un côté ou de l'autre.

Toujours indifférent au manège menaçant des urubus qui se rapprochent en dodelinant, il tape du pied dans un jerrican qui percute le frigidaire, les urubus s'envolent à reculons et élargissent leur cercle de quelques mètres.

— Et puis, en l'absence de Cactus et Nilson...

Une enclume dans le ventre.

— Cactus et Nilson ?

— Nilson est parti chercher de l'aide chez un ancien associé de mon père, qui possède une société de sécurité à São Luis... Cactus est parti dans l'intérieur. Il était persuadé qu'Ewander se planquait dans un hameau de *caboclos*...

De la pointe du pied, il creuse un trou dans le sol sec, soulevant un nuage de poussière, murmure comme pour lui-même :

— C'est bien la première fois qu'il se plante à ce point...

Il s'interrompt, pensif, et reprend tout à coup en me prenant l'épaule, saisissant la main de Jussara pour rebrousser chemin :

— Ce soir, on se barricade. Demain, on quitte Libânia.

De retour à la maison, Martim me dépose devant la petite porte.

— J'accompagne Jussara chercher quelques affaires chez elle. Ne quitte pas la maison, pas même pour aller à la *baraca* ! Je vais demander à Mario d'envoyer ses boxeurs faire des rondes.

Il démarre en trombe.

Dans un moment de flottement, je contemple avec des yeux différents cette maison qui, jusqu'à ce matin, était un havre de paix. Avec ce regard nouveau, inquiet, je remarque à quel point celle-ci est protégée, mise à part cette serrure dysfonctionnelle qui laisse ma porte de chambre ouverte depuis mon arrivée. Sans doute est-ce pour cette raison – ou bien encore, peut-être est-ce pour conjurer une fois au moins le sort – qu'équipé d'un tournevis puis d'un couteau de cuisine, j'essaie de réparer la serrure bouchée. Après quelques tentatives infructueuses, je décide d'abandonner : le morceau de clé et le trou de la serrure ont déjà fusionné dans une rouille informe.

L'embrun paraît dans sa laideur nouvelle, une fois encore, comme avec le transistor, comme avec la tringle, comme avec les murs des maisons que Damasio s'évertue à repeindre, peut-être depuis trente ans... L'image du poste de radio rutilant, rongé de l'intérieur, me revient à l'esprit. *Maresia*, putain. C'est ce souffle infernal qui m'a empoisonné. Je m'enorgueillissais de devenir un autre, un homme au corps bronzé et aux muscles saillants, et à mesure que l'enveloppe s'élevait, que la matière s'embellissait, mon intérieur, mon âme moisissaient lentement. *Jolie enveloppe, mais intérieur est moisi, cara...*

Elle a presque tout rongé : ne reste au fond de moi qu'une parcelle intacte, brute, inoxydable, incorruptible, un petit coin secret où j'ai caché les restes de mon âme amoindrie mais pas encore éteinte, que le grand vent salé ne doit jamais atteindre : l'amitié, sa pureté maintenue par le souvenir d'un don ancien. Cette bonté désintéressée que j'incarne pour Martim malgré toutes les trahisons dont il fut le témoin. De ce petit point fixe au fin fond de mon être, je devrai reconstruire un Saul prêt à donner, délaisser le vieil homme amer et corrompu qui hantait mes entrailles comme un fantôme, aimer comme un enfant, comme le Saul d'autrefois.

J'erre dans la maison, un sac à la main, pour ramasser mes affaires qui traînent. Devrons-nous rester ensemble, Martim, Jussara et moi ? Avec Cactus, peut-être, ou Nilson ?

Devant le petit tableau d'art naïf représentant une favela colorée, j'arrête ma décision : avec ou sans eux, je m'en vais à Rio et parlerai à Claire. Avant de monter dans ma chambre, je pousse le volume de l'ampli à fond, pose le diamant juste au-dessus de la piste : *E lucevan le stelle...*

Il faut que je l'écrive vite cette histoire, parce que je n'aurai bientôt plus de lumière et que l'encre sèche rapidement sous la chaleur.

J'en aurai bientôt terminé.

Je devrais commencer par parler des jolies choses, mettre de côté la violence inouïe mais passagère qui ne suffit pas, ne suffira jamais à définir les contrées sauvages et pures du Ceara.

J'ignore ce qui nous attire autant, ce pour quoi tant d'hommes rangés de l'Occident endormi ont quitté leur travail, leur famille, leur maison. C'est une région aride mais la végétation y pousse sans encombre. Le temps humide cogne la terre, l'excite, en réveille les nappes phréatiques qui déversent la sève et le sucre en abondance dans le cœur des palmiers et le tronc naissant des *ravenalas*, ces plantes majestueuses qu'on appelle arbres du voyageur.

La plage est belle mais elle n'est pas la plus belle des plages ; les femmes sont jolies mais ce ne sont pas les plus jolies femmes du monde.

Peut-être est-ce cette étrange quiétude, ce silence léger qui souffle entre les palmes des *coqueiros* et soulève parfois le dos de nos chemises collées par la chaleur moite de ce pesant morceau de terre à l'autre bout du globe.

Et cette forme de vide particulière que des hommes forts, usés, entendent comme la promesse qu'ils seront ici chez eux.

Comme depuis toujours.

Il en faut peu pour qu'un homme appartienne absolument, inexorablement au Ceara. Le *sertão* est une région vide, brute et sauvage, qui paraît n'avoir appartenu à personne: qui s'étonnera de ce que des aventuriers prétendent le dompter et l'appeler leur chez-eux?

En Occident, tout l'argent du monde ne suffit pas pour se rendre propriétaire d'un lieu: il a appartenu à d'autres avant, plus longtemps…

Alors que vient le temps de quitter cet endroit, j'aimerais passer le reste de ma vie au milieu de ces pêcheurs taiseux, petits, secs et musclés comme des olympiens; au milieu de ces gros commerçants qui attendent, assis sous leur perron sur une chaise en plastique ou un transat, devant le sol mal pavé des ruelles jonchées de feuilles de manguier mortes et de déchets.

Apprendre à passer le temps et me taire comme eux dans un fauteuil de jardin, absorbé dans la contemplation d'un *bem te vi* qui siffle, perché sur une ligne à haute tension, commenter une querelle de chats rachitiques entre les monticules de briques cassées et de morceaux de carrelage.

À Paris, je me savais la moitié de moi-même; ici je suis moi-même et demi, un homme qui, quelques semaines plus tôt, n'était encore qu'un garçon. Incapable de faire la somme des superflus dont je me suis débarrassé ici, je sais bien, pourtant, qu'en rentrant aujourd'hui je me retrouverais identique, revêtu des mêmes angoisses et des mêmes erreurs, et probablement alourdi par les mêmes enclumes, le doute, les regrets;

je ressusciterais sans bruit cet immonde avatar qui me répugne…

Mes pensées sont vaporeuses. Ce voyage en esprit dans mon beau Ceara m'a porté en douceur vers un sommeil profond. Je n'entends pas Martim et Jussara rentrer, je n'entends pas non plus le vent de nuit qui souffle et couvre avec fureur l'imminente effraction…

Cette nuit-là
3 h 30

Parce que j'ai vécu comme un enculé, je mourrai comme un lâche.

Jacaré.

Sans réfléchir je me suis levé pour aller à sa rencontre, je devine que l'Indien derrière moi s'apprête à me frapper car Jacaré lève une main plate et autoritaire pour l'arrêter ; ils sont venus pour Martim et Jussara.

— Saul, dit-il, c'est un jour important pour toi, peut-être le plus important de ta vie. Tu n'as rien à faire ici. Nous parlerons plus tard. (Il me désigne la porte.) Dans quelques instants, tu seras le seul à pouvoir décider du sort de Libânia. Attends-moi dehors. Je t'ai protégé et défendu. J'espère que tu as saisi toute l'ampleur de ma loyauté, à présent… Ce sera toujours comme ça… Je supprimerai tes ennemis. Je sais qui tu es.

Ne pas le regarder, surtout ne pas discuter. Dialoguer avec lui, c'est déjà perdre, au fond. Ne rien répondre.

— Saul, reprend-il, je te connais. Je sais ce qui est bon pour toi. Ce sera toujours comme ça. Il n'y a que moi, ici, qui puisse te défendre. Pas par amitié, bien sûr ! Je t'apprécie, je t'aime bien, certes, mais enfin… soyons adultes. Dans un monde de grands, ce qui sauve chacun, ce n'est pas le cœur : c'est la tête. Nos intérêts se valent. Se servent. Se croisent. Mon intérêt à moi, aujourd'hui, c'est que tu vives. Et que les patrons d'hier (il désigne Martim) cessent de se gaver, pour laisser la place. À toi, aux autres... Toi et moi, ensemble, nous pouvons faire le bien. Donner à Libânia le destin qu'elle mérite, cesser cette médiocrité, ce culte de la fange, cette ignominie. Les gens ne veulent pas de l'aumône des Von Manstein, ils veulent que Libânia s'enrichisse pour s'embourgeoiser avec elle. C'est bien commode de jouer les héros en nourrissant les miséreux sans jamais les sortir de la merde. Notre projet, à nous, c'est d'enrichir le monde. Tu as les cartes en main...

Il me tend la sienne, paume écartée, cœur dilaté, visage offert et âme fraîche, je n'ai qu'à la saisir...

Veux pas de ton vinaigre, porra.

Tout va très vite à présent.

Jacaré parle encore et je ne l'entends plus. Bourdonnement d'oreilles, des promesses, mais Martim, Jussara resteront ici, non : vont y rester ! Meurtre, la décharge, faire disparaître les corps de...

Un assoiffé

Avant le petit jour, la nuit privée d'étoiles a laissé vivre une lueur. Au fond de mes entrailles, elle a jailli alors, l'explication ultime : le vrai sens de la vie. Ou plutôt, puisque je n'ai pas trouvé de sens à ma vie : le sens de ma mort.

La maresia m'a rongé l'âme, mais son sel m'a donné une soif insatiable.

De l'abîme intérieur, la voix se fait plus claire, et ce n'était pas moi qu'elle haïssait si fort, ni mon nom, ni mon corps qu'elle avait tant maudit ; ce n'était pas mon âme, alors, au pilori : c'étaient mon confort, mon égoïsme, ma lâcheté. Toutes ces raisons fades qui faisaient de moi un soldat de l'époque, un fantassin du nouveau siècle, celui où des gens sans idée du monde en ont pris le contrôle pour déverser leur ego, leur « vision », leur absolu besoin de jouir sans entrave et sans trêve, et surtout sans orgasmes, parce que cette civilisation fatiguée connaît autant la joie qu'un acteur porno est-allemand pratique l'amour après quinze heures de baise, et que de cet esprit du monde, par mollesse, j'étais devenu le premier serviteur.

Il me faut fuir ce mensonge dont j'ai fait partie toute ma vie, moi dont la seule décision fut de forcer un autre à maquiller mon crime, moi, prince au royaume des lâches, fer de lance émoussé de l'armée des planqués. Je le réalise maintenant : ma seule échappatoire, c'était de devenir le roi des enculés. Pour enfin cesser de m'affaisser sans gloire dans le canapé gluant du confort moral. Pour enfin me trouver confronté au seul choix.

Tous les choix, toutes les décisions que tu n'as pas prises t'ont mené ici, bonhomme, et maintenant. Face à cette décision-ci, la seule qui te reste.

Ce monde d'amour sans don, tu devras le quitter la tête haute, à présent. Pour que tout soit accompli, il te reste à prendre une seule décision. Maintenant. Parce qu'il faut la finir, casser le disque rayé de cette existence égoïste qui fait se répéter les paroles les plus fades, et pour contrer l'éthique thérapeutique du « mon corps, mon choix », tu décides de donner ce que tu peux, ce qui te reste, ce que tu n'as pas su prendre en main…

Alors, très vite, je tends la main sur la cafetière brûlante, fort, l'explose dans la figure du gars à ma droite, il hurle, mets le poing dans la gorge de l'autre, un coup d'épaule dans la poitrine de Jacaré qui bascule, pas armé, saisis la main de Jussara, la relève, allez, Martim, partez devant, un coup de pied dans le menton de Jacaré, je cours à leur suite, la petite poterne sur la rue, m'entaille un talon car je cours pieds nus, les balles sifflent et les coups de feu claquent, dans cet ordre, saccadé, plus de souffle, et je passe devant un autre graffiti *João 1928* éclairé par la lune, alors je comprends, saint Jean, chapitre 19, verset 28, la soif de Damasio, celle que rien n'étanche, et l'histoire du soldat romain et de la lance, le Crucifié, et à présent moi aussi j'ai cette putain de SOIF, les sifflements des projectiles se rapprochent, l'un d'eux porte mon nom peut-être, une brique explose dans le mur devant moi, nuage de fumée rouge, Martim se retourne et me tend la main et je lui crie « continue, t'arrête pas », et les tirs se rapprochent, je dépasse la supérette de Satanas, et tout est accompli, hors d'haleine, plus de jus, et à quelques mètres à gauche je vais enfin pouvoir…

La balle traverse mon dos, ressort par ma poitrine, éteint mon corps, allume mon esprit, fait jaillir dans mon cœur un feu brusque et solaire.

Ça ne veut rien dire, ça, cara.

Achevé d'imprimer par Bussière,
en mai 2022,
N° d'imprimeur : 2071786

Dépôt légal : septembre 2023

Imprimé en France